La magia de la vida

Erasmus Cromwell-Smith

ECS
ERASMUS CROMWELL-SMITH

La magia de la vida
®Erasmus Cromwell-Smith II.
®Erasmus Press.

ISBN: 979-8-218-51254-5

Librería del Congreso: 1-10614599251

Editora: Elisa Arraiz Lucca
Correctores de prueba: Soledad Montoya y Alicia Iglesias Gonzalez
Diseño de portada e interiores: Alfredo Sainz Blanco
www.erasmuscromwellsmith.com

Erasmus Cromwell-Smith Books

<table>
<tr><td valign="top">

<u>**In English**</u>

(Inspirational/Philosophical)
<u>**The Equilibrist series:**</u>
• The Equilibrist (Vol. 1)
• Geniality (Vol. 2)
• The Magic in Life (Vol. 3)
• Poetry in Equilibrium (Vol. 4)

(Young Adults)
<u>**The Orloj Series:**</u>
• The Orloj of Prague (Vol. 1)
• The Orloj of Venice (Vol. 2)
• The Orloj of Paris (Vol. 3)
• The Orloj of Munich (Vol. 4)
• Poetry in Balance (Vol. 5)

(Educational)
<u>**The South Beach Conversational Method:**</u>
• Spanish
• German
• French
• Italian
• Portuguese

</td><td valign="top">

<u>**En español**</u>

(Inspiracional/Filosófica)
<u>**La serie El equilibrista:**</u>
• El Equilibrista (Vol. 1)
• Genialidad (Vol. 2)
• La magia de la vida (Vol. 3)
• Poesía en equilibrio (Vol. 4)

(Jóvenes Adultos)
<u>**La serie El Orloj:**</u>
• El Orloj de Praga (Vol. 1)
• El Orloj de Venecia (Vol. 2)
• El Orloj de Paris (Vol. 3)
• El Orloj de Munich (Vol. 4)
• Poesía en Balance (Vol. 5)

(Educacional)
<u>**El método conversacional South Beach:**</u>
• Inglés
• Alemán
• Francés
• Italiano
• Portugués

</td></tr>
</table>

(Sci-fi)
<u>**The Nicolas Tosh Series:**</u>
• Algorithm-323 (Vol. 1)
• Tosh (Vol. 2)

As Nelson Hamel*
(Action-Thrillers)
<u>**The Paradise Island Series:**</u>
• Miami Beach, Dangerous Lifestyles (Vol. 1)

(Sci-fi)
<u>**The Rebel Hacker Series:**</u>
The Rebel Hackers of Point of Point Breeze (Vol. 1)

* In collaboration with Charles Sibley.

Para mis hijos:

"Los unicornios azules solo existen en la vida,
si los podemos ver"

Nota del Autor:

En *Genialidad*, el libro anterior, la historia concluyó con el descubrimiento de mi padre de que mi madre lo había abandonado. Ese momento es, precisamente, donde comienza *El Quibbler*.

Incluso hoy, sigo luchando por comprender plenamente por qué, hace tantos años, mi madre decidió huir del amor verdadero. Durante el tiempo que estuvieron juntos, mostró signos de temores crecientes, pero ninguno parecía lo suficientemente significativo como para justificar, y mucho menos explicar, una partida tan repentina y devastadora. Un día, simplemente desapareció.

Por todas las versiones, su relación fue genuina, apasionada y llena de devoción. Sus amigos los describían como la pareja perfecta, e incluso en broma los llamaban *tórtolos*. Tan absortos estaban en su propio mundo que apenas había espacio para la vida social o amistades cercanas, más allá de sus deberes académicos compartidos y sus compromisos como tutores. En la superficie, su amor parecía idílico.

A medida que profundizaba en la vida de mi padre, me propuse descubrir qué pudo haber llevado a mi madre a alejarse de una conexión tan profunda. Cuanto más investigaba, más claro se volvía el panorama—uno que insinuaba razones ocultas, quizás las verdaderas, que permanecieron enterradas bajo la apariencia de su relación. Este libro se centra en los años que pasaron separados, desde 1977 hasta 2017. Explora la vida familiar y profesional de ella, los viajes, la carrera académica y la obra literaria de él, así como los lazos invisibles, pero inquebrantables, que los mantuvieron inexplicablemente unidos a lo largo de las décadas, hasta que finalmente se reencontraron. Al igual que los dos volúmenes anteriores, esta historia está narrada con la voz de mi padre, en primera persona.

Debido al éxito de su innovador formato de enseñanza, mi padre, el profesor Erasmus Cromwell-Smith, continuó utilizándolo por tercer año consecutivo en 2019. Ese año, nuevamente comenzó sus clases reviviendo el día en que descubrió la ausencia de Victoria. Sin embargo, a diferencia de los cursos de 2017 y 2018, en esta ocasión su relato tenía una energía renovada y un aire de resolución. El regreso de mi madre a finales de 2017 lo había transformado por completo, llenando su vida con el amor y la compañía que había añorado durante tanto tiempo. Su apoyo inquebrantable lo revitalizó, devolviéndole la fuerza y la alegría.

Fue en ese año, más de doce meses después de su reencuentro, cuando mi madre finalmente se abrió y reveló las verdaderas razones por las que había dejado a mi padre en 1977.

Por último, debo reconocer que nunca tuve la oportunidad de conocer a mis padres biológicos, y, sin embargo, su ausencia ha sido una fuente de profundo dolor. Escribir estos tres libros ha sido mi forma de reconstruir su historia, entrelazándola con la de mis padres adoptivos con dedicación y amor inmenso. Este volumen final me ha permitido dar cierre a su relato, fusionando su legado con el de la extraordinaria pareja que me crió. Al hacerlo, he encontrado un sentido de conclusión—no solo para su historia, sino también para mi propio camino como autor de *The Equilibrist* series.

Capítulo 1

La Adversidad

Royal Cambridge Scholastic Institute, 2019
(Hogar de Erasmus y Victoria)

El tic-tac del reloj de cuco es el único sonido que resuena en la quietud de la madrugada.

El profesor Erasmus Cromwell-Smith se ha quedado dormido en su amado sofá Chesterfield. Sobre su regazo reposa el último objeto de su insaciable curiosidad: un libro encuadernado en cuero del siglo XVII, con páginas doradas al fuego, que explora el tema de la coherencia. Acurrucada a su lado, durmiendo tan profundamente como él, está Victoria Emerson-Lloyd, el amor de su vida. Juntos, sus rostros forman un retrato de plenitud, un testimonio radiante de la incomparable belleza del verdadero amor.

A la hora prescrita, el alegre gorjeo del cuco los despierta, anunciando la llegada de un nuevo día. Mientras se desperezan el uno contra el otro, sus sonrisas compartidas iluminan la habitación como los primeros rayos del alba.

Esta mañana marca el inicio de un nuevo año académico. El ilustre pedagogo está ansioso por comenzar su primera clase.

—Querido, ¿cuál será el tema de tu clase hoy? —murmura Victoria, aún medio dormida.

—La adversidad, mi señora —responde Erasmus, con un tono de seriedad y anticipación.

No mucho después, Victoria lo besa y lo despide con una sonrisa mientras él pedalea a través de la fresca mañana otoñal en su fiel y oxidada bicicleta. Las hojas caídas crujen bajo sus ruedas mientras avanza hacia su destino.

Royal Cambridge Scholastic Institute, 2019
(Auditorio universitario)

El auditorio está repleto, vibrante de energía. Los estudiantes esperan con palpable expectación el regreso del profesor Cromwell-Smith; su entusiasmo es casi tangible.

El profesor entra con paso decidido, su expresión es luminosa y acogedora. Con la mano en el mentón, recorre la sala con la mirada, deteniéndose brevemente, como si conectara individualmente con cada estudiante.

Una amplia sonrisa se extiende por su rostro, arrancando una mezcla de risas y miradas de intensa concentración de su audiencia.

—¡Bienvenidos! ¿Cómo están todos hoy? —saluda con voz firme y resonante.

—¡Increíble! —responde la multitud al unísono, reflejando su célebre frase.

—Confío en que todos hayan tenido un verano divertido e ilustrador —dice con entusiasmo.

Luego, con un cambio de tono a una autoridad firme, continúa:

—Un recordatorio rápido: la puntualidad en este curso no es negociable. No hay excusas.

—Al igual que en los dos años anteriores, seguiremos el mismo formato, por última vez —declara—. Este año, exploraremos nuevos temas a través de la narración, la lectura y la lente de la poesía. Los primeros conceptos que abordaremos son la adversidad y la dificultad —anuncia, preparando el terreno para el año que comienza.

—¿Están listos para el viaje? —pregunta, recibiendo un mar de cabezas asintiendo en respuesta.

—La adversidad —comienza, caminando por el escenario con deliberada intensidad —¿Qué sucede cuando nos enfrentamos a la adversidad? ¿Nos han enseñado cómo reaccionar, cómo afrontarla, cómo sobrellevarla? ¿Estamos alguna vez realmente preparados? Y, ¿qué hay del después? Supongamos que la adversidad nos golpea y logramos superarla... ¿qué sigue?

Sus preguntas flotan en el aire, invitando a la reflexión.

Haciendo una pausa para dar énfasis, continúa:

—Hoy comenzaremos justo donde terminamos el año pasado. La noche en que el amor de mi vida desapareció. Ese día, la adversidad me golpeó de lleno, y no estaba en absoluto preparado para afrontarla.

Se detiene, dejando que el peso de sus palabras se asiente antes de pronunciar la línea de apertura.

—Todo comienza así…

—— ✣ ——

Cape Cod, Habitación de Hotel de Erasmus, 1977
(Primeras horas del viernes por la noche)

—Se ha ido, Erasmus…

Las palabras de Gina resuenan en su mente, un eco implacable que se niega a desvanecerse. El peso de esas tres palabras se asienta en su pecho, cada repetición ahondando más en su determinación.

Erasmus tiene solo una idea en mente.

Debe volver a Boston.

Tiene que empezar a buscarla.

Coge su abrigo y reúne sus pertenencias apresuradamente. Sobre el escritorio, la pila de notas y documentos de los mentores permanece intacta, su importancia eclipsada por la urgencia de su misión.

En menos de cinco minutos, sale de la habitación del hotel con la maleta en la mano. Tras hacer el registro de salida, pisa la helada noche de Cape Cod. El viento cortante azota su rostro, un recordatorio implacable de la distancia que debe recorrer—no solo en kilómetros, sino en el frágil y turbulento paisaje emocional que ahora enfrenta.

Mientras se apresura hacia la salida, choca de frente con "El Enigma", el señor Ringwald, el anticuario del centro de Boston.

—Erasmus, muchacho, ¿qué andas haciendo? —pregunta, con la mirada fija en la pequeña maleta.

—¿A dónde vas, con equipaje y todo, a estas horas de la noche? —insiste el señor Ringwald, con evidente sorpresa en su tono.

Erasmus baja la cabeza en señal de respeto, pero no responde y sigue caminando a toda prisa, dejando al anticuario desconcertado. Cuando ya está a unos pasos de distancia, se detiene por un instante, sintiendo una lucha interna entre la culpa y la gratitud. Se gira y, con una leve sonrisa, dice:

—Señor R, tengo que ir a buscar a una chica. Lo siento.

—¿LA chica? —le grita el Enigma.

—Sí, LA chica —responde Erasmus, sin dejar de caminar.

De repente, Ringwald empieza a correr tras él.

—¡Erasmus!

—¿Sí? —pregunta Erasmus, aminorando un poco el paso.

—Toma esto y léelo cuando sea el momento adecuado —dice Ringwald, jadeante, alcanzándolo.

—Gracias, señor Ringwald —responde Erasmus, recibiendo el pergamino con gratitud.

—De nada, muchacho. Tengo el presentimiento de que te hará falta —predice el anticuario con un tono enigmático.

—Pero no tiene por qué… —Erasmus intenta protestar.

—Vamos, cógelo y úsalo. Ahora vete. ¡Corre! —insiste Ringwald.

Con pasos decididos, Erasmus se dirige hacia la estación de tren, su mente atrapada en un torbellino de posibilidades, remordimientos y una única esperanza ardiente: encontrar a Victoria.

Estación de Tren de Cape Cod, Massachusetts, 1977
(Viernes por la noche)

Erasmus está sentado solo en la estación de tren, completamente vacía a esas horas. No hay más trenes programados para Boston, pero eso no le importa; su ansiedad y nerviosismo lo han consumido por completo.

Horas después, aún sumido en la oscuridad de la espera, un buen samaritano lo sacude suavemente para despertarlo.

—¿Vas a Boston?

—Sí…

—Entonces será mejor que te muevas, si no, perderás el tren. Está a punto de salir.

Erasmus se incorpora de un salto y echa a correr, logrando subir al tren en el último segundo.

Se queda dormido nuevamente hasta que el anuncio lo despierta:

—Estamos llegando a la estación central de Boston.

Sin perder tiempo, Erasmus se dirige directamente a su casa, donde empieza a revisar meticulosamente el apartamento, buscando una nota, una pista… cualquier cosa escrita que pueda haber dejado.

Una hora después, se encuentra sentado en el suelo del salón, mirando fijamente la habitación, que ahora le parece vacía y sin vida.

"Nada. Ni una palabra."

El pensamiento lo golpea como un puñal.

"Se llevó todo. Ni siquiera tengo un número ni una dirección a la que acudir."

El torbellino de emociones lo consume, reprochándose no haber visto las señales a tiempo.

Pasa otra hora al teléfono con el servicio de información, intentando obtener algún dato, pero todo es en vano. El número no está registrado.

Finalmente, la realidad lo golpea con fuerza la tarde del sábado, cuando visita a un profesor que enseñó a ambos.

El profesor Jenkins se muestra inicialmente sorprendido hasta que Erasmus menciona la repentina desaparición de Victoria.

—Oh, ya sé a qué te refieres, joven. Escribió una carta a la oficina de admisiones notificando su retiro. También dejó una nota de agradecimiento para todos nosotros, en especial para sus profesores, por todo lo que hicimos por ella. Este tipo de abandono en una estudiante destacada y sin problemas es poco común, pero, en mi experiencia, cuando ocurre, siempre hay razones y circunstancias extraordinarias detrás.

—Gracias, profesor Jenkins.

—Tengo entendido que no es de aquí. ¿Qué piensas hacer ahora?

—Tengo que ir a buscar a mi chica, señor. Gracias por su ayuda, profesor —dice Erasmus, estrechando la mano de su antiguo maestro con gratitud.

—Buena suerte, joven.

La noche del sábado se vuelve insoportable. Erasmus no consigue dormir, atormentado por su ausencia.

Pero el domingo por la mañana, su desesperación da paso a una determinación férrea.

No puede quedarse de brazos cruzados.

Tiene que actuar.

— ✦ —

Campus de la Universidad de Harvard, 1977
(Domingo por la mañana, estudio de Erasmus y Victoria)

—Buenos días, Gina —saluda Erasmus con una cortesía forzada.

—¿En serio? ¿Qué hora es? —responde Gina, todavía medio dormida, dándose cuenta de inmediato de su tono.

—Lo siento, Erasmus. Ha sido insensible por mi parte. ¿En qué puedo ayudarte?

—¿Tienes su número de teléfono o su dirección? —pregunta él, con desesperación latente en su voz.

—No, lo siento. Por alguna razón, Vicky nunca compartió conmigo nada sobre su familia ni su información de contacto —responde Gina, negando con la cabeza en señal de disculpa.

—Está bien… gracias de todos modos —murmura Erasmus, abatido.

La semana siguiente transcurre con Erasmus en un estado casi catatónico, aferrado a la esperanza de que, de algún modo, ella regresará. No es hasta el fin de semana siguiente cuando finalmente acepta la realidad: **no volverá.**

— ❖ —

Estación Central de Trenes de Boston, 1977
(Una semana después, sábado por la mañana)

"Al final, acabaré odiando todas las estaciones de tren", reflexiona Erasmus con amargura mientras aborda un tren con destino a Chicago.

A mitad del trayecto, descubre que ha tomado la ruta equivocada. En lugar de viajar a través de Nueva York hasta San Luis—el camino correcto hacia Waterloo, Illinois, el pueblo natal de Victoria—está tomando la vía más larga.

"No hay nada que pueda hacer ahora".

— ❖ —

Estación Central de Waterloo, Illinois, 1977
(Lunes por la mañana)

"Solo hará falta que estemos uno frente al otro y nos reuniremos", se repite una y otra vez, aferrándose a esa idea como un náufrago a un madero en alta mar.

Las viejas y arrugadas páginas amarillentas del directorio telefónico de la estación finalmente acuden en su ayuda. Tras horas de búsqueda, Erasmus consigue una dirección y un número de teléfono. Sin embargo, un escalofrío le recorre la espalda cuando su llamada es respondida por una grabación ominosa:

"El número marcado ha sido desconectado".

Luchando contra la creciente sensación de angustia en su estómago, toma un taxi hasta la dirección que ha encontrado. Su corazón late con fuerza mientras reza por lo mejor, preparándose para lo peor.

—Joven, se fueron en plena madrugada —anuncia sin rodeos el vecino de Victoria—. Estamos en shock; hemos sido vecinos toda la vida. El viejo Emerson y yo crecimos juntos. Debió haber una razón de peso, algo muy privado, para que desaparecieran como bandidos, ocultándose de todos. ¿Quién sabe? Tal vez su hija se quedó embarazada en Harvard —especula el hombre, observando a Erasmus con desconfianza, como si él pudiera ser el culpable.

— ❖ —

De regreso en tren de San Luis a Boston, 1977
(Vía Nueva York – lunes por la tarde)

Derrotado, Erasmus aborda el tren de vuelta a casa. Se sumerge en un sueño inquieto, entremezclado con recuerdos y pensamientos erráticos, hasta que, de repente, un destello en su memoria lo sacude.

Por un momento, el pánico lo invade. ¿Lo ha dejado atrás?

Revuelve apresuradamente su pequeña maleta y, con un profundo suspiro de alivio, lo encuentra intacto.

Lo sostiene entre sus manos, dándose cuenta al fin de su verdadero propósito. Con reverencia, se prepara para leerlo.

Primero, se da una ducha, se afeita y se pone ropa limpia. Luego, con una taza humeante de té en la mano, finalmente se sienta, listo para absorber su contenido.

La adversidad

Ya sea por los actos de los hombres,
la naturaleza o las creaciones de la humanidad,
tarde o temprano, inevitablemente,
los sistemas meteorológicos se formarán en el horizonte,
los acontecimientos se desplegarán inesperadamente,
y, de una forma u otra—
con o sin advertencia—
la adversidad irrumpirá
en el transcurso de nuestra vida.

La adversidad nos afectará—
emocional, espiritual, física y materialmente—
a menudo en más de un aspecto a la vez.

Cuando enfrentamos dificultades en la vida,
no hay elección posible.
Reunimos todas nuestras fuerzas y recursos—
los que poseemos y los que invocamos,
los tangibles y los que buscamos alcanzar.

Nos enfrentamos a la adversidad de frente,
sin miedo ni vacilación,
con toda nuestra voluntad y deseo—
por nosotros mismos o por los demás—
para vivir y superar,
para prevalecer y volver a levantarnos,
para derrotar y reducir la adversidad
hasta dejarla aniquilada y vencida.

Cuando no la enfrentamos de inmediato,
quedamos atrapados—
perdidos en la indecisión,
dibujando círculos en nuestra mente,
desperdiciando un tiempo valioso,
evitando o postergando la acción.

Estos son momentos—algunos duran toda la vida—
en los que nos encontramos lamentándonos,
sintiéndonos víctimas de las circunstancias,
procrastinando, compadeciéndonos,
mientras hacemos poco por resistir y contraatacar.

Cuando actuamos de esta manera,
nuestra falta de acción nos conduce a la nada,
a un vacío donde las excusas suenan huecas—
privándonos no solo de la capacidad de vivir plenamente,
sino reflejando la actitud de un soldado
que huye del campo de batalla sin disparar un solo tiro,
negándose a enfrentar al enemigo de la adversidad
con la valentía y la convicción necesarias para vencerlo
o, en su defecto,
adaptarse a él.

Dominar la adversidad es más fácil
cuando la detectamos temprano.
Cuando, con previsión, anticipación,
preparación y disposición,
la vemos venir y estamos listos para ella,
la prevenimos o la detenemos en seco
antes de que ocurra—justo en su inicio.

Y, sin embargo, en muchos sentidos,
la adversidad es también una oportunidad,

a veces, para la renovación y los nuevos comienzos,
otras, marca el final de una mala racha.

Nuestra reacción y capacidad de afrontarla
determinan nuestro éxito—
para superarla y transformarla
en algo positivo.

La adversidad es formativa y transformadora,
sacude nuestro núcleo como un "rompedor de comodidades",
poniendo a prueba nuestro carácter,
nuestro coraje y nuestra resiliencia.
Si la adversidad es evitable,
es nuestro deber existencial
hacer todo lo posible por prevenirla
o mantenernos alejados de su camino.

Pero si es inevitable,
debemos adaptarnos—
aprendiendo a convivir con ella,
pues nuestra meta es resistir más que ella,
superarla con determinación.

Si las dificultades son irreversibles,
aun así, buscamos extraer
lo mejor que la vida tiene para ofrecer,
exprimimos significado de cada segundo
que existimos en el universo.

Si se pueden remediar,
luchamos como leones,
negándonos a rendirnos,
sanándonos de ella,
con tenacidad incansable.

Sin embargo, debemos tener cuidado con
las "espejismos en el desierto",
pues a veces la adversidad
es solo una ilusión de nuestra mente—
vemos obstáculos y barreras
donde no los hay.

Los creamos a partir del miedo,
las inseguridades,
el pesimismo o la depresión.
La adversidad se enfrenta mejor con herramientas existenciales
como la esperanza, la convicción, el optimismo,
la creatividad, la fe y el trabajo constante—
una mente y un espíritu ocupados,
todo ello acompañado de amor.

A veces, nos encontramos con la adversidad de los demás
y no sabemos qué hacer.
Involuntariamente, nuestra percepción de ellos
se vuelve contagiosa,
como si aquellos que sufren dificultades
portaran una enfermedad de la que queremos alejarnos.

En otras ocasiones, actuamos
como si aquellos que atraviesan momentos difíciles
hubieran cambiado repentinamente—
como si hubieran caído de su antiguo ser.

Los percibimos y los tratamos como si,
debido a sus circunstancias,
de repente dejaran de ser dignos de nosotros.
Qué equivocados estamos al comportarnos así.

Inevitablemente, nosotros también

experimentaremos adversidad
y podríamos encontrarnos
en el otro extremo de esa misma indiferencia—
víctimas de la misma circunstancia.

Por ello, es sabio y necesario
tratar la adversidad de los demás
con el máximo respeto,
con un corazón bondadoso y generoso.

Aunque sus batallas no sean las nuestras,
debemos recordar
que seguimos siendo soldados del mismo ejército,
luchando la misma guerra existencial de la vida.

Ante los imprevistos y las vicisitudes,
las dificultades se reducen enormemente
cuando las pensamos en términos relativos y comparativos.

No importa cuán difíciles parezcan las cosas,
siempre podrían ser peores.

La adversidad golpea con más dureza
cuando llega sin previo aviso,
nos encuentra desprevenidos
y sin defensas ante ella.

La mejor actitud ante la adversidad
es tratarla como a un enemigo de guerra—
**al que jamás nos rendimos,
contra el que nunca desistimos**.

Por el contrario,
luchamos y enfrentamos sin descanso,
hasta derrotarla y dejarla sin poder.

Pero si no podemos vencerla,
nos adaptamos—
extrayendo lo mejor que la vida aún tiene para ofrecernos,
incluso dentro de las circunstancias,
porque la vida nunca se detiene,
incluso mientras superamos la adversidad.

La adversidad siempre debe ser tratada
como una oportunidad existencial—
una ocasión para despertar
de una vida de comodidad y conformismo.

Una oportunidad para renovarnos
y reinventarnos.
Pero la adversidad solo se convierte en oportunidad
si nosotros **elegimos** convertirla en ello.

*

A medida que las palabras del poema flotan en el silencio del tren, el joven Erasmus se recuesta en su asiento, contemplando el paisaje que se desliza ante él.

El rítmico traqueteo de las vías bajo sus pies parece resonar con la firme determinación que crece en su interior.

El mensaje del pergamino ha despertado algo que permanecía latente en él, una resolución silenciosa de enfrentar la vida de frente.

Su reflejo en la ventana, marcado por el cansancio, insinúa la transformación en curso—un cambio del dolor a la acción.

El viaje en tren, aunque físicamente inmutable, ha marcado un punto de inflexión decisivo, encaminándolo hacia un destino que, sin duda, moldeará al hombre que está destinado a ser.

—✦—

El repentino sonido de la campana sacude al profesor y a su clase, devolviéndolos abruptamente al presente. Cromwell-Smith se detiene un momento, como si aún estuviera atrapado en aquel recuerdo.

—En aquel viaje en tren de regreso a Harvard —continúa el profesor, su voz firme pero teñida de la sabiduría que otorgan el tiempo y la experiencia—, tomé varias decisiones clave que me ayudaron a enfrentar la adversidad y, en última instancia, a superar lo que sentía. Primero, aunque mi mente errante estaba consumida por el tormento, conservé el pergamino conmigo y, como el Riddler había predicho, llegó el momento en el que realmente lo necesité. Segundo, a pesar de no estar de humor, decidí abrirlo y leerlo. Aquella decisión resultó ser transformadora, pues sus palabras iluminaron un camino hacia adelante, un camino de determinación que elegí seguir. Tercero, para cuando regresé a Boston, ya había decidido seguir adelante con mi vida, sin amargura, pero preservando todos los maravillosos recuerdos de mi tiempo con Victoria. Con este espíritu, el mismo día de mi regreso escribí a la señora V en Gales, expresándole mis sentimientos de anhelo e incertidumbre. Su respuesta reflexiva me brindó el ánimo, la fortaleza y la claridad que necesitaba —enfatiza el profesor, recorriendo con la mirada los rostros atentos de sus alumnos.

—No mucho después, me gradué en Harvard e hice un último viaje a mi ciudad natal, Hay-on-Wye, en Gales, antes de establecerme definitivamente en América. Durante mi estancia allí, descubrí que mis mentores de la infancia habían organizado una sesión de mentoría sorpresa para mí. Fue en aquel encuentro donde me transmitieron la fórmula eterna de la felicidad, una receta inspiradora que se convirtió en el toque final necesario para enderezar definitivamente el rumbo de mi vida. Al final de la clase de hoy, compartiré con cada uno de ustedes una copia de esta fórmula —anuncia con una sonrisa serena, cargada de orgullo.

—La adversidad es una parte intrínseca de la vida —prosigue, ahora con una convicción palpable en su tono—. A menudo representa el desafío definitivo para todo lo que apreciamos y, al mismo tiempo, una oportunidad para crear algo significativo, quizás incluso extraordinario, a partir de ella. La adversidad es un arma de doble filo: de un lado, el sufrimiento; del otro, una puerta que se abre hacia la renovación o un nuevo comienzo.

Hace una pausa, se aparta del escritorio y encara a sus estudiantes.

—Ahora abro el espacio para cualquier pregunta o reflexión sobre lo que hemos discutido hoy.

Anna, estudiante de Literatura y Filosofía, de cabello corto y rizado y gafas que siempre parecen deslizarse por su nariz cuando está sumida en sus pensamientos, levanta la mano.

—Profesor, en el poema *Adversidad* usted habla del momento en que no enfrentamos las dificultades de frente y eso nos sumerge en la indecisión. Me interesa la implicación filosófica de esto. ¿Cree que evitar la adversidad puede considerarse un fracaso del carácter o es más bien un instinto natural de autoconservación? ¿Existe un equilibrio entre la retirada y la confrontación en la manera en que enfrentamos nuestros desafíos personales?

—Excelente pregunta, Anna —responde el profesor Cromwell-Smith—. Tienes razón al señalar la tensión entre el instinto de retirada y la necesidad de confrontación. Desde un punto de vista filosófico, podemos considerar la evasión como una respuesta natural. Los seres humanos estamos programados para la supervivencia y nuestro primer instinto suele ser protegernos del daño. Pero, como sugiere el poema, existe una delgada línea entre esta reacción instintiva y la pasividad, y cuando la cruzamos, nos privamos de la oportunidad de crecer. No se trata de ser temerarios o excesivamente combativos, sino de tener el valor de afrontar el desafío cuando llega, incluso si eso significa empezar con pequeños pasos. No definiría la evasión como un fracaso del carácter en sí mismo, sino como una oportunidad perdida para interactuar con las lecciones más profundas de la vida.

Carlos, estudiante de Psicología y Neurociencia, alto, de cabello oscuro y cuidadosamente peinado, con una sonrisa cálida que contrasta con su habitual seriedad, interviene a continuación.

—Profesor, habló sobre la naturaleza dual de la adversidad, cómo presenta tanto sufrimiento como oportunidad. Desde una perspectiva psicológica, ¿cómo podemos cultivar la resiliencia para ver la adversidad no solo como una amenaza, sino como una oportunidad? ¿Es posible reformular activamente estas experiencias de manera que fomenten el crecimiento personal?

—Carlos, has tocado el núcleo del desafío —responde el profesor Cromwell-Smith—. En psicología, la reformulación es, de hecho, una herramienta poderosa. Se trata de cambiar la lente a través de la cual percibimos una experiencia. En lugar de ver la adversidad puramente como una amenaza, podemos entrenar nuestra mente para verla como una oportunidad de crecimiento, aprendizaje o incluso autodescubrimiento. Hay un proceso fascinante en la psicología cognitiva llamado *reestructuración cognitiva*, que consiste en transformar pensamientos negativos o limitantes en otros más constructivos. La resiliencia no es un rasgo fijo; es una habilidad que se puede desarrollar con la práctica. Se puede empezar por reconocer la adversidad, procesarla y luego preguntarse: ¿Qué puedo aprender de esto? ¿Cómo puede este momento hacerme más fuerte, más capaz o más comprensivo? Con el tiempo, este cambio de mentalidad se vuelve automático.

Un silencio reflexivo se extiende por la sala mientras los estudiantes asimilan sus palabras.

Jane, estudiante de Historia y Ciencias Políticas, con su largo cabello negro generalmente recogido en una pulida coleta y una mirada atenta que revela su gran capacidad de observación, pregunta:

—Profesor, el poema parece sugerir que la adversidad es inevitable y, en algunos casos, irreversible. ¿Cree que la historia nos muestra ejemplos de cómo las sociedades, en contraposición a los individuos, enfrentan la adversidad? ¿Existen momentos históricos en los que la adversidad haya sido *irreversible* y qué podemos aprender de ellos?

—Esa es una perspectiva fascinante, Jane —responde el profesor Cromwell-Smith—. Tienes razón al señalar que la historia está llena de momentos de adversidad colectiva, ya sea a través de guerras, crisis políticas o injusticias sociales. Algunos de estos eventos, como la caída de imperios o la devastación provocada por conflictos bélicos, parecen irreversibles. Sin embargo, lo que resulta llamativo es la resiliencia de las sociedades que logran reconstruirse y transformarse después de estas pruebas. Pensemos, por ejemplo, en la recuperación de Europa tras la Segunda Guerra Mundial o en el Movimiento por los Derechos Civiles en Estados Unidos. Estos episodios de sufrimiento y pérdida colectiva se convirtieron en catalizadores de grandes cambios. La lección clave es que, aunque algunas adversidades pueden parecer irreversibles, la manera en que respondemos ante ellas tiene el poder de moldear el futuro. Es un testimonio de la extraordinaria capacidad humana de reinventarse, incluso ante desafíos que parecen insuperables.

David, estudiante de Economía y Sociología, de complexión atlética y mandíbula afilada, a menudo visto con una leve expresión de ceño fruncido cuando analiza tendencias y patrones sociales, plantea su inquietud:

—Profesor, el poema enfatiza la necesidad de enfrentar la adversidad con valentía y determinación, y, sin embargo, también advierte sobre evitar los "espejismos en el desierto", es decir, aquellos obstáculos que no son reales. ¿Cómo podemos distinguir entre una adversidad genuina que requiere confrontación y los desafíos imaginarios que creamos en nuestra mente debido al miedo o la inseguridad? ¿Existe un método para discernir esta diferencia?

—Esa es una pregunta sumamente perspicaz, David —responde el profesor Cromwell-Smith—. La línea entre la adversidad real y los desafíos que fabricamos en nuestra mente puede ser sumamente delgada. Con frecuencia, nuestra mente nos juega malas pasadas: el miedo, la duda y la inseguridad pueden hacer que los problemas parezcan más grandes o más difíciles de superar de lo que realmente son. Una manera de distinguir entre ambos es cuestionar la fuente de la adversidad. ¿Se trata de un desafío externo, algo verdaderamente fuera de nuestro control, o está arraigado en nuestros temores, ansiedades o proyecciones internas?

Hace una breve pausa y luego continúa:

—Un método que recomiendo es el *chequeo de realidad*. Detente por un momento y analiza la situación desde un punto de vista objetivo. Pregúntate: ¿Esto es algo que realmente puedo controlar? ¿Está basado en hechos concretos, o está influenciado por mis emociones y temores? La adversidad real exige acción; la adversidad imaginaria, en la mayoría de los casos, requiere simplemente un cambio de perspectiva.

—Eso es todo por hoy. Nos vemos la próxima semana —concluye el profesor Cromwell-Smith, sus palabras flotando en el aire como ecos de sabiduría.

A medida que los estudiantes se levantan y comienzan a salir del auditorio les entrega a cada uno una copia de la *fórmula de la felicidad*, un gesto cargado de esperanza silenciosa por el futuro de cada uno de ellos.

Cuando el último estudiante abandona la sala, sus conversaciones apagándose en los pasillos, el profesor Cromwell-Smith se queda un momento en el atril, observando las filas de asientos ahora vacías. El silencio que sigue a la discusión le parece más denso, más reflexivo.

Recoge sus notas y ajusta sus gafas, permitiéndose un breve instante de introspección. Los ecos del pasado y del presente se entrelazan en su mente, y se pregunta en silencio qué semillas de conocimiento habrán encontrado un terreno fértil entre sus alumnos.

Enderezando la postura, se dirige hacia la puerta, su mente ya inmersa en la preparación de la próxima clase, una nueva oportunidad para explorar las complejidades de la vida y, quizás, inspirar a unos cuantos corazones más.

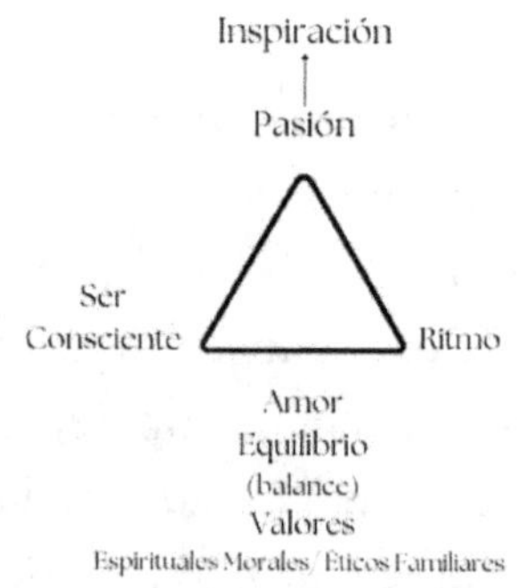

Al salir del auditorio, el profesor observa el campus y siente una satisfacción silenciosa al ver a sus estudiantes retirarse con expresiones de gratitud y determinación marcadas en sus rostros.

Mientras camina hacia su vieja bicicleta oxidada, su mirada se detiene en una figura sentada en un banco a lo lejos. Es Victoria. Sus hombros se sacuden con cada sollozo inconsolable, y sus lágrimas fluyen sin cesar, su llanto audible incluso desde la distancia. Su respiración entrecortada revela una emoción avasalladora, un torrente de sentimientos que la consume por completo.

Sin dudarlo, Erasmus avanza con paso firme hacia ella, con el corazón oprimido por la preocupación. Al llegar, se sienta a su lado sin pronunciar palabra. En lugar de hablar, la envuelve suavemente con sus largos brazos, ofreciéndole un refugio de amor y protección. El mundo que los rodea parece desvanecerse; en ese instante, solo existe ella.

«Debe desahogarse», piensa Erasmus, sintiendo cómo el dolor de Victoria se infiltra en el silencio compartido entre ambos.

Pasa un largo rato antes de que Victoria rompa el silencio con una voz temblorosa.

—Erasmus, estuve presente durante toda la clase —confiesa, con palabras frágiles, como si fueran una ofrenda cargada de vulnerabilidad. Su rostro, surcado por lágrimas, se vuelve hacia él, buscando comprensión en su mirada.

Erasmus se sorprende por un instante, pero pronto recupera la compostura. Asiente pensativo y, tras una breve pausa, su voz emerge suave y serena, un ancla en medio de la tormenta emocional de Victoria.

—Está bien, Victoria —susurra, su tono invitante pero firme —¿Por qué no me cuentas qué ocurrió mientras te buscaba?

Las lágrimas de Victoria arrecian por un momento, como si sus palabras hubieran desbloqueado una represa de emociones. Con la voz quebrada por el sentimiento, comienza a relatar los acontecimientos de aquella fatídica noche. Sus recuerdos brotan crudos y sin filtro, cada palabra un fragmento del dolor y la culpa que ha cargado durante tantos años.

Erasmus la escucha con atención, sin soltarla ni un segundo, brindándole con su abrazo un consuelo mudo, mientras ella, por fin, expone la historia que los ha atormentado a ambos por décadas.

— ✢ —

El hogar de la familia Emerson-Lloyd, Waterloo, Illinois, 1977
(La llegada de Victoria desde Harvard)

—Victoria, no puedes obligar a toda tu familia a desarraigarse de un día para otro. Este es nuestro hogar. Aquí hemos vivido toda nuestra vida, aquí naciste tú y tus hermanos, aquí están nuestros amigos de toda la vida —declara su madre con voz firme, rebosante de una determinación inquebrantable.

Victoria, sin embargo, la ignora por completo.

—Mamá, papá, es vuestra elección: o nos vamos, o tomo el tren de vuelta a Boston hoy mismo, esta vez para siempre —afirma con firmeza, sin el menor titubeo en su tono.

El rostro de su padre se crispa con alarma.

—Victoria Emerson-Lloyd, ¿en qué tipo de problema te has metido? —pregunta con inquietud.

—Problemas de amor, papá. Si él aparece aquí, temo que no seré capaz de resistirme —su voz se quiebra bajo el peso de su confesión.

—Victoria, ¿por qué no nos dices qué está pasando? —insiste su madre, su angustia palpable.

—Lo único que pasa —grita Victoria, mientras las lágrimas caen libremente por su rostro— es que me voy a casar con el hombre que vosotros queréis, no con el que amo.

Su padre se queda inmóvil, visiblemente desconcertado.

—¡No entiendo nada! No queremos que hagas eso —afirma, dirigiendo una mirada fulminante a su esposa, quien clava la vista en el suelo para evitar su mirada acusadora.

—¿Quién es él? —pregunta su padre con un tono más suave.

—Un estudiante británico —murmura Victoria, su voz apenas un susurro—, está a punto de terminar su máster.

La confusión en el rostro de su padre se transforma en sospecha al mirar alternativamente a su esposa e hija.

—Necesito que me expliquéis qué está ocurriendo. ¿Es esto un matrimonio arreglado? —pregunta, con un matiz de asco en su voz.

—Victoria ha tomado una decisión sensata: formar una familia con un caballero experimentado y acomodado de nuestra misma región. El asunto está resuelto y no hay nada más que discutir —declara su madre con tono firme e inquebrantable.

—¡Me dijiste que era decisión de Victoria! Parece que la estás obligando a casarse con ese hombre —la acusa su esposo, clavando en ella una mirada cortante.

Victoria permanece inmóvil, paralizada por las palabras de su madre. Su arrebato emocional ha dejado al descubierto sus verdaderos sentimientos, y lo único que desea en ese instante es salir corriendo hacia la estación de tren y regresar con Erasmus.

Al otro lado de la sala, su madre, visiblemente alterada, trata desesperadamente de recuperar el control de la situación que se le escapa de las manos.

—Victoria —interviene apresuradamente—, déjame hablar con tu padre a solas sobre esto.

Sin esperar su aprobación, toma a su perplejo esposo del brazo y lo conduce a otra habitación.

Victoria, atrapada en el torbellino de emociones, permanece sentada, incapaz de procesar todo lo que sucede a su alrededor. Minutos después, su madre regresa con una sonrisa triunfante dibujada en el rostro.

—Victoria, tenemos una propiedad en Columbia, Illinois, al norte de aquí. Podemos mudarnos allí temporalmente hasta que te cases. Además, está más cerca de la universidad en St. Louis donde probablemente continúes tus estudios. Socialmente, estar fuera unos meses no nos afectará demasiado —anuncia con un entusiasmo forzado, su voz rebosante de un optimismo impostado.

Victoria sale de su ensimismamiento y, dirigiendo su mirada a Erasmus, continúa su relato.

—Poco después de casarme, me mudé y me establecí en Columbia, Illinois. Allí nacieron todos mis hijos. No mucho después de mi regreso de Boston, también me matriculé en la Universidad de Misuri en St. Louis, donde finalmente completé mis estudios en psicología criminal. Años más tarde, tras graduarme, inicié mi carrera como docente y después nos trasladamos a Boston. Y aún hoy, sigo sin saber cómo logró mi madre convencer a mi padre de aceptar todo aquello.

Su voz se apaga, y su mirada se pierde en la distancia, como si aún intentara comprender los recuerdos de aquellos días fatídicos.

—⸙—

Royal Cambridge Scholastic Institute, 2019
(Caminos secundarios del campus)

La pareja recién reunida camina por el sendero cubierto de hierba húmeda en dirección a su hogar. En el rostro de Victoria se refleja un visible alivio; sus hombros, antes tensos, ahora parecen relajarse ligeramente. Erasmus, siempre perceptivo, intuye que el verdadero desafío no radica en el pasado, sino en que ella logre perdonarse a sí misma por las decisiones que tomó. Con silenciosa determinación, estrecha su abrazo, envolviéndola en un manto de perdón, como si quisiera protegerla de la tormenta interna que aún la azota.

—Te amo —murmura suavemente en su oído, su voz firme y serena, un ancla en medio del temblor de sus incertidumbres.

Victoria aminora el paso y se vuelve para mirarlo. Sus ojos, rebosantes de gratitud y amor, lo contemplan con ternura. Pero, de pronto, su mirada se ensancha con sorpresa y asombro. Nota el pequeño pergamino en su mano y comprende de inmediato que está destinado a ella.

—Esta mañana —comienza Erasmus con una sonrisa tierna—, antes de quedarme dormido en tu hombro, escribí algo para ti, mi lady.

Sostiene el pergamino con delicadeza, sus dedos tiemblan apenas, y comienza a leer con sinceridad y emoción en cada palabra…

¿Cómo es que siempre me haces sentir tan especial?

¿Qué son todas esas pequeñas cosas que haces?

¿Qué tiene tu manera de ser?

¿Cuáles son esas palabras hechizantes que dices?

¿Qué hay en esos versos mágicos que garabateas?

Todo en ti me hace sentir especial,

mi amor.

¿Será porque me haces sentir

caprichoso,

feliz,

amado,
adorado y venerado sin límites?
¿O será porque,
cada día,
en el torbellino de tu devoción,
me recuerdas que soy para ti
la persona más importante del mundo,
el mismísimo centro de tu universo?
Esa es la única forma en la que puedo explicar
cómo, al sumergirme en la dicha,
no me queda más remedio que sentirme:
motivado,
inspirado
y profundamente agradecido.

Así es como
sacas lo mejor de mí.
Despiertas en mí todo lo que puedo dar,
simplemente porque eres quién eres
y porque me haces sentir
tan único, tan especial,
mi amor.

*

Victoria tiembla, su respiración se entrecorta mientras el peso de sus palabras la envuelve. Suspira profundamente, dejando que sus emociones la inunden como una marea de júbilo y liberación. Sin dudarlo, se acerca y lo besa con pasión, un beso que parece trascender el tiempo mismo.

El momento se estira en la eternidad, en una unión inolvidable de amor, perdón y renacimiento que ninguno de los dos podrá olvidar jamás.

Capítulo 2

La coherencia

Isla de Nantucket, Nueva Inglaterra, Massachusetts, 2019
(Domingo por la mañana, amanecer)

La pareja recién reunida se sienta sobre la arena, envuelta en una manta de lana. El océano, a solo unos pasos de distancia, refleja la serenidad de la brisa matinal. Con sorbos pausados, disfrutan de sus tés calientes, mientras el calor de sus calcetines de lana hasta las rodillas les brinda el toque perfecto para la fresca mañana de 10°C. Esperan juntos a que el sol rompa el horizonte.

Ha pasado una semana desde su conversación inconclusa y, día a día, los fantasmas del pasado comienzan a disiparse. La alegría de estar juntos nuevamente va erosionando la culpa y los resentimientos persistentes. Sin embargo, Erasmus intuye que Victoria aún no se ha liberado del todo de las cicatrices emocionales que arrastra. Sabe que, a medida que enfrente su dolor, surgirán nuevas revelaciones.

—Era psiquiatra —espeta de repente Victoria.

—¿Quién?… —Erasmus empieza a preguntar, pero ella lo interrumpe y sigue con su monólogo.

—Y era mucho mayor que yo.

Hace una pausa, momentáneamente perdida en sus recuerdos. Erasmus se aferra a cada una de sus palabras, sintiendo el peso de su confesión, aunque aún no sabe hacia dónde la está llevando.

'Quizá esto explique su comportamiento en el pasado', reflexiona Erasmus. '¡No! ¿Podría ser?' Su corazón late con fuerza mientras su mente busca respuestas.

—Me llevaba veintiocho años —confiesa finalmente, su voz teñida de lamento.

—Lo suficientemente mayor como para ser mi padre, pero elegido para ser mi marido —añade con amargura.

La revelación lo golpea como un relámpago. La observa, inmerso en sus pensamientos, preguntándose si acaso realmente conocía a Victoria.

—Ahora que miro atrás, veo cómo me manipuló, cómo manipuló a mi madre y, de alguna manera, a toda mi familia para satisfacer sus propias necesidades —continúa ella.

—Durante los primeros años, caí bajo su hechizo perverso y coercitivo. Me convenció, en términos terapéuticos, de que la manera más efectiva de romper definitivamente mis sentimientos por ti era centrarme en cada cosa negativa que recordara de ti... y repetirla una y otra vez.

—¿Funcionó?

—Al principio, sí. Creé una realidad alternativa para justificar mi comportamiento. Pero, con el tiempo, mis verdaderos sentimientos volvieron a emerger... y ahí terminó todo.

'Por fin, la verdad', piensa Erasmus, sintiendo una oleada de emociones desbordarlo.

—Aprovechó mi vulnerabilidad como paciente suya, utilizando su conocimiento íntimo de mi estado emocional. Poco a poco me fue empujando hacia él, manipulándome sutilmente con argumentos de conveniencia social y estabilidad económica.

Mientras habla, las piezas sueltas del rompecabezas en la mente de Erasmus comienzan a encajar una tras otra, aportándole una claridad que nunca antes había tenido.

—Me convencí, a regañadientes, de que podía controlarlo a él mejor de lo que podía controlarte a ti. Su intelecto y su personalidad no me intimidaban como lo hacían los tuyos. A su lado, no me sentía tan insuficiente como a menudo me sentía contigo. También creí que su posición económica era el camino más seguro para mí y para los hijos que soñaba tener.

Erasmus tiene un millón de preguntas, pero sabe que es mejor no interrumpir el torrente de confesiones que están cambiando su vida.

—Pero, mi amor, mis hijos y yo pagamos un precio muy alto por mi pobre juicio. Cambié el amor verdadero por el papel de cuidadora —se lamenta.

—Al final, él fue el único ganador. Comprándome, se sacó a sí mismo del estado de soledad de un hombre divorciado que jamás había experimentado una conexión emocional genuina —afirma con tristeza.

—Viví una vida miserable y vacía como mujer, añorándote todos estos años. La maternidad fue lo único que salvó mi cordura; mis hijos llenaron de alegría el vacío de mi corazón.

Me entregué por completo a amarlos y criarlos, esforzándome por darles una vida lo más normal posible. Exteriormente, fingía que todo estaba bien.

Hace una breve pausa, su tono oscureciéndose.

—Antes de que enfermara, ya era solo un anciano al que cuidaba a diario. Con el tiempo, mis hijos lo vieron con claridad. Comencé a hablar abiertamente sobre ti y sobre nosotros, incluso delante de él. Lo detestaba. Reaccionaba con sarcasmo y decía: '¿Qué importa? Al final, te tuve a ti.'

Erasmus, ahora absorto en sus pensamientos, reflexiona: *Lo que dijo la hija de Vic el año pasado en clase sobre su madre casándose con el hombre que su familia eligió... debió de ser Sarah repitiendo la versión oficial de la familia*, razona.

—Mis hijos lo querían como a un pariente lejano —explica Victoria—. No había afecto. Creo que sus propios hijos venían solo porque yo insistía. Nunca fue cariñoso ni cercano con ellos.

—¿Cómo lo conociste? —pregunta Erasmus con inquietud.

—Era el psiquiatra de mi madre. Ella insistió en que lo viera cuando cumplí dieciocho años, alegando que necesitaba terapia por mis cambios de humor y episodios de depresión —relata.

—Al cabo de un mes, empezó a invitarme a cenar. En el quinto mes, le pidió mi mano a mis padres. Mi madre aceptó de inmediato, pero mi padre dudó. Finalmente, todos ignoraron lo que yo quería.

Hace otra pausa. El sol naciente ilumina el vasto océano, creando un fondo impresionante para sus revelaciones.

—Querido, después de aquella escena, me fui a Boston. Finalmente, nos conocimos, y no volví a tener contacto con él hasta que regresé a casa tres años y medio después —prosigue.

—De manera irónica, mucho tiempo después, cuando estaba en fase terminal, me confesó que había estado enamorado de mi madre, pero sabía que ella nunca le sería infiel a su marido.

—En cierto modo, para él, tenerte a ti fue una forma retorcida de poseer a tu madre —afirma Erasmus en voz alta.

—Sí, y tristemente, para ella fue lo mismo... una forma retorcida de tenerlo a él —revela Victoria.

Victoria se detiene. Las olas rompen en la orilla, resonando con la turbulencia de sus emociones.

—Mis dudas, mis ansiedades y mis inseguridades me guiaron. Mis emociones fueron mi perdición. Esto es, simplemente, la historia de lo que pasó.

Erasmus la contempla durante lo que parece una eternidad. Luego, apretando con ternura su abrazo bajo la acogedora manta de lana, le susurra:

—Mi señora, ese hermoso amanecer anuncia un glorioso nuevo día. ¿No crees que ha llegado el momento de seguir adelante?

Las notas envolventes de *Hello* de Neil Diamond emergen de su radio portátil, señalando un renovado sentido de la vida. Se acurrucan más cerca mientras la brisa fresca se intensifica. Sus tés, antes calientes, ahora están fríos, en agudo contraste con sus corazones, que arden con un calor renovado. Sin embargo, Erasmus percibe nubes persistentes en sus ojos.

'Aún queda más por venir', piensa, firme en su determinación. *'Sea lo que sea, estaré preparado'*.

Mientras acaricia suavemente las tersas mejillas de Victoria, *Only You* de The Platters comienza a sonar. De pie, con los dedos entrelazados, se balancean al compás de la melodía, sus cuerpos increíblemente cercanos. Sus sonrisas, plenas y serenas, irradian paz, amor y felicidad mientras los ecos de la canción envuelven el naciente día.

Royal Cambridge Scholastic Institute, 2019
(De camino al auditorio)

Mientras pedalea a un ritmo constante por los senderos traseros del campus, el profesor Cromwell-Smith repasa todas las escenas que Victoria le describió el día anterior, superponiéndolas con sus propias tribulaciones de aquella época.

Poco después, entra en un auditorio abarrotado, listo y ansioso por comenzar.

—Buenos días a todos.

—Buenos días, profesor.

—En algún momento de nuestras vidas, más temprano que tarde, debemos encontrar respuestas mientras buscamos coherencia. ¿Qué queremos de la vida? ¿Qué significa la vida para nosotros? ¿Cuál es nuestro propósito mientras estamos aquí, en este magnífico planeta Tierra? Y una de las herramientas existenciales clave que permite este examen es el pegamento que une todo, el que da sentido a la vida. Ese pegamento es la COHERENCIA, —afirma el ilustre profesor en sus palabras introductorias.

—Cuando Victoria y yo vivíamos separados, nuestras vidas estaban patas arriba. Hoy, los llevaré de regreso a un día en el que recibí una lección invaluable y duradera sobre la coherencia.

—Comienza así…

—✳—

Hotel Waldorf-Astoria, Nueva York, 1977

La cafetería del Waldorf-Astoria está repleta de gente de todas partes del mundo. Erasmus sorbe su habitual y muy británico té con leche mientras observa el popurrí de ropas, sombreros, rostros y gestos corporales.

—¡Erasmus, joven, qué placer verte! —exclama efusivamente el anticuario escocés, Colin Carnegie, mientras se acerca a paso rápido.

—Señor Carnegie, es un verdadero gusto verlo de nuevo.

—Esta vez, solo es una visita breve a la Gran Manzana —comenta mientras, muy acorde a la situación, pide un té caliente con leche.

—Querido Erasmus, ¿cómo has estado? La última vez que te vi fue en Cape Cod, en la Conferencia de Anticuarios de Nueva Inglaterra, donde, según tengo entendido, hiciste un *Houdini* con todos nosotros al desaparecer en plena noche —inquiere y declara el señor C, aludiendo al famoso escapista.

—Señor C., desde la última vez que lo vi, me gradué en Harvard, fui a Gales una última vez, pasé tiempo con mi familia y tuve una sesión final y memorable con mis tres mentores. De vuelta en Estados Unidos, me establecí en Boston y acepté un puesto como profesor en la Universidad de Brandeis.

Carnegie lo observa en silencio con una sonrisa solemne.

—Extraordinario, sin duda. Felicidades, joven. Pero parece que estás omitiendo algo en tu actualización, ¿no es así? —

señala el señor C., llamándolo la atención por esquivar la parte de su "acto de escape".

Erasmus lo mira con ojos profundamente entristecidos.

—¡Se ha ido, señor C.!

—Obviamente, no está aquí —responde Carnegie, reconociendo en su interior que *eran inseparables*, pero con firmeza en la voz, como si intentara infundirle coraje a Erasmus.

—Algo verdaderamente trascendental debió de ocurrir, joven. Esto es lo último que me habría imaginado. Ustedes dos literalmente parecían hechos el uno para el otro.

—Mis mentores en Gales me regalaron un profundo escrito llamado 'La fórmula de la felicidad'. Me ha sido de gran ayuda para sobrellevar su ausencia, pero necesito su ayuda para aceptar la pérdida.

—En momentos como este, quizá lo mejor sea dar un paso atrás y contemplar las cosas desde la distancia. Se me ocurre una idea. Ven conmigo; demos un paseo por mis terrenos sagrados aquí en Nueva York —anuncia el señor C. mientras firma la cuenta.

Caminan bajo un clima agradable, con el bullicioso telón de fondo de las calles de Manhattan. Erasmus vierte en el sabio hombre de las Tierras Altas de Escocia todo su amor, sus aflicciones y tribulaciones. El tiempo vuela mientras giran por la Quinta Avenida y, poco después, entran en el majestuoso y atemporal edificio de la Biblioteca Pública de Nueva York.

Tan pronto como cruzan la entrada, la placa conmemorativa no pasa desapercibida para Erasmus. Es una dedicatoria al hombre que financió su construcción y posibilitó su creación: el pariente lejano del señor C., Andrew Carnegie.

'Tenía que ser, qué apropiado, ¿verdad?', murmura Erasmus para sí mismo.

'*¿A dónde más me habría llevado si no era aquí?*', reflexiona con admiración y con una leve sonrisa casi imperceptible.

—¿Impresionado? —pregunta el señor C.

—Mucho, señor.

—Erasmus, recuerda siempre la cantidad de buenas obras duraderas que este gran escocés-estadounidense llevó a cabo con su riqueza durante su vida.

—Siempre lo hago, señor.

El señor C. se pierde por un rato en la majestuosa Sala Rose de la biblioteca hasta que encuentra exactamente lo que está buscando. Erasmus observa cómo el enérgico hombre regresa con un enorme libro de cuero encuadernado, que parece antiguo.

—Erasmus, este es un escrito atemporal sobre una de las tareas más imperativas, trascendentales y existenciales que todos debemos realizar en la vida, y tú la necesitas con urgencia —declara el señor C. mientras comienza a leer con profunda seriedad.

La coherencia

(Descifrando a la vida)

Descifrar a la vida
es definir con claridad:
qué queremos de la vida,
cómo queremos vivir,
con quién elegimos compartirla,
hacia dónde nos dirigimos,
en qué creemos,
para qué tenemos aptitudes,
qué deseamos lograr
y qué pretendemos dejar como legado.
Porque, al final,
debemos buscar y comprender

qué significa la vida para nosotros.
De lo contrario,
deambulamos por ella
como almas sin vida,
con el espíritu vacío.

Descifrar el significado de la vida
nos permite determinar
cuál es nuestro propósito
y hacia dónde nos dirigimos.

De lo contrario,
vamos a la deriva sin rumbo,
como un barco sin timón
o una nave sin brújula.

La fórmula de la vida es diferente para cada uno de nosotros.
La receta del "Cómo vivir"
es única para cada individuo.
Lo que tiene sentido para uno, para unos pocos o para muchos
puede no tener ningún sentido para otros.
Por ello, para evitar vivir la vida de otro—
imitando su "sentido de vida"—
primero debemos descubrir
qué funciona para nosotros,
y luego, qué funciona para los demás.

Para descifrar la vida,
necesitamos coherencia:
el pegamento que lo une todo.
La coherencia es la armonía que conecta
nuestra existencia con nuestras aspiraciones y creencias,
nuestras acciones con nuestros sueños y metas,
nuestra vocación, nuestro trabajo, nuestro arte o nuestro oficio,
con nuestros mejores talentos y habilidades,

nuestras pasiones con la vida cotidiana,
nuestras convicciones e ideales
con lo que practicamos día a día,
nuestros valores y virtudes con nuestra fe,
nuestro ritmo con el reloj de nuestra vida,
nuestra consciencia de cada segundo que nos queda en la Tierra,
nuestra familia, nuestros seres queridos, nuestros semejantes
y los objetos de nuestro deseo,
con el mejor lado de nuestra esencia y naturaleza.

Dar sentido a la vida
es conectar de manera coherente
el significado de nuestra vida
con su propósito.

*

Erasmus, la coherencia es el pegamento que da sentido y propósito a nuestras vidas; recuerda siempre que, para resolver problemas y comprender la vida, todo debe tener sentido, y eso solo es posible a través de la coherencia.

El señor Carnegie cierra el libro de cuero con un golpe decidido, cuyo peso refleja la importancia de sus palabras. Lo coloca con cuidado sobre la mesa y, con una mirada firme, se dirige a Erasmus:

—Ahora, joven, el resto depende de ti —dice con una sonrisa cómplice, su voz impregnada de aliento y expectación.

Erasmus asiente lentamente, dejando que la profundidad del momento se asiente en su alma mientras reflexiona sobre la sabiduría recién recibida.

La tenue luz de la Sala Rose los envuelve en un resplandor casi etéreo. Erasmus observa cómo el señor Carnegie se aleja con paso firme hacia el laberinto de estanterías.

Quedándose solo con sus pensamientos, deja que las palabras resuenen en su mente, grabándose para siempre en su corazón.

Royal Cambridge Scholastic Institute, 2019
(Auditorio universitario)

Cuando la clase vuelve al presente, encuentran al profesor Cromwell-Smith observándolos con atención.

Hace una pausa, sus ojos reflejando una profunda reflexión mientras se apoya ligeramente en el atril.

—Las palabras del señor Carnegie se quedaron conmigo —dice, con un tono más suave, casi reverente—. Sus ideas sobre la coherencia se convirtieron en una brújula, guiándome en algunas de mis decisiones más difíciles.

Se endereza y recorre con la mirada el aula, encontrando los rostros atentos de sus estudiantes.

—Ahora, reflexionemos sobre cómo podemos aplicar esa coherencia en nuestras propias vidas —añade, dejando un silencio contemplativo en la sala antes de continuar.

—Entonces, ¿a qué estáis esperando? —pregunta, con un matiz desafiante en su voz.

Miradas incrédulas y rostros sorprendidos se proyectan por todo el auditorio abarrotado.

—¿Por qué no empezáis a descubrirlo ahora mismo? —insiste, sin dejar escapar el momento.

—Bien, abramos el espacio para preguntas —anuncia el profesor Cromwell-Smith con un tono acogedor y cálido—. Sentíos libres de preguntar cualquier cosa relacionada con los temas que hemos tratado hoy.

Charlotte, estudiante de Bellas Artes, conocida por sus profundas reflexiones filosóficas, levanta la mano y es llamada a intervenir.

—Profesor, en el poema *Coherencia*, se enfatiza la importancia de conectar nuestras aspiraciones con nuestras creencias y acciones. Pero ¿cómo reconciliamos las contradicciones que a veces experimentamos entre lo que aspiramos a ser y lo que realmente practicamos en nuestra vida diaria? ¿Puede existir una verdadera coherencia si nuestras acciones no siempre se alinean con nuestros ideales?

—Una excelente pregunta, Charlotte. La tensión entre nuestros ideales y nuestras acciones es algo con lo que muchos de nosotros luchamos, y es parte de la condición humana. En el poema, la coherencia se presenta como el pegamento que mantiene unidos todos los aspectos de nuestra vida. Sin embargo, es importante reconocer que la coherencia no trata sobre la perfección, sino sobre la búsqueda de alineación. A lo largo de la vida, debemos reflexionar constantemente sobre nuestras acciones, aprender de nuestros errores y ajustar nuestro comportamiento para que refleje mejor nuestros valores. La coherencia es un proceso continuo, no un estado fijo. Se trata del esfuerzo por hacer que nuestras vidas y nuestras acciones sean lo más armónicas posible con nuestras creencias, incluso si a veces fallamos en el intento.

Benjamin plantea la siguiente pregunta.

—Profesor, en una clase anterior habló sobre la doble naturaleza de la adversidad: cómo presenta tanto dificultades como oportunidades. Desde el punto de vista psicológico, ¿cómo podemos desarrollar una mayor coherencia en nuestras vidas cuando nuestras respuestas emocionales a menudo contradicen nuestra comprensión racional de las situaciones?

—Benjamin, esa es una pregunta fascinante. Los aspectos emocionales e intelectuales de nuestra vida no siempre están en sintonía, y esto crea lo que en psicología llamamos *disonancia cognitiva*. Una forma de alcanzar una mayor coherencia es mediante la regulación emocional: aprender a gestionar nuestras emociones de una manera que esté alineada con nuestra comprensión racional. Esto requiere atención plena, autoconciencia y práctica. Con el tiempo, podemos cultivar un sentido de armonía trabajando conscientemente para cerrar la brecha entre nuestras emociones y nuestro pensamiento racional. Precisamente, el poema alude a este proceso cuando habla de conectar nuestras acciones, creencias y sentimientos.

Scarlett, estudiante de Historia, es la siguiente en intervenir.

—Profesor, en *Coherencia*, la idea de 'descifrar la vida' es central. Habló sobre cómo la coherencia conecta nuestra existencia con nuestras aspiraciones y valores. Pero a veces la vida nos presenta desafíos que sacuden nuestro sentido de coherencia. ¿Cómo podemos restaurarlo cuando sentimos que nos hemos perdido?

—Esa es una pregunta perspicaz, Scarlett. Los desafíos de la vida suelen poner a prueba nuestra coherencia; nos sentimos inciertos, a la deriva o desconectados. El poema sugiere que la coherencia trata de armonizar nuestro mundo interior y exterior. Cuando esto se desequilibra, debemos volver a nuestros valores y aspiraciones. Se trata de reencontrarnos, de evaluar en qué momento nos desviamos y de realinearnos con nuestro propósito. Cuando nos sentimos perdidos, a menudo es porque nos hemos alejado de nuestros valores fundamentales. Restaurar la coherencia significa detenernos, reflexionar y tomar decisiones conscientes para reconectar con lo que realmente nos importa.

Sebastián, estudiante de Educación, interviene.

—Profesor, el poema enfatiza la importancia de la coherencia para dar sentido a la vida, pero a veces nos enfrentamos a contradicciones que desafían ese sentido. ¿Cómo lidiamos con situaciones en las que la alineación entre nuestras creencias y nuestras acciones parece imposible de reconciliar? ¿Se trata de hacer concesiones o de revisar completamente nuestras creencias?

—Otra pregunta muy reflexiva, Sebastián. En la vida, las contradicciones son inevitables. No importa cuánto intentemos mantener la coherencia, a veces nuestras circunstancias o nuestras acciones nos llevan a un conflicto con nuestros ideales. La clave es afrontar esto con humildad y conciencia. No se trata de alcanzar la perfección, sino de avanzar. Si la alineación entre nuestras creencias y acciones parece imposible, puede ser necesario reevaluar nuestras prioridades, reflexionar sobre si nuestras creencias siguen sirviéndonos o si necesitamos un cambio de perspectiva. Hacer concesiones puede ser parte del proceso, pero solo si esas concesiones no socavan nuestros valores fundamentales. El objetivo es navegar la vida con intención y, cuando sea necesario, hacer ajustes que preserven nuestra integridad.

—Eso será todo por hoy. Nos vemos la próxima semana —concluye el profesor Cromwell-Smith, sus palabras quedando suspendidas en el aire como ecos de sabiduría. Observa las expresiones de los estudiantes transformarse en miradas curiosas, como exploradores a punto de embarcarse en viajes hacia lo desconocido.

A medida que los estudiantes se levantan y salen del auditorio, les entrega una copia de la *fórmula de la felicidad*, su gesto impregnado de una silenciosa esperanza por los caminos que emprenderán.

Cuando el último estudiante desaparece en el pasillo, sus murmullos desvaneciéndose en la distancia, el profesor Cromwell-Smith permanece junto al atril, contemplando las butacas vacías. El silencio se siente más denso, más reflexivo, tras la profundidad de la conversación compartida.

Recoge sus notas, ajusta sus gafas y se concede un raro momento de introspección. Los ecos del pasado y del presente se entrelazan, y se pregunta en silencio qué semillas de sabiduría habrán encontrado un terreno fértil en sus alumnos.

"La interminable búsqueda del hombre por el significado y el propósito de la vida. Todos debemos descifrar estas dos cosas primero", reflexiona, recordando las palabras del eminente superviviente del Holocausto Viktor Frankl.

Enderezando la postura, camina hacia la puerta, su mente ya preparando la próxima lección, otra oportunidad para explorar las complejidades de la vida y, quizás, inspirar unos corazones más.

Al salir del edificio de la facultad, su mirada se posa en su vieja y fiel bicicleta, lista y esperando el próximo viaje.

Capítulo 3

La virtud

Royal Cambridge Scholastic Institute, 2019
(Domingo por la mañana, senderos del campus)

Erasmus y Victoria deambulan entre los árboles, tomados de la mano. Su agarre es firme, en un intento de hacerle sentir segura y protegida con su presencia. Pero, sobre todo, quiere que sienta que ya no está sola.

'Las revelaciones compartidas el fin de semana pasado en la isla de Nantucket no fueron las últimas', se recuerda a sí mismo mientras ella se inclina más cerca de él durante su paseo.

El río aparece entre el follaje y una brisa fresca susurra a través de las copas de los árboles. Un pequeño claro se revela ante ellos, y Victoria lo proclama como el lugar ideal para instalar su almuerzo de picnic.

Sentados y riendo, la pareja de mediana edad rememora el último despiste de Erasmus. Este enfureció a la mitad del profesorado cuando, en medio de una de sus clases, presentó a seis de sus colegas como profesores visitantes de la Universidad de Brandeis, a pesar de haber dejado esa venerable institución décadas atrás.

En mitad de la risa, Erasmus nota algo. Detrás de la amplia y radiante sonrisa de Victoria, discierne un par de ojos nublados y solemnes.

'Mortales y serios son, en verdad', murmura con anticipación.

De repente, cruzan miradas, y ella sabe que él ha descifrado perfectamente su estado de ánimo.

'Allá vamos', piensa, preparándose para el ejercicio de desahogo de su "vida pasada".

—Querido, todavía hay partes de mi historia que quiero compartir contigo —declara ella.

—Lo sé, mi lady. Hazlo a tu propio ritmo —le asegura él con dulzura, su tono receptivo y firme.

—Bueno, tengo prisa, apresurándome porque me siento abierta y cómoda compartiéndolo contigo ahora mismo. También quiero dejarlo atrás —razona Victoria en voz alta.

—Como desees, mi lady. Soy todo tuyo —responde, sonriendo y besándola suavemente en los labios.

—Bien, déjame llevarte a un momento crucial en el que un viejo bibliotecario me impartió una de las lecciones de vida más profundas que jamás haya recibido. Esta lección, quizá, sea la razón por la que nos reencontramos —dice, sus palabras deliberadas y llenas de peso.

—Comienza así...

—✦—

St. Louis, Misuri, 1998
(Puente del río Misisipi, cruzando de Illinois a Misuri)

—Mamá, escuché toda la discusión —afirma Elizabeth, la hija de 18 años de Victoria.

Un silencio inquietante envuelve a madre e hija mientras conducen bajo la intensa lluvia, cruzando el río Misisipi hacia el centro de St. Louis.

—Tu padre puede ser difícil a veces, querida —responde Victoria con suavidad.

La hija mayor de Victoria está inquieta y confundida. Desea expresar su opinión, pero respeta demasiado a su madre como para dar rienda suelta a su frustración.

—Petulante —espeta Elizabeth impulsivamente.

Victoria se sobresalta levemente, sorprendida, pero duda en responder con algo que no sea amor.

—Él las quiere mucho —intenta tranquilizarla Victoria, su tono sereno pero tenso.

—¿Cómo lo soportas? —pregunta Elizabeth, su autocontrol quebrándose mientras sus emociones emergen.

—La familia siempre es lo primero, Elizabeth —suplica Victoria, aunque la vacuidad de sus palabras no pasa desapercibida para ninguna de las dos.

—Mamá, deja de evadirlo. ¿No crees que es una conversación que necesitamos tener? —insiste Elizabeth con voz firme y decidida.

La tensión se acumula dentro de la furgoneta familiar, el aire cargado de innumerables verdades no dichas. La visibilidad es casi inexistente y la lluvia incesante reduce su avance a un ritmo lento y pesado.

—Tienes toda la razón —admite Victoria después de una pausa—. Tal vez esta sea una excelente oportunidad para hacer algo que he querido hacer desde hace mucho tiempo. Todavía tienes un par de horas antes de que empiece tu clase; la mía es dentro de tres horas. Voy a llevarte a un lugar muy especial donde podremos sentarnos y hablar de todo lo que quieras.

— ✳ —

Biblioteca Pública de St. Louis, 1998
(Centro de la ciudad)

Después de tantos años, el viejo hábito persiste. Cada dos semanas, Victoria visita a una de las tres bibliotecarias de la ciudad. Con el tiempo, todas se han convertido en amigas cercanas y, en cierto modo, en mentoras de vida. Hoy, por primera vez, no está sola en su visita.

La directora de la Biblioteca Pública de la ciudad de St. Louis, Rebecca Samuels-Ortiz, es un torbellino de energía de 65 años. Con más de tres décadas de experiencia en la biblioteca, ha adoptado prácticamente a Victoria desde que se conocieron hace unos diez años. De un solo vistazo, Rebecca percibe de inmediato la angustia de Victoria al verla acercarse con una joven a su lado.

'¿Otro enfrentamiento con el médico de la mente?' reflexiona Rebecca. Luego, la asombrosa semejanza entre Victoria y la joven capta toda su atención.

Las dos mujeres se abrazan con calidez mientras la joven Elizabeth observa desde un lado. Siente que está entrando en un mundo privado que su madre ha guardado con recelo.

—Becca, ella es mi hija mayor, Elizabeth —dice Victoria, acercando a su hija con un brazo.

—Querida, Rebecca ha sido mi amiga, mentora, consejera y hombro en el que llorar durante más de una década —añade, presentando a Elizabeth a la efusiva bibliotecaria.

Elizabeth y Rebecca intercambian un abrazo. Rebecca, con la más pura tradición francesa, besa a la sorprendida adolescente en ambas mejillas.

—Tu madre me ha hablado mucho de ti —declara Rebecca con calidez.

'Pues ella no me ha dicho una sola palabra sobre ti', piensa Elizabeth con escepticismo.

'Además, ¿no se suponía que íbamos a tener una conversación seria sobre asuntos familiares?' protesta en silencio.

—Encantada de conocerte —dice Elizabeth, educada en apariencia, pero incómoda por dentro.

—El placer es mío —responde Rebecca con una sonrisa acogedora.

Elizabeth asiente, su sonrisa más cálida de lo que le permite su creciente incomodidad.

Rebecca las guía a través del vestíbulo principal de la biblioteca hasta una gran mesa de trabajo y lectura. Sentadas en una esquina, Rebecca y Elizabeth intercambian miradas sutiles e inquisitivas, como si se estuvieran evaluando mutuamente.

—Victoria, que hayas traído a tu preciosa hija aquí es un paso notable en la dirección correcta —afirma Rebecca con convicción—. Es un paso hacia el enfrentamiento con la realidad, la apertura y la toma de decisiones que hace mucho tiempo debieron haberse tomado.

La frustración de Elizabeth burbujea hasta la superficie.

—¿Qué estamos haciendo aquí? Le pedí específicamente a mamá una conversación sobre asuntos familiares serios —suelta con brusquedad.

Rebecca, imperturbable, continúa con un tono apacible pero firme:

—Pero trajiste a Elizabeth aquí por una razón, ¿verdad?

La mirada tormentosa de Victoria refleja su incertidumbre, y Elizabeth se sorprende por la perspicacia de Rebecca. Se gira hacia la mujer mayor, su expresión una mezcla de sorpresa y curiosidad.

—Elizabeth, hay muchas cosas importantes sobre la vida de tu madre que no conoces. Algunas son dolorosas, pero muchas son maravillosas —comienza Rebecca con suavidad—. Debes ser paciente y permitirle abrirse a su propio ritmo. Compartirá lo que esté preparada para contar cuando sea el momento adecuado. Traerte aquí hoy ha sido un paso transformador para ella, algo que ha deseado hacer durante mucho tiempo y por lo que ha trabajado arduamente.

La ira de Elizabeth se suaviza al resonar las palabras de Rebecca.

—Gracias por ayudarme a comprender —susurra Victoria, sus ojos brillando de gratitud mientras mira a Rebecca.

Madre e hija se abrazan con fuerza, su vínculo fortalecido por el momento compartido.

—Te quiero mucho, mamá —dice Elizabeth con alegría.

—Yo también te quiero, querida. Yo también —responde Victoria, su voz llena de alivio.

—Victoria, aprovecha el momento. Lo que has estado soñando durante tanto tiempo por fin ha sucedido —declara Rebecca.

Los ojos de Victoria se abren con intensidad, su agotamiento dando paso a una determinación renovada.

—La Universidad de Boston te ha ofrecido un puesto… es hora de que persigas tus sueños y… lo encuentres —afirma Rebecca con determinación.

—Vuelvo enseguida —añade, alejándose para atender a unos visitantes que solicitan su ayuda.

'¿Boston? ¿Qué está pasando? ¿Se ha vuelto completamente loca mi madre?' se pregunta Elizabeth, sus pensamientos enredados en una tormenta de confusión e incertidumbre.

—¿Encontrar a quién, mamá? —pregunta Elizabeth, consumida por la angustia.

Victoria le presiona suavemente un dedo contra los labios.

—Todo a su debido tiempo, querida.

La señora Samuels-Ortiz regresa con pasos rápidos, una sonrisa iluminando su rostro.

—— ✦ ——

Biblioteca Pública de St. Louis, 1998
(Centro de la ciudad)

—Elizabeth, mantente abierta y comprensiva con tu madre. En esta ocasión, tus mejores atributos deben salir a la luz: tolerancia, perdón, perseverancia y esperanza. Todos ellos te son requeridos ahora —declara la señora Samuels-Ortiz como preámbulo.

La erudita bibliotecaria fija su mirada en Victoria por lo que parece una eternidad. Ha llegado el momento de compartir lo que han ensayado tantas veces antes. Finalmente, Victoria cierra los ojos lentamente y asiente en señal de consentimiento.

Entonces, la señora Samuels-Ortiz le relata a Elizabeth la historia del amor de su madre por Erasmus, su separación y las circunstancias que la llevaron a casarse con su padre. Elizabeth permanece inmóvil, su mirada vacía parece perforar el vacío mientras absorbe y procesa las revelaciones.

—Mamá, ¿por qué te casaste con papá si no lo amabas? —pregunta con insistencia y continúa sin esperar respuesta—. Los dos sois tan diferentes; nunca estáis de acuerdo en nada. En cuanto a la edad, él podría ser tu padre —le reprocha Elizabeth.

El mundo de Victoria gira como si estuviera fuera de control. Las palabras maduras de su hija atraviesan su compostura cuidadosamente mantenida. Pero la vida comienza a sonreírle por las buenas acciones que ha realizado a lo largo de los años y los esfuerzos que ha hecho para enmendar su camino en la búsqueda de la felicidad.

—Mamá, además están todos sus devaneos con sus pacientes. ¿Hasta cuándo vas a soportarlo? —insiste Elizabeth, con una dureza que no deja espacio a evasivas.

Las palabras de su hija son afiladas, pero Victoria siente un inmenso alivio al darse cuenta de que su hija está, sin lugar a dudas, de su lado.

—¿Eres tú también una de sus conquistas? —presiona Elizabeth sin piedad—. ¿Y qué pasa con la abuela y papá? Lo adora, pero de una manera enfermiza, mamá. Si no fuera mi abuela, juraría que le gusta como hombre —declara Elizabeth, aún más indignada.

Los muros emocionales de Victoria se derrumban, y empieza a sollozar intermitentemente, incapaz de responder. Su rostro se empapa de lágrimas mientras Elizabeth continúa.

—Mamá, podemos dejar esto para otro momento —ofrece Elizabeth con preocupación, sintiendo culpa y comprensión, acariciando con ternura el rostro húmedo de su madre.

—¿No estás enfadada conmigo? —pregunta Victoria, entre lágrimas.

—¿Cómo podría estarlo? Me alegra saber que realmente amas a alguien, porque no amas a papá.

—Elizabeth, quizás lo más importante que debería añadir a tus perspicaces observaciones es que lo que tu padre hizo profesionalmente, al actuar como psiquiatra de tu madre, estuvo mal. Se aprovechó de una mujer joven y vulnerable y manipuló tanto a tu abuela como a tu madre hasta llevarlas a una situación que casi destruyó su vida —añade la señora Samuels-Ortiz con gravedad.

Elizabeth permanece serena, inmutable ante los detalles que han atormentado a Victoria y a la bibliotecaria durante tanto tiempo. La razón es simple: ella ya sabe gran parte de la historia. Lo que consume su mente es una sola cuestión: el comportamiento escandaloso de su padre.

—Mamá, nunca mencionaste sus infidelidades antes —declara Elizabeth, con un dejo de reproche.

—Llámame ilusa o ingenua, pero quizás sea porque no lo amo, así que no me importa. Pero es mortificante que seas tú, mi hija, quien me confronte con ello. Como padres, nos engañamos constantemente, creyendo que nuestros hijos no notan o no comprenden las cosas que intentamos ocultarles. ¡Qué equivocados estamos! Lo ven todo. Lo registran todo. Y, como en este caso, lo entienden mejor que nosotros. Me he dado cuenta de que cada palabra, cada acción y cada muestra de afecto o desdén que afecta a nuestros seres queridos tiene consecuencias. Y esas consecuencias, tarde o temprano, nos alcanzan inexorablemente —admite Victoria con resignación.

—Victoria, está claro que, desde hace tiempo, tus hijos han entendido tu situación. Las palabras de Elizabeth demuestran que creen que siempre has sabido sobre el comportamiento del "doctor de la mente" y que has decidido mirar hacia otro lado —interviene la señora Samuels-Ortiz, exponiendo una verdad aún más profunda.

Madre e hija se toman de las manos, contemplando con admiración a la erudita bibliotecaria antes de fundirse en un abrazo apretado, como si su vida dependiera de ello.

Cuando se preparan para marcharse, la señora Samuels-Ortiz interrumpe con un último recordatorio.

—Solo para recordarte, Victoria, la Universidad de Boston necesita tu respuesta de inmediato. ¿Te autorizo a darles una respuesta afirmativa?

—Por supuesto que sí, Becca. Nada ni nadie en el mundo me impedirá mudarme a Boston —afirma Victoria con determinación y un tono de certeza absoluta, a pesar de no tener la menor idea de cuál será la postura de su marido al respecto.

La anciana bibliotecaria sonríe con satisfacción, sabiendo que sus esfuerzos no han sido en vano. Victoria nunca habría afrontado esta situación por sí sola; necesitaba el empuje constante de su amiga de confianza.

Mientras la señora Samuels-Ortiz las despide con un gesto de la mano, observa a madre e hija alejarse, sintiendo un profundo orgullo en su corazón. En este único encuentro, ha logrado cumplir dos misiones largamente esperadas: Victoria ha compartido finalmente su historia con sus hijos y ha dado el paso decisivo para regresar a Boston en busca de su verdadero amor.

— ❖ —

Royal Cambridge Scholastic Institute, 2019
(Picnic en el bosque, junto al río)

—Querido, la señora Samuels-Ortiz compartió con nosotras aquel día un maravilloso manuscrito antiguo. Su contenido no solo conmovió profundamente a Elizabeth y a mí, sino que también fortaleció mi determinación, dándome la fuerza para tomar las decisiones que finalmente me llevaron a acercarme a ti. Me gustaría que lo compartieras con tu clase si crees que es apropiado —implora Victoria, sacando un pequeño pergamino de la cesta de picnic y ofreciéndoselo.

—¿De qué trata? —pregunta Erasmus mientras lo despliega con sumo cuidado.

—De la virtud —responde ella con tranquila convicción.

— ✧ —

Royal Cambridge Scholastic Institute, 2019
(Calles del campus, al día siguiente)

El profesor Cromwell-Smith lleva casi una hora pedaleando, recorriendo las silenciosas y desiertas calles del campus. Todavía está asimilando todo lo que ha descubierto sobre la vida de Victoria, reviviendo las revelaciones y reflexionando sobre su impacto en ambos. Para su gran alivio, la noche anterior Victoria durmió profundamente y despertó con un ánimo radiante que le llenó el corazón de alegría.

Con una sensación de satisfacción aún latente por la tranquila mañana que han compartido, Erasmus se dirige lentamente hacia el campus, dejando que el peso de esos momentos compartidos le guíe hasta su clase. Su mente está encendida con pensamientos sobre la conversación que está por venir; está ansioso pero también reflexivo.

Está funcionando, piensa con una suave sonrisa, reconociendo que Victoria está dejando atrás, paso a paso, gran parte del trauma emocional que la ha acompañado.

Nada se compara con la compañía del amor para superar el dolor y la tristeza, razona, mientras sus pensamientos lo llevan hasta el aparcamiento de la facultad, donde deja su vieja y oxidada bicicleta.

Al caminar por los pasillos, el aire matutino se siente especialmente vigorizante. Se siente inspirado de una manera extraordinaria. Su admiración por Victoria crece—no solo por la forma en que ha navegado su vida tras lo que él considera un error existencial de proporciones monumentales, sino también por la valentía con la que ahora reconstruye su futuro. Está afrontando su pasado de frente, sin endulzar ni omitir ningún aspecto de su historia personal.

Es una forma de valentía rara y profunda, y él la atesora con todo su ser.

— ✦ —

Royal Cambridge Scholastic Institute, 2019
(Auditorio de la universidad)

Al entrar en el aula, el murmullo familiar de las voces de los estudiantes lo devuelve al presente, anclándolo en el propósito del día. Erasmus recorre con la mirada los rostros expectantes, cada uno reflejando la disposición de sumergirse en el nuevo tema que les espera.

—Buenos días a todos —saluda con una gran sonrisa.

—¡Buenos días, profesor! —responde la clase al unísono.

—Hoy hablaremos sobre la virtud. Os llevaré a un momento clave en el que Victoria y su hija mayor recibieron una lección de vida atemporal—una lección que las ayudó a tomar decisiones cruciales que cambiaron el curso de sus vidas. Creo que estas experiencias fueron fundamentales para que nuestra reunión, después de tantos años, finalmente se produjera.

Hace una pausa, dejando que el peso de sus palabras impregne el ambiente antes de continuar, con una voz serena y deliberada.

—La historia comienza así…

—— ✦ ——

Biblioteca Pública de San Luis, 1998

Rebecca Samuels-Ortiz ha sido la directora de la Biblioteca Pública de San Luis durante décadas. La erudita bibliotecaria ha sido amiga y mentora de vida de Victoria por más de diez años. En este día trascendental, Victoria ha traído por primera vez a su hija mayor, Elizabeth, de 18 años, para conocer a la señora Samuels-Ortiz. Es un día para recordar, pues Victoria ha tomado la monumental decisión de regresar a Boston con su familia.

Siempre consciente de la importancia del momento, la señora Samuels-Ortiz recupera un manuscrito muy apreciado. Sus ojos brillan con anticipación mientras se dirige a las dos mujeres frente a ella.

—Damas, tengo aquí un valioso pergamino—una sabiduría atemporal que encaja perfectamente con esta ocasión, especialmente mientras os preparáis para una transición tan importante —anuncia con calidez, su tono mezclando solemnidad y entusiasmo.

Despliega con cuidado el manuscrito y comienza a leer con voz suave y resonante, impregnada de amor y empatía en cada palabra.

La virtud

Solo por llegar a este mundo,
solo por estar vivos,
nacemos en la gracia,
pero no nacemos en la virtud.

La virtud debe adquirirse con el tiempo,
a través del esfuerzo, la dedicación y la perseverancia.

Las virtudes no son obsequiosas.
Al contrario, deben ser:
aprendidas y aplicadas,
buscadas y sudadas,
identificadas y perseguidas,
nutridas y cosechadas,
cultivadas con disciplina
y desarrolladas con sacrificio.

Adquirimos conocimiento
para alcanzar la perspicacia, la sabiduría y el buen juicio.

Forjamos corazones valientes y fortaleza
para cultivar el coraje, la tenacidad y el valor.

Practicamos la compasión y la benevolencia
para aprender empatía y conciencia,
lo que invariablemente nos lleva a amar a la humanidad.

Ejercemos una verdad inquebrantable
y una integridad inflexible
para cimentar nuestra honestidad, honor, probidad
y buen nombre.

Abrazamos la serenidad y el silencio
para hacer pausas, reflexionar
y convertirnos en seres considerados y prudentes.

Vivimos con orden y pulcritud
para crecer estructurados, metódicos y organizados.

Perseguimos la rectitud y la justicia
para alcanzar la equidad, la corrección y la imparcialidad.

Encarnamos una esperanza inquebrantable,
una generosidad sin límites,
una gratitud infinita y una humildad genuina,

buscando superar y trascender
todo lo que hemos recibido,
construyendo nuestro legado a partir de ello.

A medida que nuestras virtudes crecen,
maduran hasta alcanzar un estado de noble excelencia.

Al evolucionar,
las virtudes se convierten en el génesis
y en el sustento de nuestras creencias y valores.
Las virtudes son herramientas esenciales de la vida;
sin buscarlas y adquirirlas,
estamos incompletos,
sin funcionamiento pleno, coherente ni guiado.

Sin virtudes,
avanzamos por la vida con una venda en los ojos,
incapaces de cosechar los frutos del gozo
de una existencia vivida en plenitud.

Nuestras virtudes son la base de nuestros valores,
los cuales, a su vez,
se convierten en los pilares de nuestro carácter.
Sin un sólido conjunto de virtudes,
nuestros valores son incompletos o defectuosos,
provocando fallas sísmicas en nuestro carácter.

Ser virtuoso es estar equipado
con un conjunto precioso de atributos
que nos conducen a la excelencia.
Es comportarse
bajo estándares extraordinarios de nobleza,
rectitud, sensatez y justicia.

Es vivir bajo el manto de la inspiración y la alegría,
guiados por una existencia virtuosa,
una vida en plenitud.

*

La señora Samuels-Ortiz pliega el manuscrito con delicadeza, el suave crujir de las páginas rompiendo el silencio. Luego, dirige su mirada a Victoria y Elizabeth, sus ojos reflejando tanto esperanza como seriedad.

—Victoria, esta mudanza marca un nuevo capítulo para ti y tu familia. Llevad estas palabras con vosotras como una guía, no solo para ti, sino también para tus hijos, mientras forjan sus propios caminos —afirma, ofreciendo a Elizabeth una cálida sonrisa de complicidad.

La joven asiente pensativa, mientras su madre le toma la mano en un gesto silencioso de unión. La atmósfera se impregna de emociones no expresadas mientras la señora Samuels-Ortiz vuelve a guardar el manuscrito en su funda protectora. Por un instante, nadie habla, permitiendo que el peso del momento repose suavemente en la sala.

—Atesoraré estas palabras, Rebecca —dice finalmente Victoria, su voz firme pero impregnada de emoción.

Las tres mujeres comparten un breve abrazo, uno que reconoce la trascendencia del momento sin necesidad de más explicaciones.

— ✦ —

Royal Cambridge Scholastic Institute, 2019
(Auditorio de la universidad)

El profesor Cromwell devuelve la clase al presente con una expresión de absoluta calma y tranquilidad. El pedagogo recorre la sala con la mirada, observando a sus estudiantes en completo silencio y atentos. Deja que el momento se prolongue antes de hablar.

Con la voz de Victoria aún resonando en su mente, el pedagogo siente un suave tirón hacia el pasado. En su reflexión, se encuentra transportado a aquel momento crucial en San Luis, donde la historia de ella se había cruzado con su futuro.

—Clase, la virtud solo se alcanza mediante un esfuerzo deliberado y disciplinado a lo largo de un período prolongado de tiempo —concluye, impregnando sus palabras de sabiduría. Su mirada penetrante parece conectar con cada uno de sus alumnos, dejando una profunda impresión.

—Ahora, me gustaría abrir el espacio para preguntas —dice el profesor Cromwell-Smith con un tono cálido e invitante—. Por favor, siéntanse libres de preguntar cualquier cosa relacionada con los temas que hemos tratado hoy.

Amelia, una estudiante de artes escénicas, levanta la mano y es llamada a participar.

—Profesor, en el poema *Virtud*, se enfatiza la idea de adquirir la virtud a través del esfuerzo y la perseverancia. ¿Cómo reconciliamos la tensión entre las virtudes que aspiramos a encarnar y las imperfecciones que experimentamos en nuestra vida diaria? ¿Cómo navegamos los momentos en los que nuestras acciones no se alinean con nuestras aspiraciones?

—Amelia, esa es una pregunta profunda. La búsqueda de la virtud exige un esfuerzo continuo para alinear nuestros ideales con nuestras acciones. La virtud es algo que construimos con el tiempo, pero como bien has señalado, hay momentos en los que nuestras acciones no reflejan las virtudes que nos esforzamos por alcanzar. Este es el desafío de ser humano: trabajamos constantemente para alinear lo que somos con lo que queremos ser. En el poema, vemos que la virtud no es un rasgo innato, sino algo que debemos cultivar activamente mediante el esfuerzo, la disciplina y la reflexión. Es importante reconocer que la perfección no es un requisito: la virtud trata de la lucha constante, y en los momentos en que nuestras acciones no coinciden con nuestras aspiraciones, la clave está en aprender de esos momentos y seguir adelante.

James, estudiante de Psicología, formula la siguiente pregunta.

—Profesor, en el contexto de la virtud, ¿cómo enfrentamos los desafíos emocionales y cognitivos al intentar encarnar virtudes como la compasión o el coraje? Por ejemplo, ¿cómo podemos seguir siendo compasivos cuando nos sentimos emocionalmente agotados? ¿O cómo podemos encontrar el valor cuando el miedo parece abrumador?

—James, esa es una gran pregunta. El desafío de encarnar las virtudes, especialmente cuando nos enfrentamos a la disonancia emocional o cognitiva, es parte de la experiencia humana. En esos momentos, es importante recordar que la virtud no consiste en *sentir* siempre lo correcto, sino en *actuar* en alineación con nuestros valores, incluso cuando las emociones resultan difíciles. Por ejemplo, la compasión no se trata solo de sentir empatía, sino de *elegir* activamente extender nuestra ayuda, incluso cuando estamos cansados o abrumados. Del mismo modo, el coraje no es la ausencia de miedo, sino la disposición a actuar a pesar de él. Con el tiempo, al practicar estas virtudes, se arraigan en nuestro carácter. Pero, como todas las virtudes, requieren esfuerzo consciente y la determinación de seguir cultivándolas, incluso cuando se hace difícil.

Daisy, estudiante de Filosofía, interviene con la siguiente pregunta.

—Profesor, el poema sugiere que las virtudes son la base del carácter, pero el proceso de desarrollarlas es largo y exigente. ¿Cómo podemos, como individuos, mantener la motivación y la resiliencia en la búsqueda de la virtud, especialmente cuando los resultados pueden no ser inmediatamente visibles?

—Daisy, ese es un punto excelente. El camino hacia la virtud es, sin duda, largo y, en ocasiones, agotador. Es fácil perder la motivación cuando los resultados no son inmediatamente perceptibles. Una de las ideas clave en el poema es que las virtudes no aparecen de la noche a la mañana; se cultivan a través del esfuerzo constante y la práctica. La mejor manera de mantener la motivación es reconocer que el proceso en sí mismo forma parte de la recompensa. La virtud no es solo el resultado final, sino la persona en la que nos convertimos a lo largo del camino. Incluso los pequeños pasos hacia la virtud tienen un valor inmenso. También es útil recordarnos la imagen completa: cómo una vida virtuosa aporta significado, propósito y coherencia a nuestra existencia. En los momentos de duda, reflexionar sobre nuestro *por qué*—el propósito más profundo detrás de la búsqueda de la virtud—puede reavivar nuestra determinación.

Henry, un estudiante de escritura creativa, toma la palabra. —Profesor, el poema enfatiza que la virtud es algo que debemos perseguir activamente y cultivar con el tiempo. Dadas las dificultades y complejidades del mundo actual, ¿cómo podemos asegurarnos de que las virtudes que desarrollamos sean significativas en el contexto de nuestras vidas modernas? ¿Cómo podemos navegar por la naturaleza abrumadora de la existencia contemporánea y, al mismo tiempo, priorizar el cultivo de la virtud?

—Henry, esa es una pregunta muy pertinente. El mundo moderno puede resultar abrumador, y a menudo parece que el ritmo acelerado de la vida nos impide centrarnos en los aspectos más profundos de nuestra existencia, como el cultivo de la virtud. Sin embargo, es precisamente en un mundo como este donde la búsqueda de la virtud se vuelve aún más esencial. En el poema, vemos que las virtudes no son solo ideales abstractos;

son la base de una vida significativa y coherente. Incluso en el caos de la existencia moderna, podemos tomar decisiones que estén alineadas con nuestros valores. La clave está en mantenernos intencionales y conscientes en nuestras acciones, ya sea tomándonos el tiempo para reflexionar, practicando la compasión o manteniendo la integridad en nuestro trabajo y en nuestras relaciones. En un mundo lleno de distracciones, es fácil perder de vista lo que realmente importa. Pero al priorizar el cultivo de la virtud, nos damos la claridad y la fortaleza necesarias para afrontar las complejidades de la vida con propósito y sentido.

—Eso es todo por hoy. Nos vemos la próxima semana —concluye el profesor Cromwell-Smith, sus palabras flotando en el aire como ecos de sabiduría. Mientras los estudiantes se levantan y salen en fila del auditorio, él les entrega a cada uno una copia de la fórmula de la felicidad, su gesto impregnado de una silenciosa esperanza para los caminos que emprenderán.

Cuando suena la campana, los estudiantes recogen sus pertenencias lentamente y salen del auditorio, sus rostros marcados por la contemplación. El profesor Cromwell-Smith recoge sus notas, haciendo una pausa mientras observa el aula ahora vacía. Se permite una leve sonrisa, sabiendo que las palabras de *Virtud* resonarán mucho más allá de esta clase, moldeando vidas de maneras que quizá solo se evidencien con el paso de los años.

Cuando el último de sus estudiantes abandona el auditorio y sus conversaciones se desvanecen en el pasillo, el profesor se demora en el atril, contemplando las butacas vacías. El silencio se siente más pesado, más reflexivo, tras la profundidad de la discusión compartida. Reuniendo sus notas y ajustándose las gafas, se concede un raro momento de introspección. Los ecos del pasado y el presente se entrelazan, y se pregunta en silencio qué semillas de sabiduría, si acaso, habrán encontrado suelo fértil entre sus alumnos.

Enderezando su postura, camina hacia la puerta, su mente ya preparándose para la próxima clase: otra oportunidad para explorar las complejidades de la vida y, quizá, inspirar unos cuantos corazones más.

El profesor sale del auditorio con un leve nudo en el estómago. Mientras se aleja, nota las expresiones absortas de varios estudiantes, sus rostros marcados por la curiosidad y un hambre por comprender más.

No hay camino hacia la virtud sin una etapa previa de autodescubrimiento, reflexiona mientras cruza la puerta del edificio de la facultad, deseando en silencio que sus estudiantes emprendan un viaje introspectivo propio.

Al acercarse al estacionamiento, sus ojos encuentran a Victoria esperando junto a sus bicicletas. Un alivio lo invade y reduce el ritmo de su andar, una amplia sonrisa dibujándose en su rostro al verla.

—Aquí estoy, viejo tonto —dice ella en tono juguetón, su voz rebosante de afecto y de una comprensión profunda de su ser.

—Solo corrí para asegurarme de que estuvieras bien —responde él, tratando de justificar su prisa ahora innecesaria.

—Hora de ir a casa, mi demente británico.

—Sí, mi señora, sus deseos son órdenes —replica con una fingida reverencia, su sonrisa ampliándose.

Mientras la pareja pedalea junta, un grupo de estudiantes los observa y comienza a comentar.

—Parecen dos adolescentes, locamente enamorados —observa una de ellas, con un dejo de admiración en la voz.

—Tienen que estarlo —interviene pensativamente una joven alta—. Después de todo, están recuperando todo el tiempo perdido, una vida entera separados. ¿Qué otra cosa podríamos esperar?

—Mi opinión —añade otro estudiante— es que tal vez deberíamos intentar ser más como ellos todo el tiempo, y no solo cuando tratamos de recuperar el tiempo perdido.

Capítulo 4

El perdón

Playa de Salisbury, Massachusetts, 2019

A veces, las aves marinas reemplazan el silbido del viento otoñal. El aire está impregnado del aroma salino de la vida marina intacta. La arena de la extensa playa engulle sus pies con cada paso que dan. Con su brazo firmemente envuelto alrededor de sus hombros y el de ella ceñido a su cintura, caminan sin rumbo bajo la luz menguante, como si estuvieran perdidos en su propio atardecer íntimo.

Sus escapadas de fin de semana se sienten como algo natural, un hilo ininterrumpido que conecta sus días de juventud con el amor que han reavivado. Erasmus percibe la tensión no expresada que crece en Victoria. Sus ojos, aunque a menudo cálidos y reflexivos, delatan una inquietud persistente. Su vacilación es palpable, pero su determinación prevalece en silencio.

—Querido, ocurrió algo más justo después de que mi hija menor, Sarah, te encontrara —comienza Victoria, su voz impregnada de gravedad—.

—Fue uno de los momentos más difíciles que he enfrentado con alguno de mis hijos. Pero debía suceder. Aún no me había mudado contigo. Una mañana, Sarah entró en mi habitación y simplemente dejó salir todo lo que había estado guardando dentro —dice, sus palabras pesadas por el recuerdo.

—Todo comenzó así...

—✤—

Victoria Emerson-Lloyd, hogar familiar, 2017
(Boston, Massachusetts)

A veces, las aves marinas sustituyen con sus graznidos el silbido del viento otoñal. El aire está impregnado con el aroma salobre de la vida marina intacta. Las arenas de la vasta playa engullen sus pies con cada paso que dan. Con su brazo firmemente envuelto alrededor de sus hombros y el de ella ciñéndose suavemente a su cintura, caminan sin rumbo, como si estuvieran perdidos en su propio atardecer íntimo.

Sus escapadas de fin de semana les resultan naturales, un hilo ininterrumpido que conecta su juventud con el amor redescubierto. Erasmus percibe la tensión no expresada que se acumula en Victoria. Sus ojos, aunque a menudo cálidos y reflexivos, delatan una inquietud persistente. Su vacilación es palpable, pero su determinación se impone silenciosamente.

—Querido, hubo un acontecimiento más, justo después de que mi hija menor, Sarah, te encontrara —comienza Victoria, su voz cargada de gravedad—.

—Fue uno de los momentos más difíciles que he vivido con cualquiera de mis hijos. Pero tenía que suceder. Aún no me había mudado contigo. Una mañana, Sarah entró en mi habitación y simplemente dejó salir todo lo que llevaba dentro —dice, sus palabras cargadas con el peso del recuerdo.

—Todo comenzó así…

— ❖ —

Victoria Emerson-Lloyd, residencia familiar, 2017
(Boston, Massachusetts)

—Mamá, esto puede sorprenderte porque siempre he apoyado incondicionalmente tu reencuentro con el profesor Cromwell, pero al principio no fue así. Cuando los tres decidimos ir a buscarlo, fui la única que dudó un poco, aunque no por mucho tiempo. Más tarde, cuando finalmente lo conocí como mi profesor, toda la experiencia fue increíble. Los sentimientos que me hicieron dudar al principio simplemente desaparecieron —declara Sarah, su voz temblorosa pero firme con convicción.

Victoria permanece inmóvil, asimilando las palabras de su hija. Sarah, habitualmente tan vivaz y ligera, nunca ha hablado con tanta solemnidad.

—Madre, quizá sea una forma simplista de verlo… después de todo, solo soy una adolescente, pero tu vida amorosa me recuerda a una película que adoro —se aventura, preparando el terreno para su razonamiento—.

—Como en *The Vow*, en algún momento de tu vida rompiste con lo que se suponía que debías ser: otra mujer de carrera, infeliz en su matrimonio, criada en un entorno donde las apariencias y la riqueza lo eran todo, y donde el amor era una decisión racional basada en la conveniencia. Pero en algún momento fuiste valiente y audaz. Dejaste tu hogar, abandonaste la carrera que te habían trazado y te lanzaste a la búsqueda de lo que realmente estabas destinada a ser.

—La vida te sonrió y el amor verdadero te encontró. Desafortunadamente, cuando se presentaron decisiones que cambiarían tu vida, huiste y caíste en una negación absoluta. Parecía que habías olvidado todo lo que habías amado y disfrutado cuando fuiste libre, cuando eras tu verdadero yo bajo el manto del amor auténtico.

—Borraste los pequeños detalles importantes: los gestos infinitos, la intensidad y la magnificencia de una vida bien vivida. Todo desapareció. Reemplazaste la historia con una realidad alternativa, una completa ficción de tu imaginación.

—Tristemente, volviste a tus antiguos hábitos e intentaste, una vez más, ser lo que tu familia y tu entorno social esperaban de ti… lo que "se suponía" que debías ser desde el principio. Y, por supuesto, al hacerlo, te precipitaste por un abismo emocional, casi destruyendo tu vida, hasta que despertaste y volviste a tu amor verdadero.

—Tuviste una suerte increíble al encontrarlo de nuevo, porque, mamá, soy una fanática empedernida del profesor Cromwell-Smith —concluye Sarah apasionadamente, sus palabras brotando como un torrente.

La quietud en la habitación es palpable, amplificando cada respiración y cada movimiento. Victoria comienza a llorar suavemente, con los brazos cruzados mientras se mece con dulzura.

—Basta —interrumpe Elizabeth, la hija mayor de Victoria, entrando en la habitación y envolviendo protectora a su madre con los brazos.

—No, querida. Déjala. Tiene razón, ¿sabes? —replica Victoria con dulzura, apartando a Elizabeth con suavidad.

Se acerca a Sarah, que está acurrucada en el sofá, con el rostro enterrado entre las manos. Arrodillándose frente a ella, Victoria coloca con ternura sus manos sobre la cabeza de Sarah, acariciando su cabello con amorosos movimientos.

—Mírame, querida —susurra Victoria, con una voz firme pero rebosante de amor.

Al principio, Sarah asoma los ojos tímidamente entre los dedos, pero su mirada se ensancha con sorpresa cuando se encuentra con los ojos de su madre, repletos de aceptación y calidez.

—Lo que acabas de soltar, lo que has desahogado, es en esencia completamente cierto. Me has visto como jamás imaginé que alguien lo haría. Querida, trabajo arduamente cada día para enmendar las malas decisiones que tomé. También te prometo que seguiré avanzando hasta que todos podamos dejar el pasado atrás —declara Victoria con convicción, su voz firme a pesar del brillo de lágrimas contenidas en sus ojos.

Madre e hija se abrazan con fuerza, renovando su conexión, como si una enorme barrera se hubiera derrumbado. En su unión, el peso de la culpa y la incomprensión comienza a disiparse, dejando espacio para la sanación y la esperanza.

— ✦ —

Salisbury Beach, Massachusetts, 2019

La noche ha caído, y una luna llena ilumina el camino de Erasmus y Victoria.

—Mi lady, tu hija fue un poco dura contigo. Puedo entender por qué se sintió así, y no justifico tus acciones, pero ignoró las circunstancias que te rodeaban —comenta solemnemente Erasmus.

—Querido, ¿sabes qué? Ella quería que asumiera mi responsabilidad en vez de desviar toda la culpa hacia su padre. Y tenía razón al señalarlo, porque gracias a eso tuve el valor y la determinación para contarte todo en estas últimas semanas —dice Victoria con una gran y aliviada sonrisa.

—Pero lo más hermoso que salió de esa conversación con Sarah es que te adora, mi distraído británico.

Victoria celebra riendo y besando a Erasmus por todo el rostro.

—Mi lady, déjame sugerirte algo. Mañana en clase, llevaré a todos a un momento en el que recibí una gran lección de vida sobre el perdón. Por favor, acompáñame. Estoy seguro de que nos será de gran ayuda y, con suerte, podremos cerrar de una vez por todas las heridas abiertas de nuestro pasado roto que aún persisten —suplicó Erasmus.

—Llevaré a Sarah conmigo. Estoy segura de que también le servirá de ayuda —declara Victoria con entusiasmo.

En el instante en que la inconfundible y entrañable melodía comienza a salir de su viejo y desgastado radio, sus emociones se encienden. Mira a Erasmus con ojos llenos de invitación.

77

—¿No vas a pedirme que bailemos? —pregunta dulcemente, mientras el contagioso ritmo lento de *Giving Him Something He Can Feel*, de Aretha Franklin, se escucha suavemente de fondo, flotando bajo el cielo estrellado y la negrura plateada del océano dormido.

Lejos de todo, en su propia burbuja de amor, suspendidos en el tiempo, bailan bajo el manto de una radiante noche de Nueva Inglaterra.

— ✦ —

Royal Cambridge Scholastic Institute, 2019
(Al día siguiente, Auditorio de la Universidad)

Mientras Erasmus pedalea por las tranquilas y brumosas calles del campus, su mente se desliza desde la apacible mañana que compartió con Victoria hasta la tarea que tiene por delante: enseñar el concepto del perdón. Con cada giro de los pedales, recuerda las lecciones que él mismo ha aprendido en las últimas semanas y cómo estas guiarán la clase de hoy. El trayecto, aunque familiar, se siente diferente hoy; no es solo el camino hacia la clase, sino también el sendero que está recorriendo emocionalmente.

Erasmus llega al auditorio de la universidad, el edificio familiar ahora lleno del murmullo de los estudiantes acomodándose en sus asientos. Sus pasos resuenan en el pasillo mientras entra, su corazón aún conmovido por su conversación matutina con Victoria. Mientras avanza hacia el atril, reflexiona sobre cuánto ha crecido y sobre cómo la lección de hoy, con suerte, guiará a sus alumnos hacia la misma sanación que él ha encontrado. Sonríe brevemente y asiente a algunas caras conocidas en la primera fila antes de comenzar.

—¿Cómo están todos hoy? —pregunta el profesor.

—Increíblemente genial —responde la clase al unísono.

El zumbido de la sala suena más como un murmullo cuando todos notan la presencia de Victoria y su hija menor, Sarah, sentadas en unas sillas que el profesor ha dispuesto para ellas.

—El perdón —comienza Erasmus, con voz firme pero impregnada de la profundidad de la experiencia que ha vivido— no es solo un concepto que aprendemos; es una práctica, una parte esencial de la vida que nos permite seguir adelante.

Hace una pausa, dejando que el peso de la palabra se asiente en la sala.

—También es una de las virtudes más difíciles de cultivar, pero es la que abre las puertas a la sanación y la paz —su mirada recorre el aula, encontrándose con los ojos atentos de sus alumnos.

—Nuestra disposición y capacidad para perdonar son elementos cruciales de una vida feliz y plena —declara el profesor.

—Guardar rencores, resentimientos o sentimientos negativos contra los demás nos aleja de ese camino, desconectándonos de la gratitud y de la indulgencia por el privilegio de estar vivos —continúa.

—Hoy, os llevaré a un momento de mi vida en el que aprendí el verdadero significado del perdón. Fue un reencuentro extraordinario con una persona que tuvo una gran influencia en mi vida. Ese día, me proporcionó la comprensión que necesitaba y una lección de por vida sobre la virtud existencial del perdón.

Hace una pausa, mirando a sus alumnos con intención.

—Comienza así…

— ✦ —

Lanesville, Massachusetts, 1979
(Librería de Antigüedades de la Señora Peabody)

La pintoresca estación de tren de Lanesville refuerza su sensación de nostalgia. Al salir de la estación, pedalea por la carretera costera de Nueva Inglaterra, ansioso por reencontrarse con su mentora y amiga. Sin embargo, poco después, su entusiasmo se ve truncado: la tienda parece vacía cuando entra en el vasto y caótico espacio. Al no encontrar a nadie tras buscar en vano, Erasmus se sienta a esperar y, fiel a su costumbre, cuando ni su mente ni su cuerpo están ocupados, se queda profundamente dormido.

Sueña con lugares lejanos, viajando en busca de Victoria, solo para ser rechazado una y otra vez por extraños crueles que se niegan a revelar su paradero. Un sonido insistente, al principio lejano, se repite cada pocos segundos hasta que finalmente lo saca de su profundo sueño. Lentamente, abre los ojos.

—Parece que se necesita toda una orquesta para despertar a su alteza —anuncia divertida la señora Peabody.

Todavía somnoliento, Erasmus le sonríe con calidez.

—Salgo unos minutos a desayunar y, ¡voilà!, me encuentro con un intruso, un pequeño oso dormilón en mi tienda —bromea.

—Bueno, es lo que pasa si Mamá Osa deja su tienda abierta cuando está fuera de la ciudad; no debería sorprenderse, ¿verdad?

—Ventajas de vivir en un pueblo pequeño, joven Erasmus, aunque ustedes, los urbanitas, no lo entenderían —replica, dándose cuenta al instante de su error—. ¡Ups! Olvidaba que también eres un chico de campo —añade, sonriendo junto a él.

Sin embargo, sus ojos tristes delatan algo más profundo.

—Querido joven, sé que estás pasando por un momento difícil tras lo ocurrido entre Victoria y tú. Me he carteado con tu incansable defensora, la señora V, que sigue en Gales. También he consultado con algunos de los anticuarios de Nueva Inglaterra, que forman tu pequeña legión de admiradores —dice, con un tono más suave.

—Señora P, estoy luchando por mantener mi mente y mi corazón libres de ira o resentimiento. Solo quiero preservar los buenos recuerdos, pero a veces es difícil —confiesa Erasmus.

—Puedo comprenderlo y empatizar plenamente. Yo también pasé por una ruptura con mi segundo marido en circunstancias muy similares —responde, con la mirada perdida en el pasado.

—Déjame pensar, joven —dice, caminando de un lado a otro hasta que, de repente, sus ojos se iluminan—. Tengo la receta perfecta para lo que te aqueja. Déjame ir a buscarla.

El cuerpo voluminoso de la señora Peabody contrasta sorprendentemente con su agilidad, algo que siempre asombra a Erasmus.

—¿Cómo puede arrodillarse, trepar, agacharse y moverse con tanta facilidad y rapidez? —se pregunta nuevamente.

—Desafía la gravedad —murmura para sí mismo.

Poco después, la ve regresar con un objeto en la mano.

—Exactamente como siempre decía Victoria: dentro de su caos y montañas de libros, sabe exactamente dónde está todo y lo encuentra en cuestión de segundos —nota, maravillado.

—Erasmus, este es un escrito atemporal. Fue lo que me ayudó a superar el abandono de mi segundo marido. Déjame leértelo —dice, mientras desenrolla con delicadeza el manuscrito.

A medida que empieza a recitar el poema, las palabras surten un efecto inmediato en el espíritu inquieto y el corazón melancólico de Erasmus.

El perdón

¿Qué es perdonar?
¿Es borrar de nuestra memoria esos sentimientos—
furia y dolor fusionados,
resentimientos persistentes

o heridas existenciales,
causadas por los actos de otros o por las vicisitudes de la vida?
¿O es acaso absolver las transgresiones
o traiciones de aquellos en quienes confiamos?
¿Perdonar la deslealtad de aquellos en quienes contamos?
¿Excusar las falsedades con consecuencias
de aquellos en quienes creemos ciegamente?
¿O es eximir las pérdidas irremplazables
causadas por quienes dependemos?
¿Los agravios contra nuestra decencia,
dignidad, honor y respeto propio,
perpetrados por aquellos a quienes seguimos?
¿O es, tal vez, perdonarnos primero a nosotros mismos?
Sin embargo, el problema de perdonar nuestros propios actos
es que buscamos primero el reconocimiento
y el perdón de los demás—
como si la absolución de sus palabras y gestos
pudiera aliviar la culpa que cargamos.

Pero la culpa no puede ser engañada
con fantasías o falsedades.
La sensación de culpabilidad se disuelve
únicamente cuando nuestra conciencia
nos lo permite,
cuando aceptamos genuinamente nuestra responsabilidad.

Porque
el perdón verdadero comienza dentro de nosotros,
y solo a través de la aceptación genuina de la responsabilidad,
nuestros sentimientos de culpa son primero apaciguados
y luego desaparecen.

Y es así como la estricta vigilancia
de nuestra conciencia se aquieta,

abriendo las puertas para ser absueltos.
Solo entonces lo que otros piensen o digan
completa el círculo virtuoso del perdón,
uno construido sobre la autenticidad y la veracidad.

Una vez dentro de este ciclo,
finalmente podemos alcanzar la expiación.
¿Cuándo perdonamos sinceramente?
A veces, pretendemos perdonar, pero en realidad no lo
hacemos,
negando su autenticidad.

A veces, simplemente no estamos dispuestos a hacerlo.
Ambas actitudes son veneno para el espíritu
y destructivas para el alma,
porque cuanto más persisten,
más se erosiona nuestro verdadero ser,
más profunda se vuelve nuestra tristeza,
y más devastador es el daño
a nuestra capacidad de vivir una vida plena.

Para perdonar de verdad,
debemos estar genuinamente dispuestos y preparados
para tener el valor de enfrentar el dolor, la herida,
las ofensas o sus autores cara a cara,
confrontándolos.

Entonces,
sea lo que sea o quien sea que nos aflija,
debemos dejarlo ir,
renunciando a ello al ritmo que nuestro corazón permita.
Pero, independientemente de todo y de todos,
debemos siempre buscar la finalidad y el cierre
para alcanzar la expiación.

¿Qué se necesita para perdonar?
¿Cómo sabemos que realmente hemos perdonado?
Lo reconocemos porque la capacidad de perdonar
es un requisito para nuestro crecimiento personal,
así como para el enriquecimiento y la evolución
de nuestro ser en su totalidad.

Sin la capacidad de perdonar,
nuestras virtudes y valores tienen fallos,
y nuestro significado y propósito en la vida son turbios y
confusos,
preocupados en despejar la neblina.

Y sin perdón,
avanzamos atrapados en reversa,
sin oxígeno ni inspiración
para respirar e infundir vida en nuestro espíritu y alma.
El perdón es también una condición previa
para experimentar la alegría de vivir.

Sin él, la felicidad está obstaculizada,
limitada y mutilada.
El origen de la noble virtud del perdón
es el mágico elixir de la compasión y la piedad.

Con la compasión, nos conectamos y empatizamos
con el dolor y la pena
de aquellos que necesitan expiación.
Con la piedad, somos iluminados y guiados por la gracia,
lo que nos permite dedicarnos,
con respeto devoto, sinceridad y veneración,
a la expiación de nuestras propias faltas y las de los demás.

Cuando perdonamos,
proyectamos un aura expansiva,

un manto de bondad sobre todos
y todo lo que nos rodea.

Cuando perdonamos,
nuestra vida se renueva,
y las manecillas de nuestro "reloj existencial"
vuelven a avanzar en la dirección correcta.

Cuando perdonamos,
desde lo más profundo de nuestro ser,
un torrente de lava explota hacia el cielo,
liberando nuestro núcleo, nuestra esencia,
de los anclajes emocionales de la vida,
de los lastres y pesos muertos.

Cuando perdonamos,
nos volvemos más dignos,
y, por tanto, más propensos
a ser perdonados también.

Cuando perdonamos,
nos elevamos a un estado de
gracia compasiva y piadosa,
donde podemos buscar la expiación
para nuestro espíritu y nuestra alma.

*

A medida que la señora Peabody concluye, sus palabras resuenan profundamente, trascendiendo los límites de su librería de antigüedades.

—Erasmus, perdonar es tanto un acto de empoderamiento como de liberación. No necesitas cuestionar cómo o por qué te sientes así ahora, porque es perfectamente humano sentir ira y desconsuelo después de lo que te ha sucedido. Lo que necesitas es centrarte en asumir la parte y el papel que desempeñaste, y en lo que aprendiste de ello. Tampoco debes quedarte quieto ni permitirte quedar atrapado en un pantano; en cambio, debes seguir avanzando. El desencadenante para hacerlo es perdonarla y perdonarte a ti mismo. Así es como todo en la vida se reinicia y se renueva.

— �֍ —

Royal Cambridge Scholastic Institute, 2019
(Auditorio universitario)

El profesor Cromwell-Smith devuelve a su clase al presente con una mirada benevolente en los ojos.

En el silencio del aula, los pensamientos de Erasmus viajan al pasado, a los momentos conmovedores que compartió con Victoria mientras ella enfrentaba sus propias luchas emocionales. Al comenzar a hablar, recuerda las lecciones que aprendió de la señora Peabody y cómo sus palabras sobre el perdón le ayudaron a sanar. Su voz se suaviza mientras habla, tendiendo un puente entre el pasado y el presente, enlazando su viaje personal con la lección que está a punto de compartir con sus alumnos.

—El perdón es una de las herramientas más poderosas que podemos utilizar para afrontar los resultados indeseados de la vida. Sin él, corremos el riesgo de cargar con anclas emocionales o bloqueos que nos impiden avanzar.

—¿Preguntas, alguien? —pregunta el profesor con un tono pensativo.

Samantha, estudiante de Filosofía con un gran interés en los dilemas éticos, particularmente en torno al perdón y el crecimiento personal, levanta la mano. Su cabello rubio hasta los hombros y su expresión reflexiva muestran su tendencia a profundizar en conceptos complejos durante las clases.

—Profesor, el poema habla de la necesidad de perdonar no solo a los demás, sino también a nosotros mismos. ¿Cómo podemos iniciar el proceso del auto-perdón cuando nuestras acciones han causado daño a otros, especialmente cuando los sentimientos de culpa persisten a pesar de nuestros mejores esfuerzos por seguir adelante?

—Esa es una pregunta muy perspicaz, Samantha. El auto-perdón a menudo comienza con el reconocimiento de nuestra responsabilidad y el sentir un remordimiento genuino. Sin embargo, es fundamental no quedar atrapados en la culpa, porque puede paralizarnos. El verdadero auto-perdón implica aceptar que hemos cometido errores, aprender de ellos y luego permitirnos avanzar. El poema enfatiza que el perdón real comienza desde dentro, y es ahí donde debemos centrarnos primero: en aceptar nuestra responsabilidad y liberarnos del peso emocional que nos frena.

Jared, estudiante de Psicología conocido por su mentalidad analítica, toma la palabra. Con su cabello castaño corto y su tendencia a tomar notas detalladas, está profundamente interesado en comprender el comportamiento y las emociones humanas.

—Profesor, el poema menciona que 'la culpa no puede ser engañada por fantasías o falsedades'. ¿Cómo podemos diferenciar entre una culpa genuina y aquella que nos imponemos a nosotros mismos debido a expectativas sociales o juicios poco realistas?

—Jared, esa es una excelente observación. La culpa genuina surge cuando reconocemos que hemos hecho algo que va en contra de nuestros valores, mientras que la culpa impuesta a menudo proviene de presiones externas o percepciones distorsionadas de nosotros mismos. El poema sugiere que la culpa se disuelve cuando asumimos nuestra responsabilidad, pero eso no significa que debamos cargarla eternamente. En lugar de suprimirla o ignorarla, debemos enfrentarla con honestidad y comprender si realmente proviene de un error moral o si ha sido magnificada por influencias externas.

Rachel, estudiante de Literatura Inglesa con un amor por la poesía y una pasión por encontrar significados profundos en los textos, se inclina hacia adelante con interés. Sus rizos enmarcan su rostro mientras formula su pregunta.

—Profesor, en el poema, el perdón se describe como 'empoderador y liberador'. ¿Podría explicar cómo el perdón sirve como una herramienta de libertad emocional, especialmente cuando debemos perdonar a alguien que nos ha hecho un gran daño?

—Rachel, esa es una pregunta poderosa. El perdón, especialmente en casos en los que hemos sido profundamente heridos, puede sentirse como si nos quitaran un peso de encima. El poema resalta que el perdón nos libera de anclas emocionales y nos permite avanzar. Cuando elegimos perdonar, dejamos atrás el control que la ira, el resentimiento o la amargura ejercen sobre nosotros. No significa que olvidemos o justifiquemos las ofensas, pero al perdonar, recuperamos el control de nuestras emociones y comenzamos el proceso de sanación.

Michael, estudiante de Historia con una inclinación por reflexionar sobre el pasado y su influencia en las decisiones actuales, ajusta sus gafas antes de hablar. Con su carácter reservado, suele notar patrones históricos en las experiencias personales.

—Profesor, el poema habla sobre la importancia del perdón para evitar el estancamiento emocional y la erosión de nuestro verdadero ser. En su opinión, ¿cómo pueden las sociedades o naciones utilizar el perdón a gran escala para sanar traumas históricos y prevenir divisiones sociales?

—Michael, esa es una forma muy perspicaz de ampliar la conversación. Las sociedades que cargan con el peso de traumas históricos—como la guerra, la injusticia o la opresión—deben reconocer el valor del perdón colectivo. El proceso no solo implica reconocer los errores del pasado, sino también crear oportunidades para el diálogo, la sanación y la reconciliación. El perdón social no se trata solo de soltar el pasado, sino también de fomentar la unidad y el progreso. El mensaje del poema puede aplicarse a contextos más amplios, donde el perdón abre la puerta a la sanación de toda una sociedad y a la construcción de un futuro mejor.

Mientras la clase llega a su fin, Erasmus siente que los ecos de su propio viaje resuenan en la sala. Da sus comentarios finales, ofreciendo a sus alumnos un consejo simple pero profundo.

—El perdón, —dice, —es la clave no solo para el crecimiento personal, sino también para vivir una vida de paz y propósito. Os animo a reflexionar sobre vuestra propia capacidad de perdonar, tanto a los demás como a vosotros mismos.

Con un último asentimiento hacia sus estudiantes, los observa recoger sus pertenencias. Se demora un momento, contemplando el silencio, sabiendo que la lección de hoy podría haber sembrado semillas de sanación en sus vidas, tal como lo hizo en la suya propia.

—Y eso es todo por hoy. Terminamos aquí. Nos vemos la próxima semana, —declara el eminente profesor al concluir la sesión.

Victoria y Sarah sonríen con orgullo, sus manos fuertemente entrelazadas en un gesto de emoción y conexión genuina. Mientras Erasmus se acerca a madre e hija, se abrazan en una espontánea muestra pública de reconciliación familiar.

Toda la clase observa, conmovida por la imagen entrañable de su querido profesor saliendo del aula, de la mano con las dos mujeres más importantes de su vida. Para todos los presentes, es un gesto simbólico—una prueba viviente de que, para él, el perdón comienza en casa.

Capítulo 5

La reciprocidad

Río Charles, Boston, Massachusetts (2019)

Al amanecer de un día nublado, Victoria y Erasmus caminan, con las manos entrelazadas, a lo largo del río brumoso, rodeados de bancos de niebla. La naturaleza desprende el aroma y la sensación de un nuevo día. Erasmus sabe que el doloroso pasado de Victoria está prácticamente agotado. Su turbulenta historia ha salido a la luz, y los vientos de una nueva vida están disipando su tormento, permitiéndoles abordar sus heridas y cicatrices desde una perspectiva más distante mientras avanzan juntos. Pero él sabe que aún queda una última nube difusa por visitar: su vida en Boston antes de su reencuentro.

«Todo a su debido tiempo», se dice a sí mismo.

Como si pudiera leerle la mente, Erasmus siente cómo la mano de Victoria se aprieta con más fuerza. Una mirada basta para confirmar la expresión resuelta y severa en sus ojos, la misma que ha precedido sus recientes confesiones sobre su vida sin él.

—Querido, justo después de aquel memorable encuentro con la señora Samuels-Ortiz en la Biblioteca Pública de San Luis, mi esposo fue diagnosticado con cáncer. Ese trágico acontecimiento trastocó nuestras vidas por completo y todo lo demás quedó en un segundo plano —dice Victoria.

—¿Qué pasó con tus planes de establecerte en Boston? —pregunta Erasmus.

—Resultó ser una de las pocas cosas buenas derivadas de su enfermedad, ya que no tuve que inventar una excusa ni forzar lo inevitable. Simplemente nos mudamos porque yo decidí que

Boston era el lugar adecuado para tratar su enfermedad —responde ella.

—¿Él lo interpretó así? —pregunta Erasmus.

—Exteriormente, sí, pero intuyo que sabía cuáles eran mis verdaderas razones. De hecho, después de aquella reunión con la señora Samuels-Ortiz, perdí el miedo a expresarme, a manifestar mis deseos delante de él. Poco a poco, empecé a mencionarte en nuestras conversaciones familiares. Al principio intentó impedirlo, pero fue en vano; no pudo evitar que, por fin, diera voz a mis verdaderos sentimientos. Tú y yo en casa nos convertimos en un tema permitido —responde ella.

—Pero tu mudanza definitiva a Boston llevó mucho tiempo. Quiero decir, pasaron décadas hasta que te instalaste aquí —señala él.

—Por suerte, Rebecca Samuels-Ortiz tomó la iniciativa. Hizo lo que creyó mejor para mi futuro. Escribió y presentó solicitudes a varias universidades. Yo le di mi consentimiento para que siguiera adelante con esa iniciativa, sin creer realmente que llegaría a buen puerto, pero lo hizo. En ese punto, no había vuelta atrás. Eso era precisamente lo que necesitaba: un pequeño empujón para liberarme de las cadenas de mi forma de pensar y de mi educación —relata Victoria.

—Pero ¿no fue un poco una empresa quijotesca? No tenías ni idea de dónde estaba yo ni de si había formado una familia —dice Erasmus.

—Eso es cierto, pero sentía como si me estuviera acercando a ti. Sabía que era una fantasía, pero una de la que me aferré durante mucho tiempo. No la solté hasta que nos mudamos en familia, momento en el cual estaba demasiado ocupada con otras cosas —explica ella.

—Pero una vez aquí, pasaron aún más años —lamenta Erasmus.

—Sí, mi amor, tristemente es cierto. Su enfermedad lo absorbió todo y el resto quedó en suspenso. Pasarían cinco años más hasta su fallecimiento para que yo pudiera volver a sentirme viva —responde ella con angustia.

El rostro de Victoria se torna profundamente triste y se inunda de ansiedad. Cuando empieza a llorar inconsolablemente, Erasmus la abraza con un profundo sentimiento de culpa.

—Lo siento, Victoria, no deberíamos haber... —dice, avergonzado.

—Shhhh, déjame continuar —susurra ella, con los ojos colmados de amor por él, mientras coloca un par de dedos sobre sus labios.

Como su vida juntos, la niebla del río se va disipando lentamente, revelándoles una imagen más clara de su entorno.

—Querido, después de que él falleciera, atravesé un período muy difícil de dudas. Por primera vez, sentí que era demasiado tarde para que retomáramos lo nuestro. Creí que no había ninguna posibilidad en el cielo de que quisieras saber algo de mí. Empecé a imaginarte con una nueva vida, casado y con hijos. Así que no hice nada —admite.

—¿Cómo supiste que tus hijos me estaban buscando?

—Esa es otra madriguera de conejo que merece la pena explorar —anuncia con un destello en su voz.

—Todo ocurrió en una visita sorpresa a primera hora de la mañana por parte de mis tres hijos —dice antes de comenzar su relato con fervor.

— ✤ —

Casa de la familia Emerson-Lloyd, Boston, Massachusetts, 2017
(La intervención familiar de los hijos de Victoria)

—Parece que se ha rendido, chicos —señala Elizabeth, su tono impregnado de preocupación.

—Estoy de acuerdo. Han pasado tres meses y está más triste y deprimida que nunca —nota Bart, con el ceño fruncido en reflexión.

—Desde luego, no está de luto por Padre —dice Sarah, su voz firme pero teñida de frustración.

—Todos lo sabemos —responde Bart, recostándose con un suspiro resignado.

—Después de toda una vida obsesionada con ello, parece que el sueño se ha desvanecido —afirma Elizabeth, su mirada perdida en la distancia.

—Puede que sea cierto, pero sigue enamorada de Erasmus —declara Sarah con una certeza serena.

—Si eso es cierto, ¿por qué entonces se ha rendido y ha renunciado? —pregunta Elizabeth, sus palabras cortando la tensa atmósfera.

—Quizás, en su mente, ha pasado demasiado tiempo, y la larga duración de la enfermedad de nuestro padre la ha hecho creer que ya es demasiado tarde —razona Bart, su voz baja y reflexiva.

—— ❖ ——

Río Charles, Boston, 2019

Sentados junto a la orilla del río, Erasmus y Victoria se acurrucan bajo su confiada manta de lana. Su lenguaje corporal irradia una profunda sensación de inmersión e intensidad, como si el mundo a su alrededor hubiera quedado en un segundo plano. Cada palabra intercambiada tiene peso, reverberando en la tranquila intimidad del momento. Victoria habla con voz serena, un susurro teñido de absoluta paz y satisfacción, sus palabras fluyendo suavemente, como el río a su lado.

—— ❖ ——

Casa Emerson-Lloyd, Boston, 2017

—Entonces, ¿qué vamos a hacer al respecto? —pregunta Bart.

—Quizás deberíamos no hacer nada. Al fin y al cabo, es su vida personal —aventura Sarah.

—¿Acaso la vida personal de mamá no es, al menos en parte, también nuestra? ¿O queremos verla sola y miserable por el resto de su vida? —desafía Elizabeth.

—Nos ha dedicado su vida. Ha sido impecable y nos ha criado con un amor y una ternura infinitos. Cuidó de nuestro padre con absoluta abnegación y devoción durante toda su enfermedad. Ahora es su tiempo, su momento, y debemos ayudarla a conseguirlo —afirma Bart con convicción.

—¿Y qué pasa con la memoria de nuestro padre? ¿No estaríamos traicionándola? —pregunta Sarah, incrédula, su voz teñida de culpa.

—Contrólate. ¿Qué memoria? Un hombre que apenas nos prestaba atención ni nos profesaba amor, a nosotros, sus propios hijos. Su único interés y enfoque en la vida, aparte de su profesión, eran las mujeres, que, por cierto, no incluían a mamá. Pero sí incluían a la abuela. Al parecer, ella fue una de las pocas pacientes femeninas que se le escapó, aunque fue ella quien inició esa relación tóxica —arguye Elizabeth con una claridad mordaz.

—Estoy de acuerdo. A estas alturas, todos conocemos su enfoque manipulador y controlador para diseñar su matrimonio, y fue absolutamente incorrecto. Cuando un psiquiatra explota la vulnerabilidad emocional de sus pacientes, no solo es una violación del juramento médico, sino también algo profundamente inmoral —declara Bart con énfasis.

—Dios me perdone por decir la verdad, pero era un narcisista maligno, uno de los seres humanos más peligrosos que existen en este mundo. Personas como él destruyen vidas, arrasan con todo a su paso y, en el caso de nuestra madre, sin dudarlo ni un instante. Ahora, tenemos la oportunidad de devolverle la vida, la vida que perdió en su juventud. Una existencia en la que residen su corazón, todos sus sueños, su inocencia y su entusiasmo por la vida —afirma Elizabeth, su voz rebosante de determinación.

—Salvo el respeto, que no estoy seguro de que merezca, no le debemos nada. Todos, incluida mamá, fuimos sus víctimas, y aun así, con obediencia y fidelidad, permanecimos a su lado hasta el último día de su vida. No le debemos nada más, nada en absoluto —concluye Bart con firmeza.

Los hijos de Victoria se funden en un emotivo abrazo, derramando algunas lágrimas.

—De acuerdo. Ahora, empecemos a buscar a Erasmus Cromwell-Smith —declara Sarah, finalmente decidida.

— ❖ —

Río Charles, Boston, Massachusetts, 2019

A medida que el sol asciende, la niebla se disipa gradualmente, revelando el río y sus serenos alrededores en todo su esplendor. Erasmus acaricia con ternura el rostro de Victoria, su toque a la vez reconfortante y afectuoso. Lágrimas caen por sus mejillas, brillando bajo la luz matinal. Con una voz temblorosa pero una determinación inquebrantable, ella comienza a narrar con fervor...

— ❖ —

Casa de la familia Emerson-Lloyd, Boston, Massachusetts, 2017

—¿Por dónde empezamos? ¿Y si ya no está en la zona? ¿Y si tiene una familia, una esposa, hijos? —pregunta Elizabeth, su voz teñida de angustia.

—Aun así, debemos seguir adelante con nuestro objetivo, resolver esto y cerrar el capítulo —concluye Bart con firmeza.

—Pero solo le diremos a mamá cuál es su situación si él está disponible, ¿verdad? —pregunta Sarah, su inocencia juvenil brillando a través de sus palabras.

—Absolutamente —responde Bart con convicción.

—De acuerdo —afirma Elizabeth con tono resuelto.

— ✤ —

Río Charles, Boston, Massachusetts, 2019

Con la temperatura en ascenso, la manta de Victoria y Erasmus ahora les sirve de alfombra. Como la naturaleza que despierta a su alrededor, los velos de incertidumbre que los envolvían se van disipando. Finalmente, han alcanzado la claridad y la transparencia tras revisar lo que había quedado sin resolver. Tras una breve pausa, Victoria reanuda su narración, su voz impregnada de una cadencia de alegría y un renovado propósito.

— ✤ —

Casa de la familia Emerson-Lloyd, Boston, Massachusetts, 2017
(Unos meses después, dormitorio de Victoria, amanecer)

Elizabeth, Bart y Sarah avanzan con cautela en la habitación de su madre, como si caminaran sobre alfileres y agujas. Bart, cerrando la marcha, lucha con un enredo de cuerdas atadas a una docena de globos de colores, que estallan y se aprietan caóticamente al atravesar la puerta.

—Hola, chicos —susurra Victoria al despertar, su rostro iluminándose de alegría.

El trío se acerca para besarle las mejillas, su amor irradiando por toda la habitación. Su mirada se agudiza al notar los globos, su curiosidad despertándose.

—Bart, son realmente hermosos. Ven aquí, por favor —dice, extendiendo los brazos para abrazar a su hijo mientras él le entrega las cuerdas.

—Mamá, hoy soy un vendedor de globos —anuncia Bart con una amplia sonrisa, dejando caer casualmente uno de los poemas de la infancia de Erasmus frente a ella.

El recuerdo golpea a Victoria como un rayo. Una oleada de emoción la invade y lucha por mantener la compostura, forzando una sonrisa. Pero sus hijos perciben el sutil temblor en su semblante, la señal inequívoca de los recuerdos agitándose en su interior.

—O tal vez soy el niño del poema —bromea Bart, aludiendo a otra de las preciadas obras de la infancia de Erasmus.

La expresión de Victoria se transforma cuando una oleada de calidez y nostalgia la inunda. Su mente corre. «No lo saben. ¿Cómo podrían saberlo? ¿Cómo lo habrían descubierto?» Una sensación se agita en su interior, subiendo hasta la superficie, traicionando su aparente calma.

—¿Cómo es que...? —empieza a preguntar, pero su voz se quiebra, atrapada en la tormenta de emociones puras.

Lágrimas brillan en sus ojos mientras mira a sus hijos, sus manos temblorosas.

Y entonces sucede: las palabras que ha anhelado oír durante décadas irrumpen en el aire, atravesando el peso del tiempo.

—¡Mamá, lo encontré!... Encontré a tu unicornio azul —anuncia Sarah, con lágrimas de felicidad deslizándose por su rostro.

Las manos de Victoria vuelan hacia su boca, todo su cuerpo temblando. Intenta hablar, su voz apenas un susurro.

—¿Lo encontraste?

Sus palabras están anudadas, atrapadas en su garganta, anhelando la certeza de que este sueño largamente esperado es real.

—¿Dónde está? —suelta de repente, su voz quebrada por la emoción.

En un frenesí, salta de la cama y abraza a sus hijos, sus gestos frenéticos e irracionales, guiados puramente por el instinto.

—Vístete, mamá. Te llevaré con él —dice Sarah con voz firme y decidida.

Victoria, aturdida pero resuelta, corre hacia su vestidor. Se mueve con una urgencia frenética, como si el tiempo mismo fuera su enemigo.

—Mamá, tienes que prometerme que harás exactamente lo que te diga —insiste Sarah, su tono imperativo, mientras Victoria busca algo que ponerse.

—De acuerdo —responde Victoria, con un matiz de desconcierto en su voz mientras se viste apresuradamente.

—Solo podrás revelar tu presencia cuando él haya terminado. Hoy es la última clase del año académico —explica Sarah.

Sigue un breve silencio mientras Victoria procesa esta revelación.

—¿Es un profes…? Espera un momento, ¿es tu profesor? —pregunta, su voz elevándose con incredulidad.

—Sí, lo es. Mamá, ¿lo prometes…? —insiste Sarah.

—Lo prometo —responde Victoria, su emoción a punto de desbordarse—. ¿Él sabe que voy a ir? —titubea, la ansiedad asomando.

—No, mamá, es una sorpresa total —la tranquiliza Sarah.

—Pues date prisa entonces. No queremos llegar tarde a su clase. No querrás hacerle esperar más tiempo por ti —exclama Victoria, su impaciencia evidente.

Mientras Victoria se prepara, un sonido extraordinario llena la habitación: su canto. Es una melodía que sus hijos no han escuchado en años, el tarareo familiar de su madre de cuando eran pequeños.

Abrumados por la emoción, los hermanos se abrazan con fuerza, dejando que las lágrimas de felicidad corran por sus rostros.

—Chicos, creo que por fin tenemos de vuelta a nuestra madre —dice Sarah, con la voz entrecortada, y sus hermanos asienten conmovidos.

De camino a la universidad, Victoria se ve consumida por un torbellino de emociones: alegría, ansiedad y anticipación. Su corazón, dormido durante tanto tiempo, ahora late con vida. Pero las dudas persisten. «¿Cómo está? ¿Cómo luce? ¿Está en una relación? ¿Querrá volver conmigo?»

—Mamá, relájate. Disfruta el momento —dice Sarah con dulzura—. Estoy segura de que el profesor sigue tan enamorado de ti como tú de él. Un amor loco, debo añadir, pero amor verdadero, al fin y al cabo. Lo he visto con mis propios ojos, escuchando cómo ha hablado de vosotros dos, clase tras clase.

La voz de Sarah es firme y tranquilizadora mientras toma la mano de su madre, apretándola suavemente, ofreciéndole un apoyo inquebrantable.

— ❖ —

Río Charles, Boston, Massachusetts, 2019

Erasmus y Victoria se sienten sobrecogidos por la emoción al reflexionar sobre el día en que se reencontraron tras más de cuarenta años de separación.

La pareja de mediana edad camina por el bosque, dirigiéndose a casa. Sus manos permanecen firmemente entrelazadas, mientras la cabeza de Victoria reposa suavemente sobre el hombro de Erasmus. Ambos llevan una sonrisa serena, sabiendo que las cargas del pasado, por fin, se han disipado, dejando su felicidad compartida intacta, sin sombras que la empañen.

—Querido, ¿de qué tratará tu clase hoy? —pregunta Victoria con voz suave mientras cruzan la entrada de su hogar y avanzan hacia el vestíbulo exterior.

—Reciprocidad —responde Erasmus con una sonrisa pensativa—. Lo que la vida te ofrece después de una existencia de sacrificio, convicciones inquebrantables y lealtad absoluta. Y, al final, te ha recompensado con creces.

—✦—

Royal Cambridge Scholastic Institute, 2019
(Calles del campus seguidas del auditorio)

Erasmus zigzaguea en su vieja bicicleta oxidada mientras pedalea hacia el edificio de la facultad. Respira hondo, su corazón rebosante de calidez, aun flotando en la alegría de una mañana inolvidable. Lenta pero firmemente, se acerca al aparcamiento, asegura su bicicleta y avanza con determinación hacia su clase.

«Los instintos de sus hijos no solo eran acertados… eran sorprendentemente precisos, perfectamente sintonizados con el momento y las circunstancias», reflexiona, mientras una amplia sonrisa se extiende por su rostro al atravesar los pasillos bulliciosos de la institución.

El murmullo lejano de la clase se intensifica a medida que se acerca al auditorio, sintiendo la energía de los estudiantes fluyendo a través de las paredes. Al entrar en la sala de conferencias, el pedagogo sacude la plácida ensoñación de sus pensamientos previos.

El zumbido de las conversaciones estudiantiles llena el aula como un vibrante coro; la emoción es palpable. Con un paso firme y una expresión de leve desconcierto, camina hacia el frente, listo para embarcarse en la siguiente travesía intelectual. Entonces, distingue la fuente del alboroto.

Sarah, Bart y Elizabeth se sientan orgullosos en la primera fila, sus sonrisas transmitiendo un mensaje inconfundible: *Erasmus, ahora formamos parte del equipo.*

El profesor asiente apenas, reconociendo su presencia con una sonrisa agradecida.

—¿Cómo estáis todos hoy? —pregunta, su voz momentáneamente cargada de emoción.

—¡Increíblemente genial! —responde el grupo con entusiasmo, amplificado por la presencia de sus invitados especiales.

—Reciprocidad —anuncia Erasmus al recuperar la compostura, su tono resonante y firme.

—Durante un viaje al Lejano Oriente, aprendí que la mutualidad es una parte intrínseca y crucial de la vida. Inevitablemente, como parte del ciclo de la existencia, todo lo que damos nos es devuelto, y todo lo que tomamos nos es arrebatado también.

Hace una pausa, permitiendo que el peso de sus palabras se asiente.

—Comienza así…

— ❖ —

Distrito de Ginza, Tokio, Japón (1997)

Cada verano, durante los últimos veinte años, viajo a Japón para impartir un seminario sobre poesía occidental en la Universidad de Tokio. Mientras estoy en Japón, disfruto de caminatas por las montañas que rodean la capital los fines de semana. Mi favorita, sin lugar a dudas, es la legendaria montaña Fuji. También me deleito visitando los exquisitos jardines de Kioto, maravillándome con su serena belleza y su intrincado diseño.

En un viaje en particular, un seminario vespertino de los viernes se alarga más de lo esperado, lo que hace que, por primera vez en Tokio, me despierte al mediodía del sábado. Sin planes claros, me encuentro deambulando por el bullicioso distrito comercial de Ginza. Entre las deslumbrantes luces de neón y las multitudes, mi atención se centra en un edificio de unas quince plantas con el emblema de una prestigiosa marca japonesa de electrónica de consumo. Intrigado, decido entrar y descubro que toda la estructura es un centro de exhibición para las últimas innovaciones de la marca.

Piso por piso, exploro la muestra futurista, maravillándome con los dispositivos que aún no han sido lanzados al público. En uno de los niveles superiores, entro en su sala de sonido de alta fidelidad. Desde ese momento, cada visita a Tokio incluye un ritual inquebrantable: detenerme en ese lugar y sumergirme en horas de tranquilidad absoluta.

La sala de sonido es extraordinaria: su pureza es tan profunda que las melodías parecen surgir de un capullo de absoluto silencio. Escuchar música de cámara en este espacio es una experiencia trascendental, como si estuviera sentado en primera fila en una sala de conciertos con una acústica perfecta.

Las *Cuatro estaciones* de Vivaldi, una de mis obras favoritas, suena en armonía con un video que muestra la impresionante belleza de Kioto. Los jardines y paisajes estacionales, representados con un esplendor vívido, se sincronizan perfectamente con los movimientos de la sinfonía, dando vida a cada estación con una precisión mágica.

Es durante una de estas sesiones meditativas, completamente absorto en la fusión de las imágenes de Kioto y la composición de Vivaldi, cuando conozco a Atsushi Sanada. Su presencia es impactante: una larga perilla entrecana enmarca su rostro, su coleta recogida combina con su aire sereno y unas diminutas gafas de montura redonda complementan su colorido jersey de lana de cuello alto. Como yo, parece completamente transportado, profundamente inmerso en la exquisita sonoridad de la música.

—¿Sientes el silencio dentro de la música? —pregunta inesperadamente, con voz calmada y un inglés impecable. Su mirada afable y su actitud pausada me sacan de mi ensimismamiento.

—Absolutamente —respondo, ya cautivado por su percepción.

—Entonces eres afortunado —continúa, como si hablara consigo mismo—. Percibir ese silencio dentro del sonido es un don poco común.

Hace una pausa, su mirada contemplativa, antes de hablar nuevamente.

—Aquí tienes un antiguo escrito que llevo conmigo desde hace años. Aporta claridad a momentos como este. Es una traducción libre del japonés.

Me entrega un diminuto pergamino con gesto reverente.

Con una mezcla de asombro y respeto, despliego el delicado pergamino y comienzo a leer…

Silencio dentro de la música

Hay quietud en el aire,
ningún sonido dentro de la música.

La fidelidad proclama la perfección,
las notas irradian gloria.

La pureza llena el aire—
los violines lloran,
los cellos sollozan,
las trompetas cantan,

y el piano entona
hasta lo más profundo de nuestros corazones.

Hay perfección en la sala,
absoluta serenidad en armonía,
una quietud impecable,
con espacio de sobra
para meditar y maravillarse
sin final.

Hay silencio dentro de la música,
hay silencio mientras suena,
hay silencio en el aire.

*

Cuando termino de leer, el sabio ya no está en la sala. Ansioso por devolverle el pergamino, recorro el edificio de exhibición frenéticamente en su búsqueda. Al llegar al nivel de la calle, las puertas giratorias me empujan hacia el ajetreo de la metrópoli japonesa. Allí está él, tranquilo y sereno en la acera, sonriéndome.

—Atsushi —se presenta, extendiéndome la mano.

—Cromwell-Smith —respondo, estrechando su mano con firmeza y devolviéndole el pergamino con una leve inclinación de gratitud y respeto.

—¿Te apetece un bocado rápido? —pregunta.

—Sería un placer, señor Atsushi.

Poco después, nos encontramos frente a una serie de coloridos escaparates que exhiben intrincadas réplicas de cera de diversos platos. Cada uno lleva un pequeño letrero con su nombre, descripción y precio: una obra maestra de la eficiencia japonesa. En cuestión de minutos, estamos sentados en la barra, con nuestros platos elegidos y generosas porciones de sake.

—Gracias por compartir el poema conmigo —digo con voz sincera.

—De nada. Fue una reacción instintiva ante tu estado de contemplación —responde Atsushi suavemente, su mirada penetrante ofreciendo un atisbo de sabiduría más allá de las palabras.

—Señor Cromwell, ¿qué lo trae a Japón? —inquiere.

—Cada año, imparto un seminario sobre poesía occidental en la Universidad de Tokio.

Sus ojos almendrados se entrecierran brevemente con curiosidad y luego se iluminan con una cálida sonrisa.

—¡Qué casualidad! Debes visitar mi tienda —exclama, con entusiasmo palpable.

—¿A qué se dedica, señor Atsushi? —pregunto, intrigado.

—Por favor, llámame Atsushi —insta, con un aire relajado y desarmante.

—¿Y cómo debería dirigirme a usted? —pregunta a su vez.

—Erasmus —respondo, haciendo un esfuerzo consciente por despojarme de mi rigidez cultural.

—Bueno, Erasmus —dice con un gesto juguetón—, me dedico a los escritos y manuscritos antiguos, muy similares al que acabas de leer.

Su revelación me toma por sorpresa, despertando mi curiosidad. Mis ojos se abren, delatando mi emoción.

—Serendipia, sin duda, Atsushi. ¿Eres un anticuario?

—Una versión japonesa de uno —responde con una sonrisa modesta.

—Entonces, nuestras estrellas están perfectamente alineadas —declaro.

—¿Y por qué dices eso, si puedo preguntar? —indaga con interés.

—Nací y crecí en Hay-on-Wye, en Gales, famosa por ser la "ciudad de los libros", rodeado de un sinfín de librerías de antigüedades. Mi inclinación por el mundo de los libros moldeó mi infancia y mi adolescencia. Prácticamente crecí dentro de esos establecimientos, guiado por anticuarios experimentados que se convirtieron en influencias de por vida.

Los labios de Atsushi se aprietan en una sonrisa pensativa mientras asiente repetidamente, su satisfacción evidente.

—Mi humilde tienda ha estado en la familia por cuatro generaciones —comparte, avivando aún más mi creciente fascinación.

—❖—

"Tienda de Escritos Antiguos de Atsushi Sanada"
(fundada en 1870)

Poco después, con abundante té verde en mano, me encuentro sentado sobre una estera en el impoluto suelo de madera de su impecable tienda. Mis ojos recorren con asombro la inmensa cantidad de pergaminos meticulosamente dispuestos a mi alrededor.

—Erasmus, ¿en qué ocupas tu tiempo cuando no estás en Japón? —pregunta Atsushi con tono juguetón.

—Enseño poesía y literatura inglesa en un colegio de Nueva Inglaterra. También escribo poemas y novelas de ficción —respondo.

—Interesante. Mi primera impresión de ti fue que tu lenguaje corporal irradiaba serenidad y meditación, pero tus ojos inquietos delataban una sensación de estar perdido y en dolor. Parecía como si estuvieras buscando algo… quizá significado o propósito… o llorando a alguien —observa Atsushi con una precisión asombrosa.

—¿Acaso no lo estamos todos? —respondo retóricamente, intentando esquivar su perspicaz percepción.

—Ciertamente, todos lo estamos, Erasmus. Pero, más específicamente, ¿lo estás tú? —insiste, cortando mi evasiva con precisión quirúrgica.

—Sí —admito tras un momento—. Un poco perdido, buscando significado y propósito, y sí, también de duelo. Estoy en busca de mi verdadero yo.

—Una de las claves para llevar una vida plena es la reciprocidad. Todo está en el equilibrio entre dar y recibir —comienza Atsushi, su voz firme y deliberada—. Con demasiada frecuencia, nos centramos en lo que queremos o necesitamos obtener, ignorando lo que tenemos para ofrecer, que es donde realmente comienza la plenitud. Tu búsqueda de identidad debe incluir un esfuerzo consciente por cultivar la mutualidad y una predisposición a la generosidad. Lo que esperas recibir de la vida o de los demás solo te llegará de manera constante cuando aprendas a dar primero. Esta profunda comprensión se adquiere a través de las experiencias de la vida —explica con una sabiduría que se siente tanto ancestral como inmediata.

—Atsushi, permíteme compartir contigo una anécdota sobre la reciprocidad —ofrece, su tono teñido de entusiasmo—. Años atrás, justo antes de abrir mi tienda, luchaba por reunir los recursos necesarios. Uno de mis tíos, un hombre adinerado, tenía los medios para ayudarme. Me acerqué a él en busca de apoyo, pero su reacción fue inesperada y desalentadora. En lugar de ayudarme, invirtió una cantidad considerable para establecer su propia tienda de pergaminos antiguos, directamente en competencia conmigo. Para empeorar las cosas, me pidió consejo y ayuda para lanzar su negocio.

—¿Qué hiciste? —pregunto, sin poder ocultar mi desconcierto.

—Por supuesto, lo ayudé —responde Atsushi con una sonrisa serena—. Puse mi mejor esfuerzo y mi corazón.

—¿Te compensó por tus esfuerzos? —insisto.

—No quería que lo hiciera.

—¿Pero te lo ofreció?

—No, pero eso era irrelevante para mí.

—¿En algún momento te apoyó para abrir tu tienda?

—Para nada. Al contrario, me criticó duramente, insistiendo en que no tenía lo necesario para ser mi propio jefe. Incluso hizo campaña dentro de la familia, afirmando que mis esfuerzos eran innecesarios porque su tienda ya estaba establecida. Creía que, si fracasaba, terminaría trabajando para él.

—¿Y qué sucedió después? —pregunto, inclinándome, completamente cautivado.

—Conseguí abrir mi tienda. Mi tío, al no sentir verdadera pasión por la antigüedad de los escritos, eventualmente perdió el interés y se dedicó a otra cosa —explica Atsushi.

—¿Y tu familia? —indago.

—Con el tiempo, terminaron aceptando mi trabajo y mi tienda. Hoy, me apoyan plenamente, pero fue un camino largo. En cuanto a mi tío, sus acciones dejaron una impresión duradera en la familia… aunque no precisamente una favorable.

—Pero ¿por qué lo ayudaste? No lo entiendo —confieso.

—Verás, Erasmus, sus acciones lo definieron a él. Reflejaron quién era realmente. Mis acciones, en cambio, reflejan quién soy yo. No permití que sus elecciones dictaran las mías. Separé su comportamiento de mi respuesta y me elevé por encima del conflicto, actuando con madurez y poniendo mi corazón en ayudarlo.

—Pero su egoísmo fue cruel —replico.

—Sea como sea, una vez más, sus acciones lo definieron a él, no a mí.

—¿Qué reciprocidad te ofreció a cambio de tu generosidad?

—Nada. Y ahí, Erasmus, reside la esencia de la reciprocidad. Dar de verdad no implica esperar algo a cambio. No es una transacción. Pero déjame compartir algo que iluminará aún más este concepto.

Atsushi se levanta con gracia y camina hacia una fila de pergaminos amarillentos y envejecidos. Selecciona uno con cuidado, lo estudia por un momento y luego regresa con una expresión de satisfacción serena.

—Compartamos un exquisito ejemplo de la sabiduría ancestral japonesa —dice, su voz impregnada de tranquilidad mientras comienza a leer, traduciendo las palabras al inglés con una fluidez impecable.

La reciprocidad

La naturaleza florece con cada gota de agua.

Todos los colores del mundo se iluminan a nuestro alrededor,
mientras el sol brilla.

El universo entero resplandece en lo alto,
cuando cae la noche.

Nuestro ser completo vive un día más,
y por ello sigue adelante,
mientras respiramos.

Las imágenes de la realidad cobran vida para que las
disfrutemos,
mientras somos capaces de ver.

Nuestro mundo entero existe porque pensamos y
comprendemos—
la conciencia, el génesis de la vida humana.

Toda la gama de los mundos de la física y la biología
solo puede calcularse, medirse
y entenderse a través de la reciprocidad.

En el corazón del ciclo virtuoso de la vida
se encuentra la reciprocidad.
Si el movimiento constante es el rugido
del motor de la naturaleza en acción,
la reciprocidad es el combustible esencial
que lo impulsa.

Cuando nos correspondemos los unos a los otros,
apelamos a los ángeles mejores dentro de nosotros mismos
y sobre la humanidad.

La verdadera esencia de recibir algo en la vida
reside en lo que hemos dado previamente.

En verdad, no hemos dado nada,
si nada vuelve.
Inevitablemente, tarde o temprano,
si hacemos el bien y lo hacemos bien,
si realizamos buenas acciones,
la vida nos responderá en la misma medida,
recompensándonos con creces.

Pero si no lo hacemos, de una forma u otra,
la vida encontrará su equilibrio—
a menudo de las maneras más inesperadas.

Todo aquello que hemos tomado o recibido
sin ofrecer reciprocidad a cambio
nos será arrebatado, confiscado,
o incluso arrancado de nuestras manos.

Si disparamos flechas o lanzamos piedras,
debemos esperar que reboten,
quizá con mayor fuerza.

Si regalamos buenas acciones, libros y rosas,
regresarán a nosotros en abundancia.

La mutualidad es una correlación inmutable—
siempre mayor que uno,
nunca un camino de un solo sentido.

Generosidad y reciprocidad son inseparables,
intrínsecas la una a la otra.
Juntas, crean círculos virtuosos sin fin,
espirales ascendentes y positivas,
de dar y recibir sin límites.

Reciprocidad es expresar gratitud eterna
a la humanidad, a la vida y al Creador.

Es, en esencia, una forma de pagar
por el privilegio de estar vivos.

Y con todo esto,
llega la más hermosa recompensa:
todo lo que hemos contribuido
a la vida y a los demás
volverá a nosotros,
multiplicado en bendiciones.

*

Cuando Atsushi enrolla con delicadeza el pergamino, la tienda queda sumida en una quietud contemplativa. Con reverencia, coloca el pergamino de vuelta en su estante y se vuelve hacia Erasmus con una serena sonrisa.

—Erasmus, la reciprocidad es la esencia del equilibrio—no solo en la naturaleza, sino dentro de nosotros mismos. Si cultivas este principio, te guiará hacia la armonía. Recuerda siempre: en la vida, comienza preguntándote qué tienes para ofrecer o contribuir antes de elaborar tu lista de deseos.

Erasmus se inclina levemente en señal de gratitud, su mirada cautivada por la intrincada caligrafía de los pergaminos que lo rodean, cada uno conteniendo sus propios misterios. Afuera, el rumor amortiguado de las bulliciosas calles de Tokio contrasta con el remanso de paz dentro de la tienda de Atsushi.

Rompiendo el silencio, Atsushi señala la tetera que descansa sobre una mesa baja de madera.

—Compartamos un té antes de que te vayas, Erasmus. Incluso un breve momento de comunión puede enseñarnos más sobre dar y recibir.

Los dos se sientan sobre los cojines, sorbiendo el cálido té verde en reflexión silenciosa. El rico aroma se mezcla con la fragancia del papel envejecido y la madera de cedro. Erasmus, con el corazón pleno, siente cómo la sabiduría de la reciprocidad se asienta profundamente en su ser.

—◈—

Royal Cambridge Scholastic Institute, 2019
(Auditorio universitario)

El profesor Cromwell-Smith se prepara para pasar de sus reflexiones personales al núcleo de la lección de hoy. Se aclara la garganta, atrayendo la atención de sus estudiantes de vuelta al presente.

—La palabra "reciprocidad" debería resonar conscientemente en cada uno de ustedes, desde el momento en que despiertan hasta el momento en que descansan. Lo que dan es, precisamente, lo que recibirán. Sin dar, no hay acción recíproca que sostenga el ciclo a largo plazo.

Su voz resuena en la sala en completo silencio, los estudiantes se sientan erguidos, su atención es absoluta.

—Permitan que este principio los guíe, no solo académicamente, sino en cada faceta de su existencia —concluye el profesor, recorriendo con la mirada a cada estudiante, asegurándose de que el mensaje cale en lo más profundo de sus corazones.

Con la historia de sus experiencias compartida, Erasmus observa la sala, su mirada invitando a preguntas. La clase permanece en silencio por un momento, hasta que comienzan a levantarse manos con entusiasmo.

Clara, estudiante de último año de filosofía con especialización en ética, habla con una profunda curiosidad.

—En el poema *Reciprocidad*, menciona que lo que damos es exactamente lo que recibimos. ¿Podría profundizar en cómo la reciprocidad influye en el crecimiento personal, especialmente en los momentos más desafiantes de la vida?

—Excelente pregunta, Clara. La reciprocidad, en esencia, trata sobre el equilibrio: lo que emitimos al mundo—emocional, intelectual o espiritualmente—inevitablemente regresa a nosotros. Durante los momentos difíciles, cuando nos sentimos vulnerables o perdidos, abrazar la reciprocidad nos puede guiar hacia la sanación. Cuanto más damos de nosotros mismos—sea amor, perdón o simplemente comprensión—más nos abrimos a recibir lo mismo a cambio. No se trata de expectativa, sino de confianza en el proceso de la vida y las relaciones. El crecimiento ocurre cuando aprendemos a dar sin calcular, sabiendo que el universo opera bajo un equilibrio que nos trasciende.

Mark, estudiante de literatura inglesa con un interés particular en la poesía contemporánea, levanta la mano con evidente entusiasmo.

—El poema *Silencio dentro de la música* habla sobre la quietud que se encuentra en el sonido. Me impactó cómo este tema resuena con el concepto de paz interior. ¿Podría explicar cómo el silencio, o los momentos de quietud, contribuyen a una comprensión más profunda de la reciprocidad?

—Una observación muy perspicaz, Mark. El silencio es, a menudo, el espacio donde comienza la verdadera comprensión. Tanto en la música como en la vida, el silencio nos permite hacer una pausa y reflexionar. En el poema, el silencio dentro de la música simboliza una conexión más profunda, un momento de pura existencia. De manera similar, en la vida, los momentos de quietud nos brindan la oportunidad de procesar, escuchar y recibir verdaderamente. Sin estas pausas, el flujo de la reciprocidad se interrumpe. Al abrazar el silencio, creamos espacio para que otros nos den, así como nosotros nos ofrecemos en retorno. Es en esos espacios silenciosos donde ocurren los intercambios más profundos.

Olivia, estudiante de psicología enfocada en el comportamiento humano, levanta la mano con una expresión reflexiva.

—La idea de perdonarse a uno mismo en *Perdón* resuena profundamente en mí, especialmente la noción de que el perdón no puede ocurrir hasta que aceptamos la responsabilidad. ¿Cómo cree que esta aceptación impacta nuestras relaciones con los demás, particularmente cuando los hemos lastimado?

—Esa es una pregunta muy perspicaz, Olivia. El auto perdón es la base de todas las demás formas de perdón. Cuando aceptamos la responsabilidad de nuestras acciones, nos liberamos de las cadenas de la culpa y la defensiva. Este acto de reconocer nuestros errores, sin excusas ni evasiones, abre la puerta a la sanación. Solo entonces podemos acercarnos a los demás con sinceridad y empatía, sin estar cargados por nuestros propios sentimientos no resueltos. Este proceso no solo nos sana a nosotros mismos, sino que también permite relaciones más auténticas con los demás. Cuando nos perdonamos, creamos el espacio emocional para perdonar verdaderamente a los demás y aceptar su perdón en retorno.

Alex, estudiante de ciencias políticas que explora la intersección entre valores personales y dinámicas sociales, interviene con intensidad.

—En el poema *Reciprocidad*, hay un verso que dice: "La verdadera esencia de recibir algo en la vida reside en lo que hemos dado previamente." ¿Podría hablar sobre cómo este principio se aplica a las estructuras sociales y nuestro papel en fomentar el beneficio mutuo en la comunidad?

—Una pregunta muy relevante y significativa, Alex. Este verso habla del tejido social y de cómo las acciones individuales contribuyen al bienestar colectivo. En las estructuras sociales, la reciprocidad se basa en dar a la comunidad—ya sea a través del servicio, la defensa de causas o simplemente la bondad—y, a cambio, creamos conexiones más fuertes y resilientes. Es fácil caer en la trampa de tomar más de lo que damos, pero el verdadero progreso social ocurre cuando todos reconocemos nuestra responsabilidad de contribuir al bien común. Al adoptar este principio, construimos sistemas que no son solo transaccionales, sino transformadores, donde el beneficio mutuo prospera y todos tienen un papel en el bienestar de los demás. La reciprocidad, entonces, se convierte en la base de la armonía y el progreso social.

El profesor hace una pausa, dejando que el peso de su afirmación se asiente en la sala. Mirando el reloj, asiente levemente y dice:

—Eso es todo por hoy. Nos vemos la próxima semana. Clase despedida.

Mientras la sesión llega a su fin, los estudiantes recogen lentamente sus pertenencias, aún procesando la profundidad de las palabras del pedagogo. Una atmósfera de reflexión silenciosa queda suspendida en el aire, marcando el cierre de otra sesión transformadora.

El profesor Cromwell-Smith se dirige a la salida, pero sus estudiantes siguen reflexionando sobre si hay algo más que podrían ofrecer a su experimentado y perspicaz maestro.

—Mi recompensa —declara, como si leyera sus pensamientos colectivos— es su entusiasmo y dedicación a esta clase. Su reciprocidad es evidente en la satisfacción personal que experimento cada semana que nos reunimos aquí —dice, su voz cargada de un aire de tranquilidad mientras camina hacia la salida.

El alumnado absorbe sus palabras, su admiración profundizándose. Se dan cuenta de que su esfuerzo colectivo y la inquebrantable dedicación del profesor forman parte de un ejercicio continuo de reciprocidad.

Fuera del auditorio, Elizabeth, Bart y Sarah lo esperan. Por un momento, el grupo permanece inmóvil, sin saber cómo proceder, hasta que Sarah da un paso adelante con una radiante sonrisa y abraza a Erasmus con fuerza.

Erasmus, visiblemente conmovido, extiende los brazos en silencio, invitando a Elizabeth y Bart a unirse. Lo que sigue es una espontánea fusión de abrazos, risas y afecto sin reservas. El pasillo resuena con su calidez compartida, una conmovedora expresión de amor y gratitud que no necesita palabras.

Capítulo 6

El desafío y la curiosidad

Royal Cambridge Scholastic Institute, 2019
(Hogar en el Campus de Victoria y Erasmus)

El tiempo ha perdido su significado mientras la magia de la música de Michel Legrand envuelve su acogedor hogar en el campus. Erasmus y Victoria se sientan apretados en su querido sofá Chesterfield, cada uno sosteniendo una taza de té caliente. Sus rostros irradian felicidad, su dicha compartida es tan tangible que casi se puede saborear.

—Si no fuera por tus hijos, quizás no estaríamos juntos ahora —reflexiona Erasmus, con la mente aún en la visita sorpresa de los tres a su clase la semana pasada.

—Pusieron todo su corazón y alma en encontrarte —responde Victoria en voz baja.

Erasmus la mira, desconcertado, asumiendo que fue un esfuerzo en solitario de Sarah lo que los llevó a reunirse.

—Al principio, necesitaron un pequeño empujón —revela Victoria, con una sonrisa llena de complicidad—. Lo recibieron del lugar más inesperado de todos.

Mientras la luz matutina se filtra por las ventanas, Erasmus se toma un momento para absorber la alegría de su mañana compartida. Con un suspiro de satisfacción, se prepara para la clase que le espera, sintiendo que la calidez de su conexión con Victoria impulsa cada uno de sus pasos hacia el auditorio universitario.

—◆—

Royal Cambridge Scholastic Institute, 2019
(Auditorio de clases, al día siguiente)

Al entrar en el bullicioso auditorio, la energía de la clase contrasta con la tranquila contemplación de la noche anterior. Erasmus, aunque presente en el momento, siente un cambio en su interior mientras pisa el espacio donde tiene la oportunidad de transmitir la sabiduría adquirida a través de sus experiencias y lecciones de vida.

—¿Cómo están todos hoy? —pregunta el animado profesor, con un brillo travieso en los ojos.

—¡Increíblemente genial! —responde la clase al unísono.

—Clase, a veces en la vida debemos dar un paso adelante y desafiar las circunstancias y las probabilidades que se nos presentan. Hay momentos en los que debemos plantarnos ante lo que parece inevitable y afirmar que aún no estamos listos para rendirnos.

Un silencio cae sobre la sala mientras el profesor hace una pausa intencional, permitiendo que sus palabras resuenen profundamente en la imaginación de sus estudiantes.

—Anoche, Victoria me compartió una anécdota extraordinaria sobre el increíble esfuerzo que hicieron sus hijos para encontrarme. Contiene dos lecciones cruciales sobre qué hacer cuando el destino parece tener el control —declara Cromwell-Smith, su voz llena de intriga y calidez.

—La historia comienza así…

— ✦ —

Biblioteca Pública de San Luis, 2017

La jefa de bibliotecarios, la señora Rebecca Samuels-Ortiz, está a punto de llevarse la sorpresa de su vida.

—Becca —dice una voz suave detrás de ella. Se gira y su mandíbula cae, sus ojos reflejan absoluta sorpresa.

—¿Elizabeth-Victoria? —murmura, confundida, mientras se adelanta y la abraza efusivamente.

—¿Dónde está tu madre? —pregunta, al notar a dos jóvenes con expresiones tímidas parados unos pasos detrás. Samuels-Ortiz los reconoce de inmediato.

—Deben ser Sarah y Bart —exclama con entusiasmo, acercándose a ellos con una gran sonrisa.

—Vinimos sin ella —responde Elizabeth.

La señora Samuels-Ortiz ahora luce desconcertada mientras los guía hacia la mesa de conferencias de su oficina.

—Debe haber una muy buena razón para que hayan hecho este viaje hasta aquí, especialmente sin ella.

—Becca, tú comprendes a mamá de una manera que nosotros no. Necesitamos tu percepción y reafirmación para asegurarnos de que lo que estamos haciendo por ella es el camino correcto.

—¿Y exactamente qué es lo que están haciendo?

—Hemos decidido localizar a Erasmus —afirma Elizabeth con firmeza.

Los ojos de Samuels-Ortiz se iluminan repentinamente y sus suaves palabras están llenas de una convicción amorosa.

—Nada haría más feliz a su madre que tener una segunda oportunidad con el amor de su vida.

—¿Y qué pasa con Erasmus, señora Samuels-Ortiz? Tal vez su vida ha tomado un rumbo distinto, quizás incluso tenga una familia. ¿Por qué deberíamos interferir? ¿Acaso el destino no está ya escrito? —desafía Sarah, con el rostro reflejando preocupación.

La anciana bibliotecaria se detiene, sumida en una profunda reflexión mientras contempla a los hijos de su antigua aprendiz.

—Puede que tengas razón, Sarah, pero hay momentos en la vida en los que debemos desafiar lo que parece ser la inevitabilidad del destino. Permítanme compartir un antiguo escrito que encaja con esta ocasión.

El trío asiente levemente. Casi al mismo tiempo, la leal amiga de Victoria desaparece entre los laberínticos estantes de su oficina en busca del manuscrito.

—Esta es una tradición que Erasmus trajo desde Gales, una que su madre adoptó para toda la vida —explica mientras regresa con un grueso libro de cuero con páginas doradas.

Abriéndolo en una página marcada, comienza a leer con fervor.

El desafío

Cuando surge por razones legítimas y válidas,
el desafío es una actitud deliberada y positiva—
una herramienta existencial que nos empodera
para cuestionar y enfrentar
cualquier tipo de adversidad.

Es una fuerza indomable,
tan potente que, sin importar
los obstáculos de la vida,
las circunstancias insoportables,
las carencias materiales o emocionales,
incluso el profundo dolor y la tristeza,
una vez liberada,
asegura que ni nuestra
resiliencia,
voluntad,
o deseo de vivir,
y mucho menos nuestro espíritu de lucha,
puedan ser doblegados o domesticados.

Cuando resistimos
en defensa de la libertad, la dignidad y la justicia,
cuando nos mantenemos firmes por la verdad,
cuando nos oponemos
a la opresión, la persecución y la tiranía,
cuando combatimos
la intolerancia, el odio y la discriminación,
cuando nos mantenemos inquebrantables
detrás de la virtud, los valores y los principios—
el desafío se convierte en una fuerza intrínseca
que nos impulsa y nos sostiene.

Se convierte en el medio
por el cual resistimos,
perduramos
y, finalmente, prevalecemos.

El desafío es la expresión más pura,
la válvula de escape en medio del caos de la vida,
encendiendo el fuego interno
que yace en lo más profundo de nuestro ser.

Ese fuego que nunca se extingue,
que arde y se agita,
alimentando nuestras pasiones más profundas,
nuestras convicciones más inquebrantables
y nuestras creencias más firmes.

El desafío es nuestra mayor y más feroz manifestación—
una pura fuerza de voluntad y determinación férrea
contra cualquier cosa o persona,
sin importar cuán difícil o desagradable,
que la vida nos arroje.

El desafío es la actitud
que mejor nos define,
como verdaderos guerreros de la vida—
aquellos que no solo
se niegan a ser vencidos por la adversidad,
sino que la enfrentan de cara,
atacándola sin descanso,
tratándola como a un enemigo en la guerra,
luchando hasta que sea
derrotada, erradicada y vencida.

El desafío es un arma existencial
que siempre llevamos dentro—
una fuerza para doblegar y quebrantar
los golpes y el dolor de la adversidad.

Con el desafío, cambiamos las tornas,
enfrentando de frente los avatares de la vida.
Es así como ahogamos y conquistamos nuestros miedos,
cómo derrotamos
a algunos de los más grandes impostores de la existencia.

*

—Eso es exactamente lo que están haciendo, chicos. Están desafiando al destino.

Elizabeth y Sarah, embargadas por la emoción, comienzan a llorar de nuevo. Bartholomeus solloza en silencio, pero sonríe. Sus ojos reflejan una profunda gratitud, pero antes de que puedan responder, la anciana bibliotecaria continúa.

—Hay otra actitud que encaja perfectamente con esta situación. Un atributo que deben cultivar y ejercitar para alimentar sus esfuerzos hasta alcanzar el éxito.

Pasa a otra página del libro encuadernado en cuero, marcada con precisión para este momento. Fijando su mirada en ellos con intensidad, la erudita bibliotecaria comienza a leer con firmeza, enfatizando cada palabra.

La curiosidad

Cuando sentimos el impulso de explorar,
cuando ansiamos la aventura,
cuando nos invade la necesidad de descubrir,
cuando no podemos esperar
para indagar, buscar, encontrar,
comprobar, investigar,
analizar, estudiar, experimentar y validar.

Cuando no tememos al cambio,
a lo desconocido, a lo invisible,
a lo nuevo o a quienes son distintos.

Cuando estamos
dispuestos a romper los moldes,
a nadar contra la corriente,
ajenos a la sabiduría convencional,
improvisando y adaptándonos sobre la marcha.

Cuando podemos contemplar la vida
con corazones sinceros, inocentes y soñadores.
Cuando no nos intimida:
qué tan alto, qué tan profundo, qué tan bajo,
qué tan grande, qué tan pequeño, qué tan impactante,
qué tan irrelevante, qué tan célebre,
qué tan despreciado, qué tan exigente,
qué tan paciente, qué tan calmado,
qué tan apasionado, qué tan derrotado,
qué tan triunfante
podemos ser, ir o convertirnos.

Entonces, poseemos
el mágico elixir de la curiosidad—
un caprichoso y existencial impulso
que nos lleva a un viaje fascinante,
elevándonos por encima de la realidad mundana,
envueltos en el manto de una búsqueda interminable,
para maravillarnos, asombrarnos
o simplemente quedar anonadados
por la adquisición de valioso
conocimiento y experiencia.

La curiosidad nos lleva
a incontables laberintos, lugares místicos,
personas memorables y momentos trascendentales.
La curiosidad nos conecta con espíritus inquietos
y un alma empapada de "la luz y la energía de la vida."
Como agente del cambio y la búsqueda de sabiduría,
la curiosidad es una de las herramientas existenciales
más valiosas que poseemos.
A través de la curiosidad,
refinamos constantemente nuestro propósito en la vida,
revisamos, renovamos y redefinimos nuestro significado.

Con la curiosidad,
nos mantenemos espontáneos, abiertos y audaces.
Si desplegamos y empleamos la curiosidad,
estamos siempre listos para el "cambio",
y dispuestos a abrazar la evolución.

*

Superando sus intensas emociones, los hijos de Victoria ahora
sonríen y se ven visiblemente relajados. La señora Samuels-Ortiz
los observa con una expresión de satisfacción, sabiendo que ha
cumplido su misión con excelencia. Mientras el grupo se queda

en silencio, compartiendo la comprensión mutua, la anciana bibliotecaria posa la vista en la fotografía sobre su escritorio: una joven Victoria sosteniendo en brazos a una pequeña Elizabeth con los ojos muy abiertos.

—Su madre —dice suavemente— estaría tan orgullosa de la fortaleza que han demostrado hoy: su curiosidad para descubrir la verdad y su valiente desafío a aceptar su aparente destino. Ambas actitudes los están impulsando. No solo la están honrando, sino que también están trazando sus propios caminos —concluye con convicción.

El trío intercambia despedidas sentidas con la mujer que ha moldeado gran parte de la vida de su madre. Mientras abandonan la biblioteca, el leve tintineo de la campana de la entrada parece resonar con promesa—un sonido que permanece en los oídos de Rebecca mucho después de que la puerta se cierre tras ellos.

— ❖ —

Royal Cambridge Scholastic Institute, 2019
(Auditorio de clases)

Mientras la narración del profesor regresa al presente, hace una pausa, como si estuviera perdido en sus pensamientos por un momento.

—La sabiduría de la señora Samuels-Ortiz no se limitaba a las paredes de su biblioteca —dice, ahora con un tono más suave—. Trasciende generaciones, moldeando no solo a los hijos de Victoria, sino también a cada alma afortunada que cruzó su camino. En su capacidad de usar el desafío y la curiosidad como herramientas de transformación, dejó un legado que nos recuerda que nunca debemos aceptar sin cuestionar los límites que la vida nos impone.

El profesor se aclara la garganta, disipando el peso de su reflexión mientras observa las miradas expectantes de sus estudiantes.

—Clase, la curiosidad es indispensable cuando necesitamos o deseamos descifrar, analizar o descubrir decisiones que estamos a punto de tomar, o acciones que estamos a punto de emprender, mientras sopesamos cuidadosamente las consecuencias de nuestras elecciones. Por otro lado, el desafío, cuando está guiado por razones justas y legítimas, se convierte en una postura necesaria para enfrentar la adversidad, las dificultades y, especialmente, el concepto del destino —el pedagogo hace una pausa, permitiendo que sus palabras se asienten en la sala.

Un leve murmullo de anticipación llena el aire. Sonríe, con un brillo de complicidad en los ojos, antes de ofrecer a la clase una lección sobre resiliencia:

—El desafío y la curiosidad no son meros conceptos —afirma—. Son herramientas que nos permiten cuestionar el destino y las limitaciones de la vida misma.

Varias manos se levantan.

—Profesor, ¿no han demostrado nuestros estudios que el destino es un concepto completamente falso? —pregunta Keith, un estudiante de historia con el cabello negro azabache recogido en una coleta.

—Exacto, Keith —afirma el profesor con entusiasmo—. Esa es precisamente la actitud que debemos adoptar hacia el destino. El poder del ahora—nuestra capacidad de tomar decisiones en el presente—es lo que moldea nuestro futuro. El destino no es una fuerza predeterminada; es simplemente la consecuencia de las elecciones que hacemos en el aquí y ahora. No hay destino —afirma en voz baja, dejando que la verdad resuene en el silencio que sigue—. Sus acciones moldean su futuro—su curiosidad y su desafío son sus herramientas más poderosas.

Ella, estudiante de filosofía conocida por sus preguntas perspicaces, interviene con una expresión reflexiva:

—Profesor, en *Desafío*, describe el desafío como una fuerza capaz de superar la adversidad. ¿Cómo diferenciar entre un desafío saludable, que lleva al crecimiento, y un desafío que se vuelve destructivo o autodestructivo?

—Esa es una pregunta muy aguda, Ella —responde Erasmus, con una mirada de respeto—. Un desafío saludable nace de un sentido profundo de propósito. Proviene de la certeza de lo que es correcto, de defender valores personales o el bien común. En cambio, el desafío destructivo suele surgir de una resistencia al crecimiento o al cambio. Es la negativa a ver más allá de las circunstancias inmediatas y puede estar impulsado por la ira o el miedo. La clave es la autoconciencia y la disposición a considerar las consecuencias de nuestras acciones.

Ella asiente pensativa, manteniendo la mirada fija en el profesor mientras reflexiona sobre su respuesta.

Alexander, un estudiante de ingeniería con inclinación por las preguntas profundas, levanta la mano con una expresión contemplativa.

—En *Curiosidad*, el poema habla sobre la búsqueda del conocimiento y la exploración. ¿Cómo podemos mantener la curiosidad en un mundo que a veces parece rígido o estancado, especialmente en campos altamente estructurados como el mío?

Erasmus asiente, considerando la perspectiva.

—Es un punto interesante, Alex. El mundo puede parecer rígido, pero la curiosidad aún puede prosperar en entornos estructurados. Se trata de hacer las preguntas correctas y buscar soluciones en lugares nuevos e inesperados. Para los ingenieros, la curiosidad es el motor de la innovación. Los límites de lo que sabemos están en constante cambio gracias a las preguntas que la gente sigue planteando. La curiosidad no siempre significa romper los moldes, a veces se trata de mirar dentro de ellos y verlos desde un ángulo diferente.

Alexander escucha atentamente, asintiendo en señal de acuerdo mientras reflexiona sobre la respuesta del profesor.

Lucía, una estudiante de psicología con un gran interés en el comportamiento humano, se inclina hacia adelante y pregunta:

—En el poema *Desafío*, hay un fuerte énfasis en luchar contra la adversidad. Pero ¿cómo conciliamos este desafío con la necesidad psicológica de aceptar las cosas como son, especialmente cuando no podemos controlar el resultado?

Erasmus sonríe, reconociendo la complejidad de la pregunta.

—Es una pregunta muy reflexiva, Lucía. Creo que el desafío no siempre implica luchar contra todo. También puede significar no aceptar pasivamente lo que sentimos como injusto o antinatural. Se trata de la capacidad de elegir nuestra respuesta. A veces, la aceptación es el acto más desafiante que podemos hacer, porque requiere fortaleza rendirse cuando es necesario, especialmente cuando enfrentamos lo que no podemos cambiar. El verdadero desafío es saber cuándo luchar y cuándo dar un paso atrás, y tener la sabiduría para elegir bien.

Lucía asiente con comprensión, apreciando la profundidad de la respuesta.

Víctor, un estudiante de relaciones internacionales con afinidad por la literatura, pregunta con un tono contemplativo:

—La idea de la *reciprocidad* parece estar entrelazada en *Desafío* y *Curiosidad*. ¿Cómo cree que estos conceptos influyen en la manera en que las personas interactúan a nivel global, especialmente en términos de relaciones diplomáticas y cooperación internacional?

—Es una excelente conexión, Víctor —responde Erasmus, asintiendo pensativo—. El desafío y la curiosidad no solo son herramientas personales, sino también elementos vitales en las relaciones internacionales. En diplomacia, el desafío se manifiesta como la firmeza en los valores fundamentales, incluso ante la presión. La curiosidad, por otro lado, es lo que nos impulsa a comprender las complejidades de otras culturas y las causas subyacentes de los conflictos internacionales. Equilibrar ambos—mantenerse firme cuando es necesario y permanecer curioso ante las perspectivas de los demás—es esencial para fomentar la cooperación y lograr la paz en un mundo globalizado.

Víctor, visiblemente interesado, se toma un momento para asimilar la respuesta antes de asentir en acuerdo.

Con esas palabras finales, la clase llega a su fin y los estudiantes, recién iluminados, reúnen sus cosas en un silencio reflexivo.

—Eso es todo por hoy. Clase despedida.

Mientras el profesor abandona el aula, los estudiantes llevan expresiones de profunda reflexión, como si hubieran recibido nuevas y valiosas herramientas existenciales. Con la magia entrelazada de la curiosidad y el desafío, salen, listos para empuñar sus recién descubiertos poderes en los capítulos venideros de sus vidas.

Capítulo 7

Decisiones

Hogar de Victoria y Erasmus, 2019

Afuera hay un diluvio. Ha estado lloviendo durante 24 horas seguidas. La pareja, de mediana edad, despertó al amanecer. Con tazas de té caliente en mano y melodías románticas sonando suavemente de fondo, permanecen acurrucados en la cama, disfrutando de un raro día de holgazanería. Una apasionada melodía, *Ma Che Bello Questo Amore* de Eros Ramazzotti (*Qué hermoso es este amor*), llena la habitación, creando una atmósfera de calidez e intimidad.

Para deleite de Erasmus, los sentimientos de culpa de Victoria casi han desaparecido por completo. En las últimas semanas, se ha mostrado visiblemente más relajada, su verdadero yo resurgiendo con cada día que pasa. Esta transformación ha traído de vuelta su espíritu alegre y desenfadado, junto con el lado enamorado de ella, que parece acercarla aún más, tanto emocional como físicamente, a Erasmus.

—Querido, tengo un secreto que confesarte —anuncia Victoria con un tono travieso.

—De acuerdo, déjame prepararme —responde Erasmus con fingida aprensión.

—Conservé uno de los escritos que la señora V. nos envió —admite con aire de culpabilidad.

—¿Cuál? —pregunta él, arqueando las cejas con genuina sorpresa.

—*El taburete con tres patas* —responde tímidamente.

—Has guardado un tesoro invaluable, mi señora. Ese escrito es una joya —comenta Erasmus, su curiosidad visiblemente encendida.

Erasmus la observa con una intensidad que parece extenderse por la eternidad, la música intensificando la profundidad del momento. Victoria guarda silencio, mientras *Dettagli* de Ornella Vanoni teje su encantadora melodía en el fondo.

Intrigado, Erasmus nota el brillo familiar en sus ojos.

—Está bien, mi querida psicóloga, ¿a dónde quieres llegar con esto? —pregunta, su tono inquisitivo pero tierno.

—A ningún lado —responde evasivamente.

—¿A ningún lado, como en que tienes algo que decir pero dudas en soltarlo? —contra pregunta conociéndola demasiado bien.

"Siempre me descubre antes siquiera de empezar", reflexiona Victoria, sorprendida por la instintiva capacidad de Erasmus para leerla con tanta facilidad.

—Querido, cada vez que leo *El taburete con tres patas*, siento que nuestra relación en Harvard tenía un verdadero compromiso de amor y pasión intensa, pero carecía de suficiente amistad o comunicación —suelta de golpe, con un tono titubeante.

—¿Eso es una justificación o un hecho, mi señora? —pregunta él, su tono ahora serio mientras absorbe sus palabras.

—La intimidad era limitada —responde con vacilación.

Erasmus hace una larga pausa, sus pensamientos revoloteando mientras reflexiona profundamente. Su mirada se agudiza y su expresión se endurece con determinación. *Nessuno al Mondo* de Ornella Vanoni suena, sus tonos emotivos amplificando la tensión.

—¿Quieres decir que con solo una mirada podíamos leer el estado de ánimo del otro? ¿O que sabíamos lo que el otro deseaba? ¿O que podíamos terminar las frases del otro? —

comienza, su voz cobrando intensidad—. ¿O quizás te refieres a las interminables conversaciones—día tras día, en cada lugar al que íbamos—sobre todos los aspectos de nuestras vidas? ¿O tal vez al hecho de que, durante nuestro tiempo juntos, solo estuvimos separados por brevísimos momentos? ¿Es ese el tipo de falta de intimidad, amistad y comunicación al que te refieres?

Las palabras de Erasmus están cargadas de un sarcasmo punzante.

Victoria se retrae momentáneamente, debatiéndose entre su reacción y sus propios sentimientos. Tras unos momentos de reflexión, recupera la compostura y lo mira con renovada claridad y determinación. *Seamisai* de Laura Pausini y Gilberto Gil impregna la habitación con su encantadora melodía.

—¿Creé mi propia fantasía para justificar mis decisiones y elecciones, querido? —pregunta Victoria, su voz apenas audible sobre la música.

—No estoy seguro. Ilumíname, por favor —responde Erasmus, su tono teñido de fastidio.

—Parece que, en lugar de aceptar y disfrutar con gratitud lo que tengo, el vaso siempre me parece medio vacío, y me concentro en lo que creo que me falta —declara, sus palabras pesadas con introspección.

—No lo creo —afirma finalmente—. Eso es solo una excusa conveniente. Tu verdadero problema es que tu perspectiva es negativa incluso cuando tu vaso de vida está lleno. Cuando te comportas así, siempre ves tu vaso medio vacío mientras ansías hacer realidad tus propias fantasías —espeta, sus palabras atravesando la atmósfera cálida como un filo cortante.

—Háblame de ello —le ruega suavemente.

—¿Hablarte de qué? —pregunta, desconcertado.

—Sobre nuestra vida juntos en aquella época, en Harvard, desde tu perspectiva.

Erasmus hace una pausa, su mirada se pierde en el vacío mientras busca en los recovecos de su memoria. Sus ojos se desenfocan, viajando en el tiempo mientras *Habla El Alma* de Sandra Mihanovich llena la habitación, resonando profundamente con su estado de ánimo.

Perdido en la reminiscencia, Erasmus recuerda los lugares, las personas, sus risas, las anécdotas, las lecturas, los rituales compartidos, los planes y los extraordinarios sueños que tejieron juntos.

—¿No recuerdas nada de eso? —pregunta finalmente.

—Por supuesto que sí, mi amor. Lo recuerdo todo vívidamente —lo tranquiliza Victoria, su voz firme mientras su mente recrea aquellos momentos tan preciados.

—¿Pero? —insiste él, percibiendo que hay algo más.

Victoria duda, sus labios tiemblan mientras lucha con sus pensamientos. *Parigi in Agosto* de Charles Aznavour y Laura Pausini flota en el aire, envolviéndolos en un hechizo contemplativo.

—Es solo que tú has registrado y recordado nuestra vida juntos de una manera en la que yo no lo he hecho. Ya sea porque lo evité o porque, debido a mi pérdida, negué hasta qué punto lo tuve. Dijiste que siempre veo el vaso medio vacío, y como resultado, mi percepción es limitada. Para mí, sin duda, fue el mejor período de mi vida. Lamento que pasara tan rápido y que fuera tan corto. Pero si no me hubieras ayudado ahora, no habría podido recordar nuestra vida juntos con el nivel de detalle con el que lo haces tú. Has convertido mis recuerdos en un tesoro inmenso. Literalmente puedes evocar cada día, cada minuto, cada momento. Es extraordinario. Ahora, siento que estoy en una máquina del tiempo, revisitando y reviviendo nuestra vida a través de tus recuerdos de una manera que antes no podía ver —admite, su sinceridad resplandeciendo en cada palabra.

—Entonces, Vicky, tú conoces la respuesta a tu pregunta mejor que yo. Sabes exactamente qué le faltaba a nuestro taburete de tres patas.

—No le faltaba nada —responde en voz alta, su tono firme con la certeza de su revelación.

Erasmus sabe mejor, pero elige guardar silencio.

La conmovedora *Para Vivir* de Pablo Milanés los envuelve, tirando de sus corazones.

—Lo único que faltaba era yo —dice ella, la epifanía floreciendo en su voz.

—Tú estabas ahí, mi señora, pero solo en parte —su nueva claridad inspira a Erasmus, su admiración por ella es evidente.

La lluvia ha cesado, y la luz del día se filtra a través de las ventanas. Los tonos grises son reemplazados por amarillos, rojos y naranjas, bañando la habitación con calidez. Su abrazo irradia un entendimiento compartido, su apretado lazo, una promesa silenciosa.

—Si puedo preguntar, mi erudito amado, ¿cuál será el tema de tu clase esta mañana? —inquiere Victoria, con dulzura en la voz.

—Decisiones —responde él enigmáticamente.

Victoria estudia a Erasmus con intensidad, una resolución silenciosa formándose en su corazón.

—Qué apropiado, querido. Bueno, he decidido que nunca más veré la vida como un vaso medio vacío, siempre anhelando lo que no tengo. Prometo adoptar la actitud de una persona que ve el vaso medio lleno —declara con convicción.

—Fantástico, mi señora —responde él, su deleite inconfundible.

—Todo en nombre del amor, mi querido —murmura ella, su voz somnolienta pero llena de satisfacción.

La Fuerza del Corazón de Alejandro Sanz sigue sonando mientras la profundamente enamorada pareja se sumerge en un mundo de sueños, envueltos en los brazos del otro.

—�֍—

Royal Cambridge Scholastic Institute, 2019
(Calles del Campus)

"Asombroso."

Con el corazón aún rebosante tras la mañana, Erasmus pedalea hacia el edificio de la facultad, el aire fresco de la mañana acariciando su piel con un vigor revitalizante.

"Ha cerrado el círculo."

Buscó expiar su pasado enfrentándolo de frente, y una vez logrado, se volvió hacia su interior, centrándose en su carácter y sus virtudes, reflexiona.

La serenidad de la mañana con Victoria aún persiste en su mente, pero siente cómo el peso de su responsabilidad como maestro vuelve a instalarse en su ser. Sus pensamientos cambian, preparándose para otro día en el aula.

El profesor Cromwell-Smith avanza por los pasillos con un paso ligero, su corazón hinchado de orgullo por su otra mitad.

Al entrar en el aula, su mente se reorienta, enfocándose en los estudiantes que tiene delante. Es más consciente que nunca del delicado equilibrio entre la vida que ha compartido con Victoria y las lecciones que está a punto de impartir. Con una respiración tranquila, se prepara para tender el puente entre lo personal y lo académico.

—Buenos días a todos —saluda cálidamente a sus alumnos, su amplia sonrisa iluminando la sala.

—Buenos días, profesor Cromwell —responde el alumnado al unísono, sus voces cargadas de respeto y entusiasmo.

—Decisiones —comienza, su voz resonante y medida.

—Tan difíciles de tomar, tan complicadas de afrontar. ¿Cuántos de nosotros luchamos diariamente, durante largos períodos o incluso toda nuestra vida, enfrentándonos a las elecciones que debemos hacer? —continúa, su mirada recorriendo la sala, asegurándose de que cada estudiante sienta el peso de sus palabras.

—Hoy los llevaré atrás en el tiempo, a un momento en el que me encontré en una encrucijada, luchando con una decisión crucial. En mi búsqueda de claridad, recurrí a uno de mis mentores más confiables—un anticuario impregnado de la sabiduría de Nueva Inglaterra.

Hace una pausa. La sala queda en silencio mientras sus estudiantes se inclinan ligeramente hacia adelante, cautivados por la promesa de su relato.

—Todo comienza así...

— ✦ —

En tren de Boston a New Haven, CT (1977)

Voy camino a encontrarme con el señor Lafayette, el anticuario de noble ascendencia francesa. Victoria y yo lo visitábamos cada vez que Harvard jugaba contra la Universidad de Yale. Siempre ha sido un faro de sabiduría, ayudándome a navegar los temas y situaciones más desafiantes de mi vida.

Al llegar a su tienda en New Haven, salta de su confiable silla de lectura y se apresura hacia mí con un fuerte abrazo y un beso en cada mejilla—*à la française*—a pesar de que su linaje galo se remonta dos o tres generaciones atrás.

—¡Qué placer verte por aquí, Erasmus! —exclama con calidez en su voz, evitando con tacto el tema de la desaparición de Victoria.

—El placer es mío, señor L. —respondo, ligeramente abrumado por su efusividad.

—Sé que ahora vives en América, pero dime exactamente, ¿en qué andas metido? —pregunta con auténtica curiosidad.

—Hace unos meses comencé a dar clases en la Universidad de Brandeis. Amo lo que hago y estoy seguro de que esta es mi vocación. Pero cuando estoy solo, su ausencia sigue doliendo. Vine hasta aquí para verte porque necesito tu orientación. De alguna manera, tengo que encontrar la forma de soltar y seguir adelante con mi vida —le confieso, con el dolor inconfundible en mi voz.

El señor Lafayette me observa con atención, su mirada penetrante parece escudriñar las profundidades de mi alma. Durante lo que parece una eternidad, no dice nada, su silencio cargado de reflexión.

—Erasmus —comienza con claridad medida—, por lo que he escuchado de tus otros mentores—mis colegas anticuarios—y por lo que observo hoy aquí, está claro que debes decidir seguir adelante. No solo reconocer la necesidad de dejar ir, sino tomar la decisión consciente de poner tu ruptura en el pasado. Y una vez tomada la decisión, aplicarla con determinación inquebrantable —declara enfáticamente, cada palabra cayendo como una piedra cuidadosamente colocada.

Hace una pausa por un momento y luego añade:

—Tengo un escrito que ilustra perfectamente el dilema en el que te encuentras. Déjame traerlo.

Con pasos largos y deliberados, el señor Lafayette se aleja, dejándome solo con mis pensamientos. Regresa rápidamente, cargando un enorme libro antiguo encuadernado en cuero que parece contener la sabiduría de los siglos.

—Ahora te leeré esto —declara, su voz impregnada de la autoridad y la pasión de un verdadero pedagogo.

Decisiones

No hay peores decisiones en la vida
que aquellas que nunca tomamos—
no deben confundirse con elegir no hacer nada
o no tomar acción alguna,
pues esas siguen siendo decisiones
que tomamos de manera consciente.

¿Por qué es que tantos de nosotros
somos tan absolutamente indecisos
sobre nuestras vidas y nuestro futuro?
Decisiones para reflexionar, divagar y preguntarnos.

Decisiones que acertamos o arruinamos,
disputamos o cedemos,
desperdiciamos o cosechamos,
alcanzamos o presionamos,
aceptamos o rechazamos,
celebramos o despreciamos,
elevamos o enterramos,
dudamos o creemos,
perseguimos o evitamos,
revertimos o afirmamos,
lamentamos o disfrutamos,
tomamos con reluctancia
o abrazamos con pasión.
Decisiones, decisiones, decisiones por tomar—
sobre qué caminos seguir,
las alternativas que elegimos
o el curso de acción que adoptamos.

Ser decisivo es arduo y difícil,
pues exige que conquistemos
nuestras peores inseguridades y miedos.

La determinación es la consecuencia
de la firmeza y la resolución
de llevar los asuntos a una conclusión,
de una forma u otra.

Ser resolutivo es el resultado de la preparación—
la disposición para formar opciones viables
y actuar sobre ellas,
seleccionando entre
las alternativas que enfrentamos.
Las decisiones siempre brindan orientación.

A través de ellas, la dinámica de la vida
se despliega y toma forma.
Es la manera en que todo y todos,
para bien o para mal,
avanzan o retroceden,
se mueven y responden
dentro del círculo de la vida.

En este contexto,
decidir no es una opción,
sino un imperativo existencial.
Sin decisión,
caemos en un vacío catatónico,
y la vida nos pasa de largo,
sin reclamarla ni realizarla.

Decisiones, decisiones, decisiones por tomar—
decisiones que nos abruman,
nos dejan sin aliento,
pero que persisten,
sin desaparecer jamás.

Estar vivos requiere decisión.
Es esencial para nuestra existencia.
No hay forma de evitarlo.

Cuando se presenta una elección,
cuando llega el momento
de formar una opinión,
elegir un camino
o actuar—
toma la decisión,
sigue adelante
y continúa.

Las decisiones son elecciones inmanentes,
desafíos constantes
que debemos enfrentar
mientras sigamos siendo participantes
del círculo de la vida.

*

Las palabras del señor Lafayette quedan suspendidas en el aire, su verdad innegable. Erasmus permanece en contemplativo silencio, dejando que la sabiduría del anticuario resuene profundamente en su interior.

Mientras el tren lo lleva de regreso a Boston, sus pensamientos hierven con una determinación recién descubierta, cada milla marcando un paso más hacia las decisiones que sabe que debe tomar.

—❖—

Royal Cambridge Scholastic Institute, 2019
(Auditorio universitario)

El profesor Cromwell-Smith saca a su clase de su profunda concentración con un recordatorio enfático.

—Recuerden siempre, las peores decisiones en la vida son aquellas que nunca tomamos. La indecisión los convierte en meros espectadores, no en participantes de la vida —subraya el eminente pedagogo, sus palabras cargadas de convicción.

Las palabras del señor Lafayette aún resuenan en su mente mientras recuerda su visita años atrás: *"Decidir no es una opción, sino un imperativo existencial"*, le había dicho Lafayette. Ahora, de vuelta en el presente, observando los rostros atentos de sus estudiantes, Erasmus se da cuenta de que cada momento es, en efecto, una decisión—una que moldea su propio camino hacia adelante.

—Ahora, me gustaría abrir el espacio para preguntas —anuncia el profesor Cromwell-Smith, su voz cálida e invitante—. Siéntanse libres de preguntar cualquier cosa relacionada con los temas que hemos tratado hoy.

Madison, estudiante de escritura creativa, levanta la mano y es la primera en hablar.

—Profesor, en el poema *Decisiones*, se enfatiza el peso existencial de las elecciones que enfrentamos. ¿Cómo conciliamos la tensión entre la necesidad de tomar decisiones y la naturaleza abrumadora de esas elecciones, especialmente cuando las consecuencias son inciertas o desalentadoras? ¿Cómo evitamos la parálisis por análisis?

—Madison, esa es una pregunta muy interesante. El miedo a tomar la decisión equivocada es algo con lo que muchas personas luchan, y a menudo conduce a una especie de *parálisis por análisis*. En el poema vemos que el verdadero peligro no radica en tomar una decisión incorrecta, sino en no tomar ninguna. La indecisión en sí misma es una decisión, pero una que conduce a la inacción y al estancamiento. La clave es recordar que ninguna decisión está completamente libre de riesgo, y que la incertidumbre es parte natural del proceso. En lugar de esperar el 'momento perfecto' para decidir, debemos confiar en nosotros mismos y actuar, sabiendo que siempre podemos ajustar el rumbo en el camino. En cierto sentido, el simple acto de decidir nos proporciona claridad y dirección.

Steven, un estudiante de neurociencia, formula la siguiente pregunta.

—Profesor, en el poema, la capacidad de decisión se describe como el resultado de superar la inseguridad y el miedo. Desde una perspectiva psicológica, ¿cómo podemos desarrollar una mentalidad que fomente la toma de decisiones, especialmente cuando nos sentimos abrumados o inseguros sobre cuál es la mejor opción?

—Steven, esa es una pregunta perspicaz. Uno de los mayores desafíos en la toma de decisiones es que a menudo nos obliga a enfrentar nuestros miedos: el miedo al fracaso, el miedo al arrepentimiento, o el miedo a equivocarnos. En psicología, esto está estrechamente relacionado con la *autoeficacia*, que es nuestra confianza en nuestra capacidad para tomar decisiones efectivas y afrontar sus consecuencias. Para desarrollar una mentalidad de decisión, debemos fortalecer nuestra confianza en nuestra habilidad para decidir y en nuestra capacidad de adaptarnos si las cosas no salen como esperamos. Esto empieza con pequeñas decisiones de bajo riesgo, construyendo un hábito progresivo. Con el tiempo, nos damos cuenta de que tomar decisiones, incluso difíciles, no nos lleva al desastre, sino que nos impulsa hacia adelante. Ese movimiento constante es lo que nos ayuda a crecer.

Lindsey, estudiante de literatura, con una mirada aguda y enfocada, toma la palabra.

—Profesor, el poema describe la vida como un proceso continuo de toma de decisiones, y sin embargo, también habla de la naturaleza abrumadora de esas elecciones. ¿Cómo mantenemos un sentido de propósito y coherencia en nuestras decisiones cuando constantemente enfrentamos múltiples caminos posibles?

—Lindsey, esa es una observación importante. El poema aborda la paradoja de la toma de decisiones: mientras que siempre estamos decidiendo, la gran cantidad de opciones a veces puede resultar paralizante. La clave para mantener un propósito y coherencia es la *alineación*: tomar decisiones que reflejen nuestros valores, objetivos y nuestro sentido del yo. Si logramos mantenernos conectados con nuestras creencias fundamentales y con lo que realmente nos importa, incluso las decisiones más difíciles se vuelven más manejables. Se trata de conocer nuestras propias guías y tomar decisiones que estén alineadas con ese propósito más profundo. Aun cuando enfrentemos múltiples caminos, si actuamos de acuerdo con nuestros valores, creamos un sentido de dirección y significado en nuestras vidas.

Leonard, estudiante de psicología con un porte atlético y mandíbula marcada, interviene.

—Profesor, el poema enfatiza la necesidad existencial de tomar decisiones, pero también destaca el desgaste que puede causar el proceso de decidir constantemente. ¿Cómo equilibramos la necesidad de actuar con la importancia de reflexionar y hacer pausas? ¿Cómo nos aseguramos de que tomamos decisiones con intención y no por impulso o agotamiento?

—Leonard, esa es una pregunta matizada. El poema transmite la urgencia de decidir, pero es crucial recordar que las decisiones no solo se tratan de velocidad, sino también de intención. Podemos tomar decisiones con propósito y claridad si nos damos el espacio para la reflexión. Algunas decisiones deben tomarse con rapidez, pero otras se benefician de un paso atrás. Aquí es donde entran en juego prácticas como la *atención plena* y la *autorreflexión*. Al pausar, reflexionar y ganar perspectiva, podemos tomar decisiones que estén fundamentadas en nuestros verdaderos valores, en lugar de reaccionar impulsivamente o desde el agotamiento. El equilibrio es fundamental—ser decisivo no significa apresurarse a través de la vida, sino hacer elecciones alineadas con quienes realmente somos y con lo que queremos lograr.

Mientras el profesor da por finalizada la clase, observa las expresiones contemplativas de sus alumnos, con el ceño levemente fruncido, absortos en sus pensamientos. Deduce que están lidiando con las decisiones que aún no han enfrentado y reflexionando sobre las elecciones que ya han tomado—o evitado—en su camino.

—Eso es todo por hoy. Nos vemos la próxima semana —concluye el profesor Cromwell-Smith, sus palabras flotando en el aire como ecos de sabiduría.

Mientras los estudiantes se levantan y salen del auditorio, él les entrega a cada uno una copia de *La fórmula de la felicidad*, un gesto impregnado de esperanza silenciosa para los viajes que cada uno tiene por delante.

Los observa partir, cada uno probablemente meditando sobre las decisiones que aún deben tomar, o sobre aquellas a las que ya se han comprometido. Su mirada se demora un instante más, sintiendo el peso de la lección del día y la satisfacción callada de un entendimiento compartido.

Cuando el último de sus estudiantes cruza la puerta del auditorio y sus murmullos se desvanecen en el pasillo, el profesor Cromwell-Smith permanece de pie junto al atril, contemplando las butacas vacías. El silencio se siente más denso, más introspectivo, tras la profundidad de la discusión compartida.

Recogiendo sus notas y ajustándose las gafas, se permite un raro momento de reflexión. Los ecos del pasado y el presente se entrelazan en su mente, y se pregunta en silencio qué semillas de sabiduría, si acaso alguna, habrán encontrado tierra fértil en sus alumnos.

Enderezando la postura, camina hacia la puerta, su mente ya preparando la próxima lección—una nueva oportunidad para explorar las complejidades de la vida y, tal vez, inspirar unos cuantos corazones más.

Capítulo 8

La resiliencia

Martha's Vineyard, Massachusetts, 2019
(Faro de Gay Head)

Erasmus y Victoria llevan horas pedaleando por la isla. Una brisa suave hace que su recorrido sea aún más placentero mientras atraviesan el pintoresco paisaje costero, adornado con flores en plena floración y jardines meticulosamente cuidados. Al llegar a los majestuosos acantilados conocidos como *Gay Head*, desmontan de sus bicicletas y caminan hasta encontrar un rincón cómodo donde sentarse a disfrutar los sándwiches artesanales que han traído.

—Erasmus, ha llegado el momento —suelta Victoria de repente.

—¿El momento? —repite él, incrédulo.

—Sí, es hora de que me hables sobre tu vida personal mientras estuvimos separados —dice con una sonrisa traviesa, sus ojos brillando de curiosidad.

Erasmus, al principio desconcertado, la observa por un instante antes de que la sorpresa se disipe rápidamente.

"No hay nada de malo en ser inquisitiva; después de todo, ha sido un libro abierto contigo", razona. *"Además, incluso si no hubiera sido tan franca, igual habrías llenado los vacíos. ¿No es así?"* se cuestiona, reconociendo la justicia de su petición.

—Tus órdenes son mi mandato, mi señora —declara con una exagerada reverencia, señalando su disposición a complacerla.

El sol de la tarde se alza alto en el horizonte, proyectando un resplandor dorado sobre los acantilados mientras Erasmus se prepara para llevar a Victoria en un viaje a través de su pasado.

Su voz es serena, aunque teñida de emoción, mientras comparte un capítulo de su vida marcado tanto por la plenitud como por la añoranza.

—Victoria, como sabes, comencé a escribir mientras estábamos en Harvard. No fue algo planeado—simplemente brotó sobre el papel, expresando la intensidad de nuestro amor mientras estuvimos juntos. Una vez que empecé a escribir, descubrí que no podía detenerme.

Hace una breve pausa, contemplando el mar antes de continuar, sus palabras cargadas de orgullo y vulnerabilidad.

—Mi primer gran proyecto fue una novela. Me tomó un tiempo extraordinario—especialmente al principio. No tenía idea de lo que estaba haciendo. Fue un proceso lleno de pruebas y errores, reescrituras interminables e incluso la eliminación completa de manuscritos enteros. Pero, con el tiempo, logré terminarla.

Victoria lo escucha atentamente, su mirada fija en él sin titubear, mientras sigue su relato.

—Poco después, aunque con gran reticencia y bajas expectativas, llevé el manuscrito terminado a una editorial aquí mismo, en el pueblo —comparte Erasmus, su voz suavizándose al recordar aquel momento.

— ✦ —

Boston, Massachusetts, 1989
(Oficinas de Erudite Renaissance Press)

—Su libro está muy mal escrito, señor Cromwell —proclama la ejecutiva con tono firme e implacable.

Erasmus está sentado frente a Rachel Thurman, la editora en jefe de *Erudite Renaissance Press* y, sin duda, una de las mujeres más deslumbrantemente hermosas que ha conocido desde que vio por primera vez a Victoria en Harvard. Su elegancia y presencia imponente son innegables, pero su aguda crítica corta como una navaja.

—Esta no es solo mi opinión, sino el consenso de varios de nuestros editores senior y correctores. No tocarán su manuscrito tal como está —afirma sin rodeos, sin dejar espacio para la ambigüedad.

Para la mayoría de los aspirantes a escritores, esto marcaría el final del camino—un rechazo entregado con una claridad aplastante. Normalmente, noticias como esta se transmitirían en una nota escrita o en una breve llamada telefónica. Pero Rachel Thurman ha elegido dar este veredicto en persona, impulsada por una inexplicable afinidad hacia el testarudo profesor que tiene delante. Sin embargo, su inquebrantable confianza en sí mismo y su obstinada determinación la sacan de quicio de una manera que no puede ignorar por completo.

—Y con respecto a su segunda propuesta —continúa—, la poesía no vende. Punto. No pierda su tiempo.

Su tono es definitivo, su mirada desafiante.

Justo en ese instante, ocurre algo inesperado. Erasmus sonríe— una sonrisa genuina y despreocupada que la toma completamente por sorpresa.

"Qué ironía", piensa, su irritación creciendo. *"Está sonriendo después de que le dijeran que su trabajo es impublicable."*

—Profesor Cromwell, no recuerdo haber visto jamás a un escritor aspirante sonreírme después de ser rechazado —espeta, su frustración evidente.

—Señora Thurman, quizás podría acompañarme a cenar y podríamos hablar más sobre ello —responde él con calma, dejando a la editora momentáneamente sin palabras.

—¿Qué? —exclama ella, su voz elevándose con incredulidad—. Señor Cromwell, ¿no fui lo suficientemente clara?

Su tono se endurece, pero en su interior reconoce su audacia.

"Este tipo es inmune al rechazo", piensa, admirando a regañadientes su indomabilidad.

Es entonces cuando la calidez de su sonrisa y la dulzura de su mirada logran atravesar sus defensas.

—¿Habla en serio? —pregunta, su voz suavizándose, con un matiz de burla en su tono.

—Sería un verdadero placer —responde Erasmus con naturalidad.

—¿Cuándo? —inquiere ella, su resistencia finalmente cediendo ante la curiosidad.

—Ahora mismo, en cuanto salga de la oficina —dice él, sin perder un ápice de firmeza.

Por primera vez, Rachel Thurman le devuelve la sonrisa.

— ❖ —

La Provence Bistro, Centro de Boston, 1989
(Restaurante francés)

La conversación durante la cena comienza con Erasmus compartiendo recuerdos de su llegada a América, entremezclados con risas compartidas.

—Todo parecía tan moderno y avanzado, salvo por los modales, el lenguaje y el conocimiento de la gente, que parecían provenir de una tierra de bárbaros.

—Además, era torpe, extraño y tropezaba con todo a mi paso —añade con una sonrisa irónica.

Tras unas copas de vino y disfrutando de la mejor gastronomía gourmet, la lengua de Rachel Thurman se suelta, revelando su franqueza sin filtros.

—Me enorgullezco de salir solo con el tipo correcto de hombre —suelta de repente, con un tono impregnado de arrogancia.

—Rachel, permíteme ser muy franco contigo —interviene Erasmus, eligiendo ignorar su comentario engreído.

—¡No me lo digas! ¿Eres un superhéroe y este disfraz es tu personalidad y personaje secreto? —retruca ella, su voz cargada de sarcasmo.

—Tal vez lo sea; nunca se sabe. Pero dime algo, si te gusta tanto mi libro, ¿a qué le tienes miedo? —responde él, su pregunta golpeando con una precisión inesperada.

La sonrisa de Rachel desaparece mientras lo estudia, intrigada por su audacia. Percibe que la dinámica ha cambiado. La conversación ya no es ligera—se ha convertido en un duelo de ingenio. Un destello de renovado interés brilla en sus ojos.

—Perdona mi ingenuidad. Estoy entendiendo lo que intentas hacer. Estás posicionándote, preparándome para negociar los derechos de tu obra. Intentas manipular, regatear y conseguir un gran acuerdo para tu editorial —presiona aún más, sin ceder terreno.

Rachel abre la boca para responder, pero se detiene al notar cómo sus ojos penetrantes parecen desenmarañar sus intenciones. Sonríe con picardía y se rinde a una verdad parcial.

—Los negocios son los negocios, Erasmus.

Ignorando su declaración, Erasmus guarda silencio. Pero el uso de su nombre de pila capta su atención. Sonríe, y Rachel lo lee con la misma destreza.

Una disonancia evidente se instala entre ellos, perceptible incluso en esta primera cita. Las prioridades de Rachel y los valores de Erasmus chocan, sus corazones latiendo en ritmos distintos.

— ✦ —

Oficinas de Erudite Renaissance Press, 1991

Durante varios meses, el primer libro de Erasmus ha ocupado un lugar destacado en la lista de los más vendidos.

—¡Felicidades! Tu primer pago de regalías, Erasmus —exclama Rachel, plantándole un apasionado beso en los labios mientras le entrega el cheque.

Erasmus le echa un vistazo rápido al monto antes de deslizarlo en su bolsillo sin mayor entusiasmo.

Los ojos de Rachel se agrandan dramáticamente.

"Le da absolutamente igual", piensa, frustrada.

—¿Cómo se siente ser un profesor universitario muy rico? —pregunta, esperando provocar algún atisbo de emoción.

—Exactamente como me sentía hace un minuto. Nada ha cambiado. Nunca celebro tener ni ganar dinero, Rachel —responde con indiferencia.

—Tal vez ahora puedas considerar dejar ese trabajo tuyo en la universidad y dedicarte a escribir a tiempo completo —sugiere, su exasperación filtrándose en su tono.

Él ni siquiera se molesta en responder, dejándola hervir en silencio.

— ❖ —

Sniffles Highlands Trail, Telluride, Colorado, 1991
(Verano)

Llevan horas de caminata, serpenteando a través de densos bosques y praderas abiertas. A medida que ascienden por un estrecho sendero de montaña, son recibidos por una explosión de flores silvestres, arroyos centelleantes y, a 3.600 metros de altura, un valle oculto de ensueño.

Primero, oyen un murmullo lejano, luego, el estruendo creciente de una cascada que se revela como un secreto tras un giro rocoso. La escena idílica parece intacta, digna de una postal.

Hambrientos y cansados, se acomodan para devorar sus sándwiches artesanales y bebidas energéticas. Su conversación es escasa, el silencio entre ellos, tranquilo.

—La vista desde mi casa es difícil de igualar, pero este paisaje impresionante quizá lo logre —observa Rachel, con tono casual.

—Aunque nada es más acogedor que nuestro apartamento con vista al río Charles —añade, su voz desvaneciéndose en una cascada de elogios hacia sus posesiones, sus mejillas sonrosadas por el aire fresco de la montaña.

Erasmus la escucha, buscando una conexión que siente cada vez más esquiva.

"Lo suyo es suyo, pero ¿qué es lo nuestro? ¿Dónde está el corazón en todo esto?" se pregunta en silencio.

—✦—

Camino Inca, Cuzco, Perú, 1991
(Invierno)

La caminata del día ha sido extenuante, una maratón de resistencia a través de paisajes impresionantes. Finalmente, al girar una curva pronunciada, Machu Picchu se despliega ante ellos—una ciudad mística suspendida en las nubes, sus muros antiguos bañados por el sol de la tarde.

—Rachel, estamos en la cima del mundo —exclama Erasmus, empapado en sudor, pero eufórico.

—¡Sí! Otro pendiente de mi lista completado. No puedo esperar para contárselo a todos. Lo hice. Finalmente, lo hice —declara Rachel, su entusiasmo centrado en la hazaña.

Su tono de autoelogio pasa por alto el creciente desencanto de Erasmus.

"Es ciega ante la maravilla del viaje—las montañas, la historia, la experiencia compartida. Su triunfo es sobre su círculo, su conquista. ¿Dónde está la empatía? ¿El corazón?" reflexiona Erasmus, su alegría empañada por el abismo emocional que se ensancha entre ellos.

—✦—

Museo del Hermitage, San Petersburgo, Rusia, 1992

En el corazón del Museo del Hermitage, Erasmus está embelesado, absorto en los tesoros opulentos que lo rodean. Durante horas, se maravilla con los diseños intrincados, los colores vibrantes y la pura maestría artística de las obras de Fabergé.

Rachel, mientras tanto, se mueve impacientemente, echando miradas furtivas a su reloj.

"¿Cómo puede alguien pasar tanto tiempo viendo chucherías decorativas? Han pasado tres horas y mi lista de pendientes aún está lejos de completarse", refunfuña para sí misma.

En una pausa breve, Erasmus sonríe, su rostro iluminado con una emoción desbordante.

—Rachel, ¡qué experiencia! Los colores son hipnóticos. La integración de malaquita, jade, lapislázuli—es extraordinario. Y esos huevos de Pascua imperiales, son incomparables —comenta entusiasmado.

Rachel oculta su irritación tras una sonrisa tensa, su paciencia agotándose.

—Espero que estés listo para irnos. Esos huevos nos tomaron dos horas —murmura para sí misma.

Erasmus, finalmente captando su expresión apática, pregunta:

—¿Aburrida, Rachel?

—Hasta la muerte —responde con frialdad, sus palabras cortando su entusiasmo de raíz.

Pocos minutos después, abandonan el museo—uno de los mayores tesoros culturales del mundo—dejando atrás su magnificencia para continuar con su lista de visitas por la ciudad.

Erasmus camina en silencio, con el peso de su indiferencia hundiéndose en su interior como una sombra persistente.

— ❖ —

Cortina d'Ampezzo, Italia, 1991
(Invierno)

—¿Dónde está Erasmus, Rachel? —pregunta Brigitte, echando un vistazo alrededor del vibrante restaurante de montaña, cubierto de nieve, donde su animado grupo de amigos disfruta del ambiente.

—Esquiando —responde Rachel con indiferencia, haciendo girar su copa de vino, sus mejillas sonrojadas tras la indulgencia de la tarde.

—¿Cuándo os veis siquiera? —interviene Mark, un colega, con curiosidad.

Rachel suspira y se recuesta en su silla.

—Bueno, él se levanta antes del amanecer, ansioso por ser el primero en las pistas cuando abren. Yo ni siquiera salgo de la cama hasta eso de las once. Una vez que finalmente subo a la montaña, lo busco en sus pistas favoritas. Esquiamos juntos un rato y luego paramos a almorzar.

—¿Y después del almuerzo? —pregunta Brigitte con una mirada perspicaz.

—Oh, él es implacable... sigue esquiando hasta que la patrulla lo persigue fuera de las pistas —añade con una sonrisa radiante—. Pero, durante las horas previas al esquí y toda la noche, es completamente mío.

Rachel le hace un gesto a Erasmus, quien emerge entre la multitud colorida de esquiadores. Su sonrisa se ensancha al verla, su casco y equipo de esquí dándole el aura de un devoto entusiasta del deporte.

"Son como dos relojes desincronizados—colgados uno al lado del otro en la misma pared, pero marcando ritmos completamente diferentes", reflexiona Brigitte en silencio, sus ojos observadores captando la desconexión entre ellos.

— ✦ —

Restaurante Jules Verne, Torre Eiffel, París, 1993

—Erasmus, hemos estado juntos cuatro años. Hemos viajado por el mundo. He apoyado tu carrera como profesor y escritor, y nos hemos vuelto... cómodos el uno con el otro —comienza Rachel, con un tono que mezcla anhelo y frustración.

"¿A dónde quiere llegar con esto?" se pregunta Erasmus mientras sorbe su vino, la imagen misma de la calma curiosa.

—Ha sido maravilloso, Rachel. Tienes razón —responde, sin saber que una tormenta se esconde bajo sus palabras cuidadosamente medidas.

La paciencia de Rachel se agota. Quiere gritarle, exigirle atención, pero sabe que todo se deslizaría sobre su impenetrable exterior. Prueba con los celos—nunca ha funcionado antes, pero está desesperada por una reacción.

—¿Cuándo vas a pedírmelo? —suelta de golpe, sin poder detenerse.

—¿Pedirte qué? —replica Erasmus, con su habitual aire de profesor despistado, sin dar señales de comprender.

—Que te cases conmigo, tonto —dice ella a medias, su frustración desbordándose.

Erasmus se queda inmóvil, su mirada afilada estrechándose, sus labios presionándose en una fina línea. El silencio cargado de tensión hace que el corazón de Rachel lata con fuerza mientras lo observa, esperando una declaración, temiendo el rechazo.

—Rachel —dice finalmente, su voz calmada pero helada—, permíteme hacerte una pregunta directa. Si yo no fuera un escritor exitoso y adinerado, ¿considerarías casarte conmigo?

La pregunta cae como un trueno. La confianza de Rachel titubea, y vacila antes de responder. Cuando lo hace, su honestidad es como una cuchilla.

—No, definitivamente no.

El peso de sus palabras se asienta entre ellos, un entendimiento tácito que sella su destino. El tenue lazo que los mantenía unidos se evapora en un instante.

Más tarde esa noche, abordan su vuelo de regreso a casa. Conversan con naturalidad, se ríen de su viaje e incluso se quedan dormidos apoyados el uno en el otro, compartiendo un último atisbo de intimidad.

Cuando aterrizan en Boston, se despiden en el aeropuerto de Logan con un beso, el último. Nunca vuelven a hablar ni a verse.

"Me gustaba mucho Rachel, y pasamos momentos maravillosos juntos", reflexiona Erasmus días después. *"Pero nunca fue mi tipo."*

— ❖ —

Isla de Martha's Vineyard, Massachusetts, 2019
(Acantilados de Gay Head)

La postura de Victoria, inclinada hacia adelante, es la de una oyente cautivada, rebosante de preguntas.

—Lo entiendo, querido. Lo entiendo —susurra con suavidad.

Aún reflexionando sobre qué decir, Erasmus duda, inseguro de qué añadir a continuación, pero la expresión inquisitiva de Victoria lo impulsa a continuar.

—Victoria, sé exactamente lo que está pasando por tu mente. Entiendo que te debo al menos un cierto nivel de transparencia. Aunque no entraré en detalles irrelevantes, quiero ser respetuoso con las mujeres con las que me relacioné durante nuestros años separados. Puedo decirte que hubo varias constantes en mi vida a lo largo de los años, especialmente en lo que respecta a la compañía femenina. Primero, durante nuestra separación, rara vez estuve solo. Segundo, aparte de mi relación con Rachel y otra mujer en Europa, todas mis relaciones fueron extremadamente discretas. La mayoría de mis compañeras eran antiguas—énfasis en antiguas—estudiantes. Tercero, Rachel no fue la primera en proponerme matrimonio. Me ocurrió varias veces, pero nunca tuve la inclinación, y mucho menos la voluntad, de aceptar. Cuarto, la más larga de estas relaciones duró cuatro años, mientras que la más corta se prolongó seis meses. Todas estas mujeres, sin excepción, se casaron felizmente y tuvieron hijos. Por último, no te diré cuántas relaciones hubo, pero Victoria, fueron varias —expone en un tono medido.

El rostro de Victoria se ilumina con una mezcla de deleite y claridad mientras se aferra a su brazo y comienzan a caminar de regreso hacia sus bicicletas. El silencio los acompaña en su trayecto hacia la terminal del ferry, pero tras unos minutos, Victoria se detiene de repente, y Erasmus se detiene también.

—Estoy orgullosa de ti, querido —dice con la voz temblorosa por la emoción. —Me siento tan afortunada de ser amada tanto por ti. Soy la mujer más afortunada del mundo. Anhelaste y esperaste por mí todos estos años, con la esperanza de que yo reapareciera.

Dejando caer su bicicleta al suelo, avanza hacia él y lo abraza antes de besarlo apasionadamente, su gratitud y amor expresándose en cada uno de sus gestos.

Juntos, pedalean a través de un caleidoscopio de colores mientras el cielo transita desde el resplandor de un día claro, con sus blancos y amarillos nítidos, hasta las llamas anaranjadas y el rojo incandescente del atardecer. Para cuando se acercan a su destino, la noche ha envuelto el mundo en tonos de azul profundo, con una luna llena resplandeciente y un manto negro salpicado de estrellas, marcando el final de su recorrido en una serenidad esplendorosa.

— ✤ —

Viaje en Tren de Hyannis Point a Boston, 2019

Victoria reposa medio dormida sobre el hombro de Erasmus, el ritmo tranquilo del tren arrullándola en un estado de paz. De repente, se mueve y pregunta suavemente:

—Cariño, ¿cuál será el tema de la clase de mañana?

—Resiliencia, mi amor —responde Erasmus, su mente ya inmersa en la preparación de su próxima conferencia.

Mientras Erasmus pedalea hacia el edificio de la facultad, el peso de su conversación con Victoria sigue presente en su mente. Reflexiona sobre el poder de la resiliencia, la fuerza que ahora define tanto su viaje personal como el tema de la lección del día.

— ❖ —

Royal Cambridge Scholastic Institute, 2019
(Auditorio universitario – Al día siguiente)

Entra en el auditorio, sus pensamientos aún enredados con la idea de la resiliencia que había surgido en su conversación anterior. Los estudiantes ya están sentados, esperando sus palabras, y cuando la puerta se abre de par en par, Erasmus está listo para guiarlos a través de otra lección que hoy se siente profundamente personal.

—¿Cómo están todos hoy? —saluda calurosamente el profesor Cromwell-Smith, su voz cargada de una energía palpable.

—¡Increíblemente bien! —responden los estudiantes al unísono con entusiasmo.

—Hoy hablaremos sobre la resiliencia —comienza, paseándose lentamente por el escenario—. La resiliencia es la capacidad de adaptarse y recuperarse cuando la vida nos golpea. Es lo que nos permite enfrentar desafíos, soportar dificultades y salir fortalecidos. No es solo una herramienta de supervivencia, sino una virtud.

Hace una pausa, su mirada recorriendo la sala para asegurarse de que tiene la atención total de su audiencia.

—Les llevaré a un momento de mi vida en el que la resiliencia se convirtió en un elemento definitorio de mi carácter. Para superar la adversidad, primero debemos comprenderla, aceptarla y luego elevarnos por encima de ella. La historia comienza así...

El tono del profesor se suaviza, señalando el inicio de otro viaje hacia una lección de vida profundamente significativa y personal.

—— ✳ ——

Remando en el Río Charles, 1977

Desde que Victoria y yo conocimos por casualidad al señor Faith mientras remábamos por el río Charles, he mantenido la costumbre de visitarlo en su tienda a las afueras de Boston cada vez que remo.

Hoy, después de atracar y asegurar mi bote de remo, camino por las calles del pequeño pueblo, mis pasos marcados por la trepidación y la emoción ante la idea de ver a mi viejo amigo y mentor, Thomas Albert Faith. Su librería de antigüedades, adornada con su nombre, alberga innumerables tesoros del conocimiento.

Al entrar en aquel lugar sagrado, veo que el señor Faith está despachando a un cliente, quien sale justo delante de mí, con los brazos cargados de voluminosos libros apretados contra su pecho. Le sostengo la puerta, y el diminuto cliente choca contra su chófer, quien lo espera en la acera y se apresura a ayudarlo con la carga.

—Erasmus, qué placer verte. Ha pasado mucho tiempo. ¿Dónde has estado? —exclama el señor Faith, acercándose a mí con sus característicos pasos lentos y deliberados. Me envuelve en su clásico abrazo de oso y, como siempre, el último apretón me deja sin aliento.

—Señor Faith, ¿cómo ha estado? —logro decir, intentando recuperar el aliento.

—Envejeciendo, pero por lo demás, bien —responde con calidez—.

—Mírate, todo un hombre. Hasta pareces un profesor ahora —añade con una sonrisa amplia que ilumina la habitación.

—Señor Faith, pensé en visitarlo a usted antes que a nadie porque es el más indicado para ayudarme —anuncio con firmeza—. Verá, estoy luchando con el deseo y la perseverancia. Amo mi trabajo y me dedico por completo a él, pero se siente vacío. Falta algo, y lo peor de todo es que sé exactamente qué es. Me pierdo y me sumerjo en pensamientos y recuerdos de mi pasado —confieso.

El señor Faith me escucha con atención, paseando con pasos calculados, como si estuviera pesando mis palabras. Luego, sin decir una palabra, se dirige al extremo derecho de su inalcanzable y altísima biblioteca. De la primera fila, selecciona un libro de tamaño mediano, encuadernado en cuero, y regresa hacia mí con una actitud solemne pero reconfortante.

—Erasmus, aquí tengo la receta perfecta para tu mal actual —comienza, su voz resonando con convicción—. Es un escrito que valoro profundamente, pues trata sobre el núcleo de lo que estás buscando. Tu lucha es con la resiliencia, una virtud que debes cultivar para enfrentar los desafíos de la vida y trascenderlos. Espero que este texto te ayude a desarrollar la resiliencia como una herramienta existencial en el futuro.

Dicho esto, abre el libro en una página marcada con un cordón rojo. Rápidamente escanea la antigua escritura y, al encontrar el párrafo preciso, comienza a leer con seriedad, su voz impregnada de la sabiduría de los tiempos.

La resiliencia

La resiliencia yace en el núcleo
de la esencia misma del espíritu humano.

Es una condición existencial vital y virtuosa,
compuesta de pura fuerza de carácter
y una voluntad indomable e inspiradora.

La resiliencia es el fuego ardiente,
la resistencia inquebrantable,
el desafío sin titubeos,
la perseverancia terca,
la fe inamovible,
y un hambre insaciable—
el combustible necesario para vivir con intensidad,
pasión y la resistencia
que cualquier empresa demanda.

La persona resiliente lo intenta una y otra vez,
nunca se detiene,
no se rinde al agotamiento,
se levanta después de cada caída,
avanza sin mirar atrás,
se adapta en un instante,
aprende de manera constante
e ignora el rechazo.
La persona resiliente convierte el miedo en fortaleza
y no comprende las palabras:
aburrimiento,
chisme,
rencor persistente
o envidia.

La persona resiliente soporta la adversidad,
supera la tragedia,
aprende de la crítica,
convierte el fracaso en oportunidad,
los errores en lecciones,
las derrotas en temporales,
usa los "no" como incentivos
y jamás, jamás se rinde
ni mucho menos se entrega.

La resiliencia es esa fuerza cuasi-sobrehumana
que nos permite:
Emprender misiones desafiantes y exigentes,
con entereza y confianza en uno mismo.

Perseverar hasta el final,
a pesar de los obstáculos,
reveses y dificultades aparentemente insuperables.

Desafiar a la vida,
desafiando todas las probabilidades,
con absoluta convicción y fe inquebrantable—
sabiendo que, sin importar quién o qué se interponga,
al final, triunfaremos.

*

Cuando la voz del señor Faith se apaga, siento cómo sus palabras resuenan profundamente dentro de mí. Ese escrito ha despertado algo latente—una chispa de determinación, un impulso para enfrentar mis luchas internas.

Al salir de la librería y caminar de regreso al río, el sonido de los remos cortando el agua acompaña el ritmo de mi renovada resolución.

— ❖ —

Mientras el profesor Cromwell-Smith pasa de su historia personal a la lección, siente el peso de su experiencia pasada moldeando sus palabras en el presente. A medida que el mensaje del pedagogo se asienta en la sala, un profundo silencio se apodera del auditorio, solo interrumpido por el leve crujir de los papeles y alguna que otra tos dispersa. Los estudiantes intercambian miradas; sus rostros, marcados por una mezcla de asombro y determinación. La lección sobre la resiliencia ha tocado una fibra profunda, dejándolos inspirados e introspectivos. El profesor los devuelve al presente con unas palabras adicionales de sabiduría atemporal.

—La resiliencia es intrínseca a lo sagrado, pues actúa como una fuerza impulsora para aquellos que defienden la verdad, el honor, la honestidad, la familia y a sus seres queridos. Es la misma energía motriz que sostiene a quienes, por principio, permanecen firmes en la defensa de una ideología, una creencia religiosa, una etnia, una nación, una tierra o un grupo social. La resiliencia también se aplica a los aspectos más mundanos de la vida: cuando perseguimos nuestros sueños con pasión, cuando nos comprometemos con ideas o cuando asumimos el deber de proveer, respetar, proteger y amar. Finalmente, la resiliencia es indispensable en los esfuerzos pragmáticos: planificar, construir, ejecutar, cumplir y, en última instancia, finalizar lo que hemos comenzado, —concluye el erudito profesor, sus palabras resonando con fuerza en la sala.

Con una última mirada a sus estudiantes, su voz adopta un tono más contemplativo mientras se prepara para cerrar la clase y abrir el espacio a preguntas. Hace una pausa, permitiendo que el peso de sus palabras se asiente en sus mentes.

Sarah, una estudiante de Literatura Inglesa, conocida por sus reflexiones filosóficas, levanta la mano. Su rostro muestra un gesto pensativo.

—Profesor, en *Resiliencia*, el poema enfatiza la persistencia inquebrantable frente a la adversidad. ¿Cómo se reconcilia esta idea con la noción de saber cuándo hay que soltar, especialmente cuando insistir solo podría generar más sufrimiento?

—Es una pregunta muy perspicaz, Sarah —responde Erasmus tras una breve reflexión—. La resiliencia, en este sentido, no consiste en avanzar ciegamente contra todos los obstáculos. Se trata de saber cuándo perseverar y cuándo dar un paso atrás. La verdadera resiliencia implica conciencia y discernimiento: reconocer cuándo un obstáculo es una lección o una oportunidad de crecimiento, y cuándo es simplemente una señal de que el mejor camino es soltar y redirigir los esfuerzos. No se trata de luchar todas las batallas, sino de luchar las que importan y saber cuándo conservar la fuerza para el momento adecuado.

Sarah asiente, reflexionando sobre el equilibrio entre la persistencia y la necesidad de cambiar de dirección. Sus ojos reflejan la profundidad de las palabras del profesor.

Joshua, un estudiante de Psicología especializado en resiliencia emocional, se inclina hacia adelante, su curiosidad despertada.

—En el poema, la resiliencia se describe como una fuerza que nos permite levantarnos tras el fracaso. Pero ¿cómo distinguimos entre resiliencia y terquedad? ¿Existe una línea delgada entre ambas?

Erasmus esboza una pequeña sonrisa, apreciando la profundidad de la pregunta.

—Existe, sin duda, una línea muy fina, Joshua. La terquedad suele surgir del ego, de la negativa a adaptarse o a aprender de los fracasos. La resiliencia, en cambio, nace del crecimiento. Nos permite reconocer el fracaso, aprender de él y ajustar nuestro rumbo. La terquedad nos mantiene atrapados en el mismo patrón, mientras que la resiliencia nos impulsa a evolucionar. Se trata de decidir levantarnos, no porque tengamos que hacerlo, sino porque hemos aprendido algo importante en el proceso.

Joshua parece satisfecho con la respuesta. Su ceño se frunce mientras considera la aplicación práctica de esta idea en su propia vida.

Lynn, una estudiante de Biología que ha investigado los aspectos neurológicos del estrés y la resiliencia, plantea su pregunta.

—Profesor, en *Resiliencia*, el poema presenta la resiliencia como una especie de fuerza interna. Desde una perspectiva científica, ¿qué papel juega el cerebro en la formación de esta fuerza y cómo influye en nuestra capacidad para recuperarnos tras contratiempos emocionales?

Erasmus asiente, reconociendo la intersección entre la ciencia y la experiencia humana.

—Gran pregunta, Lynn —responde Erasmus con tono apreciativo—. Desde un punto de vista biológico, la resiliencia es una función tanto del cerebro como del cuerpo. La corteza prefrontal nos ayuda a regular nuestras emociones, tomar decisiones y adaptar nuestros comportamientos ante el estrés. El hipocampo, que está involucrado en la memoria y el aprendizaje, también juega un papel clave en cómo procesamos los contratiempos y los utilizamos como herramientas para el crecimiento futuro. En un nivel más emocional, la resiliencia es un comportamiento aprendido: es la capacidad del cerebro para adaptarse a los desafíos, fortalecer conexiones a través de la experiencia y construir fortaleza emocional. El cerebro, al igual que nuestro corazón, tiene una capacidad asombrosa para recuperarse, siempre que le proporcionemos las herramientas y el espacio necesario para sanar.

Lynn sonríe, claramente fascinada por la intersección entre la neurociencia y la experiencia humana de la resiliencia.

Vincent, un estudiante de Historia con un interés particular en la psicología del liderazgo, plantea su pregunta con confianza.

—Profesor, *Resiliencia* habla de la persistencia, pero ¿cómo ve este concepto en el contexto del liderazgo? ¿Cómo se manifiesta la resiliencia en los líderes que enfrentan dificultades abrumadoras?

—Esa es una excelente conexión, Vincent —responde Erasmus con un asentimiento—. En el liderazgo, la resiliencia no solo se trata de superar desafíos personales, sino también de mantener la fortaleza para guiar a otros en tiempos difíciles. Un líder resiliente demuestra la capacidad de mantener la calma, adaptarse e inspirar acción, incluso cuando enfrenta el fracaso o la adversidad. No rehúye los desafíos; los enfrenta de frente, no porque sea fácil, sino porque su responsabilidad es guiar a otros. Un líder resiliente abraza los fracasos como oportunidades de crecimiento, no solo para sí mismo, sino para su equipo. Entiende que cada fracaso es una lección y que cada contratiempo es un peldaño hacia un mayor éxito.

Vincent asiente, reflexionando sobre cómo la resiliencia podría moldear su propio camino hacia el liderazgo.

—Eso es todo por hoy. Nos vemos la próxima semana —declara el profesor Cromwell al despedirse.

Los estudiantes permanecen inmóviles por un instante, sus expresiones una mezcla de asombro y determinación. Sus miradas reflejan una resolución colectiva al comprender la profundidad de la resiliencia y su necesidad para resistir y triunfar en la vida. Lentamente, comienzan a salir en silencio, cada uno llevándose consigo la lección del día.

Erasmus los observa desde la puerta, sabiendo que la enseñanza de hoy resonará en ellos mucho después de que hayan salido del aula.

Capítulo 9

La vida, la belleza y el arte

Royal Cambridge Scholastic Institue, 2019
(Casa en el campus de Victoria y Erasmus)

—Erasmus, ¿por qué te resulta tan difícil revelar tu yo interior? —pregunta Victoria en la quietud de la mañana.

Él permanece pensativo, sus ojos suaves pero inquisitivos, buscando los de ella por un momento, como si pesara cuidadosamente su respuesta.

—Siempre soy un libro abierto para que lo leas, mi lady —responde finalmente, aunque su expresión perpleja y el leve destello en su mirada lo delatan.

—Querido, ¿por qué sigo teniendo que sacarte las cosas con tirabuzón? ¿Acaso pensaste que podrías librarte de compartir conmigo solo tu romance con la editora? —bromea, ampliando su sonrisa al leer la culpa en sus ojos cuando aparta la mirada.

Su expresión se endurece; su mirada se intensifica mientras se prepara para revelar algo más profundo. Precede su confesión con dos palabras enigmáticas.

—Venecia y Florencia —dice, su voz distante, como si estuviera atada a recuerdos que trascienden la calidez de su acogedor estudio.

Victoria frunce el ceño, confundida, sintiendo que está a punto de abrir otra puerta a su alma reservada. Lo que aún no sabe es que esta puerta conduce a un mundo que desconocía por completo.

—He visitado ambas ciudades cada dos años durante los últimos cuarenta años —admite en voz baja.

Victoria se tensa, sorprendida por la revelación. Han compartido más de dos años juntos desde su reencuentro, y sin embargo, esta es la primera vez que menciona Italia. Italia, de entre todos los lugares. Lucha contra el impulso de interrumpirlo y, en su lugar, elige esperar mientras su curiosidad crece.

—Vicky, en un momento de mi vida, ambas ciudades se convirtieron en un imán para mí —continúa, sus palabras crípticas pero cargadas de significado.

—¿Por qué? —pregunta, su tono cargado de escepticismo y un ligero matiz de impaciencia. Sus pensamientos no expresados son claros: *¿A qué viene tanto misterio? ¿Por qué el secretismo?*

—Antonella D'Agostino es una anticuaría que vive en Venecia, Italia. Está a punto de cumplir setenta y cinco años, casi una década mayor que yo. Lleva cincuenta y cinco años casada con su amor de la infancia, Luciano D'Agostino, un banquero retirado. Juntos tienen dos hijos: un hijo que es arquitecto y una hija que es escritora. Sus hijos les han dado doce nietos y un bisnieto —narra, con un tono impregnado de profunda reverencia y afecto.

Victoria siente una oleada de emociones encontradas mientras su imaginación se dispara. Nota que Erasmus no se ha referido a la mujer en términos puramente profesionales, y su intuición se alerta. Un creciente malestar se revuelve en su interior, pues percibe hacia dónde podría dirigirse la conversación.

Pero no podría estar más equivocada. Cualquier escenario que haya imaginado en su mente se queda dolorosamente corto frente a la verdad que él está a punto de revelar.

—Conocí a Antonella en mi primer viaje a Italia, cuando visité su librería de antigüedades. Yo tenía veinticinco años y ella, treinta y cinco.

Victoria escucha atentamente, intentando conectar las piezas, pero elige instintivamente dejar que Erasmus la guíe a través de este laberinto de revelaciones.

—Ella me introdujo en el mundo de los libros escritos durante el Renacimiento. Gracias a ella, aprendí a descifrar las marcas y anotaciones en los manuscritos antiguos —continúa, su tono casi desapegado, como si intentara distanciarse de la importancia del recuerdo.

Victoria se encuentra en una encrucijada: dejar que la historia se desarrolle de forma natural o presionarlo para obtener más detalles. Su curiosidad, teñida con un rastro de masoquismo, prevalece. Como quien acerca la mano al fuego para sentir el calor decide insistir.

—Querido, ¿qué importancia tiene esta anticuaría en tu vida?

Erasmus esquiva su pregunta directa y opta por seguir su propio ritmo.

—Antonella trabajaba en estrecha colaboración con Leonardo Conti, un anticuario de Florencia. A lo largo de mi vida, pasé muchos veranos yendo y viniendo entre ambos, en sus respectivas ciudades. Con su guía, me volví experto en descifrar libros escritos desde mediados del siglo XV en adelante —explica, con un tono estable, aunque Victoria percibe un matiz emocional subyacente.

¿Por qué, si la historia parece tan inocente en la superficie, sigue sonando como una alarma en mi interior? —se pregunta, lidiando con el desasosiego que se agita en su pecho.

Erasmus desvía su mirada, pero después la clava en la de Victoria. Por primera vez, ella siente que él está completamente presente, como si pesara sus siguientes palabras con extrema cautela.

—¿Y? —presiona, su tono cargado de una insistencia tranquila pero innegable, insinuando que hay algo más bajo la superficie.

—¿Y qué? —responde él, fingiendo incredulidad.

Victoria duda un instante, vacila levemente, pero su instinto la empuja a seguir.

—¿Tuvieron una aventura? —suelta de repente, sus palabras cortando la tensión como un cuchillo.

Erasmus sostiene su mirada, su expresión ilegible, mientras un silencio eterno parece extenderse entre ambos. En sus ojos titila un destello fugaz, como si su mente viajara a través de recuerdos sepultados hace tiempo.

—¿Es importante? —pregunta finalmente, su voz delatando una sutil vacilación.

—Para ti, sí lo es. Obviamente quieres que lo sepa; de lo contrario, no habrías sacado el tema, al menos no de esta forma... destacando su personalidad más que su oficio —replica Victoria, su tono afilado con una lógica irrefutable.

Él permanece en silencio, aunque ella distingue un atisbo de tristeza cruzar fugazmente sus ojos antes de desvanecerse como una sombra pasajera.

—Nunca fue algo serio. Ella nunca contempló dejar a su esposo. Ni yo quería que fuera más que un romance veraniego anual. Siempre fue un asunto discreto —admite, dejando escapar las palabras con un notable aire de alivio.

Victoria está completamente absorta en el momento, sus instintos susurrándole que algo aún no encaja.

—¿Cuándo terminó? —indaga.

—Hace quince años —responde Erasmus, ofreciéndole una sensación momentánea de alivio.

—Y, sin embargo, elegiste contarme esto al final, después de haberme hablado de todas las demás relaciones "relevantes" de tu pasado —reflexiona en voz alta, su tono teñido de suspicacia.

Las palabras de Victoria llevan consigo una acusación implícita, algo aún sin pronunciar, aunque Erasmus se abstiene de defenderse. En lugar de eso, sostiene su mirada con tranquila resignación.

¿Por qué debería importar ahora? Todo es agua pasada, protesta su mente racional, pero sus emociones la arrastran en otra dirección.

—Querido, ¿cuántos años tienen los hijos de Antonella? —pregunta, su voz ahora más afilada.

Erasmus evita su mirada.

—El mayor tiene… espera un momento, ¿adónde quieres llegar con esto? —pregunta, su desconcierto evidente.

—Déjame adivinar, Erasmus: ambos tienen menos de cuarenta años, ¿verdad? —replica Victoria con un tono retórico que gana intensidad.

—¿Exactamente qué estás insinuando, Victoria? —inquiere él, sintiendo cómo la incomodidad se instala en su pecho.

—Dime una cosa… ¿Antonella y su marido no podían concebir hijos antes de que tú, el distraído amor de mi vida, aparecieras en sus vidas? —presiona ella.

Erasmus titubea.

—Sí, pero ¿cómo…? —comienza a decir, pero su voz se apaga de golpe. Sus ojos se agrandan cuando el peso de su implicación cae sobre él como un torrente.

—Eso no podría… —balbucea, su voz quebrándose.

—¿Cómo lo sabes? —insiste Victoria, negándose a permitirle escapar de la pregunta.

Finalmente, él baja la cabeza, su lenguaje corporal cargado de rendición.

—No lo sé —admite en voz baja.

Imágenes de los vibrantes y típicamente italianos hijos de Antonella inundan su mente. Sus vidas felices y exitosas desfilan ante sus recuerdos, y revive el papel que Antonella misma le adjudicó: *el querido "tío" americano.*

—Victoria, ¿sabes qué? Déjalo estar. Sea cual sea la verdad, hay cosas que es mejor dejar como están, incluso sin decirlas —declara, su voz firme, su mirada inquebrantable.

Victoria reacciona instintivamente. Se acerca a él y coloca sus manos suavemente sobre su rostro, su mirada suavizándose.

—Te amo —susurra, eligiendo dejar el asunto en el pasado.

Un capítulo importante del pasado de Erasmus ha salido a la luz, pero su presencia ya no pesa. Juntos, acuerdan en silencio seguir adelante.

Una hora más tarde, mientras Erasmus se prepara para su clase, Victoria retoma su rutina habitual.

—¿Y cuál será el tema de tu clase hoy, querido? —pregunta, su voz serena y controlada.

Con renovada energía, Erasmus se dirige hacia la puerta.

—Arte y belleza —responde sobre su hombro.

Victoria espera, intuyendo que hay algo más por venir.

—Hablaré sobre Florencia y Venecia, pero estrictamente censurado a sus aspectos profesionales y poéticos —añade, lanzándole un beso antes de subirse a su bicicleta y alejarse pedaleando.

Después de un beso prolongado en el umbral de su casa en el campus, Erasmus sale al exterior, sintiendo todavía el calor de la mañana envolviéndolo. Victoria, de pie en la puerta, le devuelve un beso juguetón con la mano, que se queda suspendida en el aire mientras lo observa alejarse.

Mientras Erasmus pedalea hacia la universidad, el apacible trayecto le permite dejar que su mente divague, saltando entre recuerdos de Italia, su conversación con Victoria y la vibrante energía del campus que se aproxima ante él. Ahora sola, Victoria reflexiona sobre la escapada italiana de Erasmus, sus pensamientos divididos entre la curiosidad y una tranquila aceptación.

Royal Cambridge Scholastic Institue, 2019
(Auditorio universitario)

Al entrar en el aula, Erasmus siente el familiar peso de su papel como profesor posarse sobre él. La energía de la sala, repleta de rostros atentos y expectantes, lo ancla en el presente. De pie frente a sus alumnos, su corazón recupera su ritmo habitual, y su mente se sumerge de lleno en el paisaje intelectual del arte y la belleza.

—Buenos días a todos —saluda el venerable profesor con voz cálida y resonante.

—¡Buenos días, profesor! —responde en perfecta armonía el animado alumnado.

—Hoy los llevaré de regreso en el tiempo para visitar la península itálica, donde, en mis primeros años de juventud, conocí a dos anticuarios que marcaron profundamente mi vida. Reviviremos una ocasión memorable en la que me ayudaron a comprender y apreciar mi entorno de una manera que transformó mi visión del mundo —comienza el profesor con un tono impregnado de expectación.

—Hubo un tiempo en el siglo XV en el que todos los caminos de los libros antiguos conducían a Italia. No solo a Roma, sino, especialmente, a Venecia y Florencia. Estas ciudades, en su propia dimensión, fueron incluso más determinantes que la antigua capital en lo que respecta al floreciente mercado de los libros impresos —explica el profesor Cromwell-Smith, sumergiendo a sus alumnos en la narrativa.

—Antes del siglo XV, en el año 1440, el alemán Johannes Gutenberg inventó la imprenta de tipos móviles, desatando una revolución en la impresión de libros. En los sesenta años siguientes, se publicaron millones de volúmenes, lo que dio lugar al auge del comercio europeo del libro y permitió la difusión masiva del conocimiento, un fenómeno que se volvería irreversible en todos los estratos de la sociedad —añade con fervor.

—A mediados del siglo XV, gracias a su inmensa riqueza, la península itálica se convirtió en el epicentro europeo de la publicación de libros. Este desarrollo era culturalmente lógico, dado que la mayoría de los textos se escribían en latín o griego, las lenguas de Roma y Atenas. Venecia y Florencia emergieron como los principales centros de producción literaria, impulsando el florecimiento intelectual y artístico del Renacimiento. Esta abundancia de libros enriqueció mentes como la de Leonardo da Vinci, quien atesoraba su biblioteca con volúmenes extraordinarios. Estos textos fueron esenciales para sus ideas innovadoras, sus inventos y, por supuesto, su arte sin igual —continúa el profesor, con una pasión indiscutible por el tema.

—Este contexto histórico nos lleva al núcleo de la lección de hoy: el arte y la belleza —concluye, preparando el terreno para la historia que está a punto de relatar.

—Todo comienza en Florencia, Italia, el corazón del Renacimiento —prosigue, su voz serena pero llena de admiración—. Florencia no solo fue el hogar creativo de luminarias como Leonardo da Vinci, Miguel Ángel, Galileo, Maquiavelo, Dante y Boccaccio, sino que también sirvió de refugio intermitente para ellos durante esta era de iluminación sin precedentes.

—Esta ciudad no era simplemente un lugar en el mapa; era un crisol de ideas, un punto de confluencia entre el arte, la ciencia y la literatura, que transformó para siempre el curso de la historia humana. El espíritu de Florencia fomentaba un ambiente en el que los intelectos y visionarios florecían, atraídos por su vibrante cultura y el mecenazgo de las artes. La ciudad es, sin lugar a dudas, un testimonio vivo de la grandeza del Renacimiento —explica con convicción inquebrantable.

Sin detenerse a tomar aliento, el profesor continúa, completamente sumergido en su disertación.

—Aquí, el genio no era una anomalía; era un legado. Florencia no fue un mero espectador del Renacimiento; lo orquestó. Dio a luz y nutrió mentes que moldearían nuestra concepción de la belleza, la humanidad y el cosmos —sentencia, su mirada recorriendo el auditorio en busca de rostros cautivados.

— ✤ —

Conti, Libri Antichi, Florencia, Italia, 1979
(Librería de libros antiguos)

La librería de libros antiguos de Leonardo Conti está ubicada a pocos pasos del Battistero di San Giovanni, en el centro histórico de Florencia. Il Signore Conti está especializado en libros de la era renacentista, particularmente en los publicados entre 1450 y 1500, el período en el que más de dos millones de ejemplares fueron impresos en toda Europa, con la península itálica como epicentro de esta revolución literaria. Su reputación como comerciante de libros de esta época dorada se ve aún más realzada por su estrecha colaboración con otra prestigiosa antiquaria, Antonella D'Agostino, propietaria de una librería de antigüedades en Venecia.

—Señor Conti, señora D'Agostino, el arte y la belleza de Italia son absolutamente abrumadores. Es casi imposible procesar toda la magnificencia que me rodea —confieso, incapaz de contener mi asombro—. Me pregunto si tendrán algún libro que trate sobre el arte y la belleza durante la era del Renacimiento. Si es así, quizás podríamos explorarlo juntos —les ruego, mi voz cargada de curiosidad y ansia de conocimiento.

Tras un breve pero significativo intercambio con la señora D'Agostino, es el señor Conti quien toma la iniciativa. Con paso decidido, comienza una meticulosa búsqueda entre las estanterías de caoba de su vasta librería. La tenue luz del local resalta la reverencia con la que maneja los volúmenes. Finalmente, desde lo más alto de un imponente gabinete, extrae un libro encuadernado en cuero marrón. Con un gesto experto, limpia el polvo de su cubierta, revelando un tomo antiguo pero majestuoso. A juzgar por su peso y grosor, es evidente que la obra cuenta con al menos quinientas páginas, todas confeccionadas en papel de lino.

Cuando lo abre, de inmediato me asombran los dibujos pintados a mano que adornan sus páginas. Los colores vibrantes, las líneas delicadas y los detalles intrincados parecen insuflar vida a las ilustraciones, a pesar de los siglos transcurridos. Las letras, exquisitamente estilizadas, exigen ser contempladas con detenimiento, mientras que anotaciones manuscritas en los márgenes revelan los pensamientos del dueño original del libro.

Signore Conti pasa las páginas con cuidado, examinándolas con una atención casi reverencial. Finalmente, sus ojos se iluminan al encontrar el pasaje que buscaba. Su expresión se anima con entusiasmo, y tras aclararse la garganta, su voz, impregnada de pasión y conocimiento, comienza a leer en voz alta. Al hacerlo, nos transporta de inmediato al corazón del Renacimiento.

La vida, la belleza y el arte

¿Dónde reside la belleza? ¿Dónde se encuentra?

¿Dónde se halla?

La belleza comienza en nuestro interior,

dentro de todos nosotros,

esperando ser descubierta,

esperando ser despertada.

Para ver la belleza en algo o en alguien,
primero debemos reconocer la belleza en nosotros mismos.
Si entendemos que su origen está en nuestro interior,
aprendemos a valorarla y a apreciarla
en todo cuanto nos rodea.

La belleza que poseemos
nos permite encontrarla
en cada persona y en cada cosa.
Sin embargo, la belleza no siempre es evidente a primera vista.

El diamante yace oculto bajo la tierra y la oscuridad,
el oro se extrae del fango y la inmundicia,
pareciendo enterrado bajo rocas impenetrables.

Las grandes obras maestras
nacen entre el caos y los escombros,
el polvo y los desechos,
el lodo y el azufre
de donde brotan las riquezas del petróleo.
Los bocetos iniciales de las obras más sublimes
parecen incoherentes y sin sentido,
y los logros más nobles del ser humano
se forjan con dolor, sudor y lágrimas.

¿De dónde nace la belleza?
A veces, la belleza surge de la fealdad.
Se valora con mayor intensidad
cuando se descubre en lo que, a primera vista,
parece carente de ella.

La verdadera belleza desafía los estereotipos
y reta la sabiduría convencional.

Hay quienes la reciben en abundancia
pero nunca llegan a reconocerla,
ignorando su valor existencial,
desconociendo su magnificencia.

Cuando la belleza no se convierte en fuente de satisfacción,
el espíritu y el alma permanecen vacíos y estériles.

La belleza, en todas sus dimensiones,
ya sea en posesiones o en personas,
exige una disposición benévola para ser admirada.

A medida que avanza el tiempo, la belleza cambia y se
transforma.
Pero para quienes saben
cómo sentirla y celebrarla,
la belleza jamás se desvanece,
jamás disminuye,
jamás desaparece.
La belleza más auténtica de la vida
permanece oculta,
lista para ser descubierta,
si nos esforzamos en buscarla.

La juventud es un velo que cubre la belleza,
pero con los años,
la riqueza del espíritu y del alma,
o la ausencia de ellos,
se reflejan en nuestros rostros.
Cuando la juventud se disipa,
queda expuesta nuestra verdadera esencia.

La belleza de una vida bien vivida
envejece con nobleza y gracia.
Brilla con más intensidad

en aquellos que han recorrido el camino de la existencia
sin estar limitados por dogmas,
prejuicios o estereotipos;
en aquellos que encuentran y valoran
la hermosura, la armonía y el encanto,
la alegría y la gracia,
todo aquello que deleita los sentidos.

La belleza genuina habita en quienes
celebran la vida con plenitud,
en quienes aman y son amados,
en quienes dan sin esperar nada a cambio.
Se manifiesta en aquellos que participan activamente en la vida,
que valoran los pequeños gestos y detalles,
y que ponen su alma y su corazón
en todo lo que hacen.
Son quienes viven con pasión,
con inspiración y con felicidad.
Son ellos quienes poseen una belleza imperecedera,
una belleza que trasciende
lugares, circunstancias, edad o riqueza material.

La belleza verdadera nunca se apaga.
Es uno de los regalos más valiosos de la vida,
uno de los más difíciles de comprender.

Es necesario cultivarla como una virtud inherente,
aprender a apreciarla, a portarla y a atesorarla,
incluso cuando parezca ausente.

Pero ¿cuándo la belleza se convierte en arte?
El arte es inseparable de la belleza,
así como la belleza es inseparable del arte.

El arte nace de la belleza.
El arte crea belleza.
Para que exista el arte,
la belleza debe ser percibida,
pues el arte transforma lo ordinario en sublime, excepcional,
y lo extraordinario en magistral.

El arte modifica la percepción,
no solo embelleciendo lo que toca,
sino evocando sentimientos con significado y propósito.
El arte establece una conexión íntima y casi espiritual
dentro de nosotros.
Habla el lenguaje del espíritu,
reflejando el alma.
El arte vibra con la belleza,
y la belleza, enamorada,
se rinde ante el arte.

Tal como la belleza, el arte habita en la mirada de quien observa.
Y si es así, no existen límites,
no hay fronteras para lo que el arte puede ser.

Un escrito, un ensayo, una artesanía...
todo lo que la belleza alcanza,
se transforma en arte.

El arte es una creación humana deliberada,
inspirada por el talento,
la destreza y el alma.
Incluso sin intención,
el arte nace del método, la técnica
y el estudio intuitivo,
arraigado en el conocimiento y la inteligencia.

El arte es gracia y es bendición,
una manifestación que,
al contemplarla,
nos hace sentir la mano de lo divino
detrás de su maestría.

En la intersección entre belleza y arte
residen los lazos más sublimes
del espíritu humano,
del alma y de la creatividad.
Es allí donde se halla el verdadero dominio de la vida,
donde se cosechan los talentos únicos,
donde se encuentran la inspiración
y la felicidad en su estado más puro.

Cuando dominamos la belleza y el arte,
es cuando realmente estamos vivos.
Ambos requieren participación activa,
una conexión sensorial intensa
con la creación.

Nos convertimos en maestros de la existencia,
exprimiendo, sintiendo y saboreando
lo mejor que la vida tiene para ofrecer.

*

—Erasmus, la belleza y el arte están intrínsecamente entrelazados, formando un vínculo tan profundo que uno no puede existir verdaderamente sin el otro —declaró Antonella, con la voz impregnada de convicción.

—No son meramente complementarios; cuando se unen, se convierten en una fuerza de la naturaleza —añadió Leonardo Conti, con los ojos brillando de pasión.

—Juntos crean círculos virtuosos contagiosos, continuos y contiguos, que actúan como los verdaderos facilitadores para experimentar la vida en su máxima plenitud.

Mientras las palabras de los anticuarios flotaban en el aire, Erasmus sintió una conexión profunda con la interrelación entre la belleza y el arte que describían. La sabiduría atemporal compartida en aquella tienda florentina resonaría en él durante años, moldeando no solo su comprensión del arte, sino también su propia esencia como poeta y educador.

— ✤ —

Royal Cambridge Scholastic Institue, 2019
(Auditorio universitario)

El peso del pasado—de Venecia, Florencia y los anticuarios que conoció allí—permanece en sus pensamientos. Sin embargo, al ser llamado por el presente, el profesor Cromwell-Smith regresa a la sala de conferencias, listo para entrelazar sus experiencias con la lección del día: la profunda relación entre la vida, la belleza y el arte.

Erasmus hace una pausa, permitiendo que la trascendencia de la historia se asiente en la sala. El ambiente es silencioso, el aire denso de expectativa.

—Ahora que comprendemos las raíces históricas de la belleza y el arte en el Renacimiento —comienza, su voz firme pero serena—, exploraremos cómo estos ideales siguen vivos en la actualidad. Preguntadme aquello que siempre os habéis cuestionado sobre la relación entre la vida, la belleza y el arte.

Sophia, una estudiante de Historia del Arte apasionada por el arte y la filosofía renacentista pregunta con reflexión:

—Profesor, en el poema *Vida, belleza y arte*, se menciona que la belleza puede nacer de la fealdad. ¿Cómo encaja esta idea con los ideales renacentistas de belleza, considerando que este periodo enfatizaba la armonía y la proporción en el arte?

El profesor Cromwell-Smith asiente, apreciando la complejidad de la cuestión.

—Ah, una observación brillante, Sophia. Es cierto que el ideal renacentista de la belleza estaba basado en la armonía y la proporción, pero lo que el poema sugiere es que la belleza auténtica a menudo surge de la lucha, de la transformación. Pensad en cómo las esculturas de Miguel Ángel, como el *David*, comienzan como bloques de mármol en bruto. Solo a través del cincelado, a través de un proceso de esfuerzo y sacrificio, la belleza se revela. En el Renacimiento, existía también la idea de *arte povera*: incluso en la imperfección y en la crudeza de la vida, se podía encontrar belleza. Lo mismo ocurre con la experiencia humana: la belleza a menudo surge de la adversidad, un concepto que resuena en el mensaje del poema, que nos recuerda que la belleza no es solo superficial, sino que se encuentra en los aspectos más profundos y, a menudo, ocultos de la vida.

Sophia asiente con atención, absorbiendo la conexión entre el arte y las luchas de la existencia.

Liam, un estudiante de Filosofía con un marcado interés por la estética, levanta la mano y pregunta:

—Profesor, el poema también sugiere que la belleza se valora más cuando desafía los estereotipos. En un contexto moderno, ¿cómo podemos aplicar este principio en una sociedad donde los estándares de belleza son tan rígidos y definidos por la apariencia externa?

La expresión del profesor Cromwell-Smith se suaviza, apreciando la profundidad de la pregunta.

—Liam, esa es una cuestión oportuna y de gran calado. En un mundo donde las redes sociales y la publicidad suelen dictar qué se considera bello, es fundamental recordar que la verdadera belleza desafía esos estándares superficiales. No se limita a una figura perfecta ni a una piel sin imperfecciones. El poema nos recuerda que la belleza se encuentra en la autenticidad, en aceptar las imperfecciones tanto en nosotros mismos como en el mundo que nos rodea. Si observamos a artistas como Frida Kahlo o a escritores como Virginia Woolf, vemos que la belleza surge de sus voces únicas y de la profundidad de sus experiencias, no de su conformidad con los estándares establecidos. Para apreciar la belleza en su máxima expresión, debemos mirar más allá de la superficie y celebrar la riqueza que proviene de la individualidad y la resiliencia.

Liam reflexiona sobre la respuesta, su rostro adquiriendo una expresión pensativa al considerar la conexión entre la belleza y la identidad.

Elena, estudiante de Literatura Inglesa conocida por su enfoque reflexivo hacia la literatura, pregunta:

—En el poema *Vida, belleza y arte*, se sugiere que el arte nace de la belleza y que la belleza es inherente al arte. ¿Podría profundizar en cómo funciona esta relación, en particular dentro del contexto del arte literario?

El profesor Cromwell-Smith sonríe, intrigado por la pregunta.

—Elena, es una consulta maravillosa. En la literatura, la belleza no siempre es algo que vemos con los ojos, sino algo que sentimos con el corazón y la mente. El arte, especialmente el literario, toma la materia prima de la vida—frecuentemente lo mundano o lo doloroso—y lo transforma en algo que resuena con significado y emoción. Un poema bien construido, una novela o una historia convierten las luchas, la belleza y las imperfecciones de la vida en algo que nos eleva y nos permite comprender mejor nuestra propia existencia. Pensemos en Emily Dickinson, quien transformó escenas y emociones cotidianas en obras que trascienden la rutina. El arte consiste en transformar la realidad en algo más profundo, y la belleza es la fuerza transformadora que conecta la visión del artista con el alma del espectador.

Elena asiente, comprendiendo que la belleza en el arte es tanto transformadora como profundamente personal.

Amir, estudiante de Sociología con interés en la intersección entre cultura y arte, pregunta:

—En el poema se menciona que la belleza puede ser ignorada, su valor no reconocido. En una sociedad impulsada por el consumismo, ¿cómo podemos ayudar a las personas a reconocer y apreciar la belleza que les rodea?

El profesor Cromwell-Smith se toma un momento antes de responder.

—Amir, has planteado un punto crucial. El consumismo a menudo reduce la belleza a algo que se puede comprar, empaquetar y vender, algo que poseemos en lugar de algo que experimentamos. Para ayudar a las personas a apreciar la belleza, debemos animarlas a interactuar con el mundo con mayor conciencia, a encontrar la belleza en los pequeños momentos del día a día—ya sea en la naturaleza, en las relaciones humanas o en el arte. Se trata de desacelerar y *realmente* ver, sentir y experimentar. También debemos fomentar espacios—en la sociedad y en la educación—donde las personas puedan explorar y crear arte sin estar motivadas por intereses comerciales. Cuando valoramos el proceso de creación por encima del producto final, la belleza se convierte en algo que nutre el alma, y no solo el bolsillo.

Amir asiente con reflexión, considerando cómo los cambios culturales podrían redefinir nuestra relación con la belleza.

Ethan, estudiante de Psicología interesado en el impacto del arte en la mente, pregunta:

—Profesor, el poema sugiere que la belleza es eterna para quienes realmente la comprenden. Desde un punto de vista psicológico, ¿por qué cree que la belleza, tanto en el arte como en la vida, tiene un impacto tan duradero en la psique humana?

El profesor Cromwell-Smith reflexiona antes de responder.

—Ethan, la belleza tiene un impacto duradero porque nos conecta con algo más profundo que nosotros mismos; activa nuestro núcleo emocional y psicológico. Cuando encontramos belleza, experimentamos sensaciones de alegría, asombro y significado, lo que a menudo nos induce a un estado de *mindfulness*. Psicológicamente, la belleza puede mejorar nuestro estado de ánimo, reducir el estrés e incluso inspirar creatividad. El arte, en particular, funciona como un espejo de nuestra vida emocional, permitiéndonos procesar sentimientos y experiencias complejas. Por ello, la belleza—ya sea en una pintura, un poema o un instante fugaz—puede resonar en nosotros a lo largo de los años, porque responde a la necesidad humana fundamental de conexión, expresión y comprensión.

Ethan parece visiblemente conmovido, como si la conversación hubiera abierto una nueva perspectiva sobre la importancia psicológica de la belleza.

—Para la próxima sesión, quiero que cada uno haga un ejercicio sencillo pero profundo. Identificad todo aquello que consideréis bello en vuestra vida y diferenciadlo de lo que consideréis arte —instruye el profesor, su voz medida y deliberada.

Mientras el profesor Cromwell-Smith abandona el auditorio, observa a sus estudiantes sumidos en la reflexión. Con una última mirada, sale de la sala, su mente ya viajando hacia la serenidad de su hogar y la eterna búsqueda de la belleza en la vida y el arte.

Capítulo 10

La serenidad, el coraje y la sabiduría

Riberas de Boston (2019)

El aguacero se ha transformado en un diluvio implacable. Un fuerte viento del noroeste ha hecho que el río se desborde, anegando las calles de Boston. Torrentes de agua se abren paso por la ciudad, mientras los conductores avanzan con cautela, ajenos a la tormenta que se avecina con toda su furia. La visibilidad es prácticamente nula; la lluvia golpea sin tregua, formando un manto impenetrable.

Elizabeth Victoria Emerson-Lloyd siente un movimiento extraño bajo su vehículo, algo siniestro y poderoso. El agua comienza a filtrarse a través de las juntas de las puertas, colándose en el interior del coche. La angustia se apodera de ella mientras coge su bolso y trata de abrir la puerta, pero la presión del agua exterior la mantiene firmemente cerrada. Actuando por instinto, baja la ventanilla—un acto contraintuitivo pero que, en este caso, le salvará la vida.

El agua le llega a los tobillos y el motor se ahoga, apagándose por completo.

Impulsada por la adrenalina, Elizabeth reacciona con rapidez: gira el cuerpo, se impulsa y logra salir por la ventanilla con una agilidad atlética. Pero afuera, la corriente es aún más feroz. El agua le llega a la cintura, avanzando con una fuerza aterradora. Aferrándose a la manija de la puerta de su coche, lucha por mantenerse firme. Su valentía comienza a desmoronarse al darse cuenta de la gravedad de su situación.

—¡Ayuda! —grita, su voz apenas audible entre el rugido de la tormenta.

A su alrededor, otras personas están igual de indefensas, atrapadas por la furia del agua. Entonces, como si fuera una intervención divina, unas manos fuertes la sujetan firmemente por debajo de los brazos y la elevan con facilidad fuera del agua.

La alza por encima del caos. Con pasos firmes y decididos, su salvador la lleva hacia la seguridad de una camioneta estacionada en una colina, lejos de la zona de peligro.

—Tranquila, estás a salvo conmigo —susurra una voz profunda y serena, su aliento cálido contra su oído.

Ya dentro del vehículo, Elizabeth se sienta junto a la calefacción, colocando sus pies descalzos contra la rejilla ardiente del aire caliente. Sus ropas empapadas se adhieren a su piel, y evita mirar directamente a su rescatador, temerosa de que sus ojos delaten la avalancha de emociones que la embargan. Su corazón late con fuerza—una mezcla de gratitud y algo más profundo.

Su salvador es imponente: un metro noventa de estatura, cabello negro azabache, ojos azules penetrantes y una confianza que emana de cada uno de sus movimientos. Admira la destreza con la que ella se ha impulsado por la ventanilla, impresionado por su agilidad.

—Tengo un par de calcetines secos en mi mochila del gimnasio —dice, alcanzando la bolsa.

Al girarse, su mano roza por accidente el antebrazo y la pierna de Elizabeth, provocando un estremecimiento en ambos. Ella da un pequeño respingo y, por un instante eterno, sus miradas se cruzan—se sostienen, se atrapan, y en el silencio dicen más de lo que las palabras podrían expresar.

El tiempo parece detenerse a medida que el contacto visual se profundiza. Su mano encuentra la de ella, descansando con suavidad sobre su rodilla, un gesto de seguridad y, al mismo tiempo, de innegable conexión.

—Jordan —se presenta él, con voz pausada pero firme.

—Elizabeth Victoria —responde ella, con un tono cargado de asombro e incredulidad.

—No quiero ningún calcetín ahora mismo —bromea, su voz juguetona, pero temblorosa por la intensidad del momento.

—Mujer salvaje, vas a ponerte un par de calcetines calientes antes de que te resfríes —insiste Jordan con tono firme pero cariñoso. Con movimientos decididos pero gentiles, le coloca los calcetines en los pies. Elizabeth siente un calor recorriéndole el cuerpo—su toque enciende sus sentidos.

La calidez de su piel despierta en él una sensación desconocida, intensa. Sus palabras fluyen con facilidad mientras comparten historias de sus vidas, sus pasiones y sus sueños. La tormenta exterior se vuelve irrelevante, un mero telón de fondo ante la intimidad creciente dentro de la cabina de la camioneta. El humo del café caliente se mezcla con la calidez de sus voces y risas.

Cuando la noche empieza a desvanecerse, ya han desentrañado capas de sus almas. Ambos apasionados por la naturaleza, descubren un vínculo profundo a través de sus aventuras compartidas. La tormenta no solo ha cambiado su noche, sino que ha forjado una conexión tan natural e inevitable como los ríos que ambos aman.

Con el tiempo, su relación se convierte en una sinfonía de descubrimientos y pasión. Juntos, conquistan cumbres imponentes, escalando el Monte Wilson y el Monte Sneffels en las majestuosas Montañas San Juan, cerca de Telluride, Colorado. Las ascensiones son agotadoras y extenuantes, pero cada cima se convierte en su refugio compartido. Sin embargo, ahora le toca a Jordan introducir a Elizabeth en el cielo.

El paracaidismo y el kitesurf se convierten en capítulos emocionantes de su historia, y Elizabeth abraza la adrenalina con un entusiasmo desbordante. Jordan, por su parte, le enseña el arte de planear en el aire, una pasión que pronto se convierte en su actividad favorita juntos. Deslizándose en silencio entre las nubes, encuentran una conexión que trasciende las palabras, una libertad que solo ellos comparten.

Elizabeth, políglota y amante de los idiomas, añade otra dimensión a su relación, enseñándole a Jordan español, mandarín y alemán. Sus lecciones se desdibujan entre el aprendizaje y el juego, sus sesiones plagadas de risas, coqueteo y una intimidad cada vez más profunda. La chispa encendida aquella noche tormentosa nunca se apaga; al contrario, solo se intensifica, impregnando sus vidas y pasiones con una energía que alimenta cada una de sus experiencias.

Con el tiempo, Elizabeth descubre la afición más preciada y solitaria de Jordan: pilotar globos aerostáticos. Le intriga el misterio de su reticencia a compartir este pasatiempo con ella. Decidida, inicia una campaña juguetona pero persistente para que la lleve con él. Le provoca, lo persuade, pero Jordan resiste, ocultando sus razones tras una sonrisa enigmática.

Finalmente, su insistencia surte efecto. En una mañana fría y despejada, Jordan cede e invita a Elizabeth a acompañarlo en un vuelo. Llegan a un sitio de despegue apartado, donde el colorido globo se alza majestuoso contra el cielo infinito. Mientras preparan el viaje, ambos guardan secretos—sorpresas cuidadosamente protegidas, listas para desplegarse con el viento.

La mañana es eléctrica, cargada de anticipación. A medida que el globo asciende suavemente, el mundo queda atrás, dejando solo el susurro del viento y el horizonte infinito. Ambos saben que el otro guarda un secreto por revelar, pero ninguno rompe el silencio todavía, saboreando la belleza del momento.

El corazón de Elizabeth late acelerado, no por la altura, sino por el peso de su secreto. Mira de reojo a Jordan, cuyos ojos están fijos en el horizonte, con una leve sonrisa jugando en sus labios.

Lo que ella desconoce es que el corazón de él refleja el suyo, retumbando con la expectación de su propia sorpresa.

Sobre el mundo, en medio de la serena inmensidad del cielo, sus secretos se desvelan. Lo que comienza como un simple vuelo se convierte en un punto de inflexión, un recuerdo imborrable que transformará sus vidas para siempre. Y comienza así...

—◆—

Santa Fe, Nuevo México, 2019
(Festival anual de globos aerostáticos)

La escena es sencillamente mágica. El cielo, vivo con tonos vibrantes, es un lienzo inmenso pintado por cientos de globos aerostáticos, cada uno con formas únicas y radiantes de color. El Festival Anual de Globos de Santa Fe ha convertido los cielos en un caleidoscopio hipnotizante, atrayendo aeronautas y soñadores de todas partes del mundo.

Entre ellos, pilotando su elegante globo con destreza, se encuentra Jordan Augustus Morse, un brillante ingeniero aeronáutico. A su lado, aferrándose con fuerza a su brazo, está Elizabeth Victoria Emerson-Lloyd, la mujer que ha cautivado su corazón y su alma. En solo seis meses, su romance vertiginoso ha florecido en algo extraordinario—una unión que, como a menudo reflexiona Elizabeth, parece haber sido decretada por el propio destino celestial.

A medida que la suave brisa los lleva sobre el paisaje desértico, la pareja queda hechizada por el carnaval de globos que flota junto a ellos. Los únicos sonidos son los ocasionales estallidos del quemador, el susurro del viento y su respiración acompasada.

Elizabeth se gira hacia Jordan, sus ojos verdes resplandeciendo con amor y picardía. Sostiene un pequeño diario de cuero contra su pecho.

—Mi amor —comienza suavemente, con la voz cargada de ternura—, de todos los escritos inéditos de Erasmus, hay uno que atesoro más que ninguno. Con su permiso, lo he traído para compartirlo contigo hoy. Me parece especialmente apropiado para este momento... para nosotros, aquí, flotando sobre el mundo.

Jordan ladea la cabeza, intrigado. Sus ojos, de un azul penetrante, se clavan en los de ella, y las comisuras de sus labios se curvan en una sonrisa.

—¿Dedicado a mí? —bromea con suavidad.

—Especialmente para ti, mi intrépido aventurero —responde Elizabeth, con una reverencia juguetona en su tono.

Mientras el sol dorado de la mañana los baña con su luz, Elizabeth abre el diario. Toma una respiración profunda para calmarse, su voz firme pero cargada de ternura cuando comienza a leer. Las palabras resuenan en la quietud de los cielos.

¡Qué día tan maravilloso este es!

Hoy me desperté en la superficie de Marte,
rodeado por un paisaje alienígena y árido,
una extensión de rocas y arena pintada
en intensos tonos de rojo y polvo oxidado.

El escenario pronto se transformó en una monótona extensión,
semejante a un caramelo de mantequilla sin alma.

Aquí no hay aire para respirar; la atmósfera es 95 % CO_2.
El agua es casi inexistente, confinada a los distantes polos,
muy lejos de mi alcance.
Aquí no crece nada. No hay vida de ningún tipo.
Es un planeta desolado y muerto.

Entonces, al girarme y mirar el cielo nocturno,
la resplandeciente visión de la Tierra me atrapa.
Nuestro planeta irradia esplendor,

sus verdes, azules y blancos brillan como un faro de vida.
Su belleza penetra en lo más profundo de mi alma,
despertando un abrumador sentido de pertenencia.
"Ese es mi hogar", declaro. "Ahí es donde vivo".
Y señalo el punto luminoso en el cielo.

Miro a mi alrededor y el contraste es evidente:
la Tierra vibrante, rebosante de vida,
frente al árido y estéril paisaje marciano.

En ese instante, comprendo la galería de cuerpos celestes:
asteroides, cometas, meteoros, lunas, planetas y estrellas...
hasta donde sé, todos ellos están muertos.
Aparentemente, la Tierra es el único planeta vivo.

Hoy me desperté en la superficie de Marte
y me sentí, a la vez, inmerecidamente privilegiado
y profundamente agradecido por estar vivo
en un lugar tan extraordinario como el planeta Tierra.

—◈—

Hoy me desperté dentro de un chip de 10 nanómetros,
albergando 100 millones de transistores capaces de procesar
algoritmos y software tan poderosos
que pronto cada producto y servicio emulará el cerebro humano.

—◈—

Hoy me desperté en un mundo donde los humanos
seguimos mejorando lo que la naturaleza y Dios nos han dado,
impulsando el progreso y el desarrollo
hasta niveles inimaginables.

Y estoy aquí, en medio de este salto cuántico,
disfrutando de sus beneficios y maravillándome con sus

posibilidades.
¿Quién podría pedir mejor fortuna?
Hoy me desperté dentro de mí mismo.

— ✤ —

Lo primero que hice fue viajar a la velocidad de la luz
a través del cableado de mi cerebro.
Al final del recorrido, había atravesado una distancia
equivalente a la circunferencia de la Tierra.

Luego, utilizando la computadora más poderosa que existe,
conté el número de células que me dan vida.

Primero, conté mis neuronas: varios miles de millones.
Después, pasé al resto de las células de mi cuerpo,
llenando pantalla tras pantalla con sus cifras asombrosas.

Cada célula, aunque independiente,
cumplía su misión en perfecta armonía con las demás.
Me quedé atónito al ver a miles de células vitales morir,
para ser reemplazadas instantáneamente por otras nuevas.

Mi curiosidad me impulsó aún más lejos,
observando de primera mano cómo virus e infecciones
invaden mi cuerpo constantemente,
cómo miles de patógenos aguardan, listos para atacar.

Estoy plagado de bacterias—miles de millones de ellas—
esenciales para la propia vida.
Y, sin embargo, vi con asombro cómo
los mecanismos de defensa de mi cuerpo
trabajaban sin descanso, manteniendo cada amenaza a raya,
erradicando unas y conteniendo otras.

Finalmente, inspeccioné mis órganos,
maravillado por su inexorable precisión,
su belleza y perfección al realizar tareas
extremadamente complejas con facilidad.

Hoy me desperté dentro de mí mismo y comprendí
que el simple hecho de estar vivo
es un milagro continuo, renovado cada segundo.

Hoy entendí que la vida es un equilibrio delicado,
una fina línea entre la muerte, la enfermedad y la salud.

Hoy me desperté dentro de mí mismo y fui testigo
de la infinita complejidad de mi ser.

Me di cuenta de que, aquí en la Tierra,
se me ha otorgado un organismo extraordinario: mi cuerpo.
Esta revelación iluminó lo verdaderamente precioso
que es cada instante.

—✦—

Hoy me desperté en la cima del mundo,
sintiendo el aire fluir por mis pulmones.
Reconocí que, con apenas un par de minutos sin él,
la vida desaparecería.

Observé los intrincados ciclos del alimento y el clima
que nos sostienen,
maravillándome con la perfección de los sistemas
necesarios para nuestra supervivencia.
Comprendí cuán rápido nos debilitaríamos
y moriríamos de hambre
sin la abundancia que nos rodea.

Vi a miles de millones de humanos compartiendo esta Tierra,
cada uno provisto de sus riquezas por igual.

Hoy me desperté y me di cuenta de que vivo
en el único planeta "vivo" del universo.

Hoy me desperté y comprendí
cuán pocos de nosotros logramos nacer,
cuántos millones de células no llegan a ser seres humanos.

Hoy me desperté con la vida.
Hoy, por fin, me siento verdaderamente vivo.
Hoy, me siento eternamente agradecido por el simple hecho de
estar aquí.

¡Qué día tan maravilloso este es!
Se me ha dado una vida extraordinaria
y dos recipientes magníficos:
mi planeta y mi cuerpo.

Entonces, ¿qué estoy esperando?
¿Qué estás esperando tú?
¿Qué estamos esperando todos?
Salgamos y abracemos
el increíble regalo de estar vivos.

*

Jordan está abrumado por la emoción del momento. Elizabeth se aferra a él, serena y satisfecha, su presencia anclándolo a un mundo que le parece irreal.

—Te amo —susurra él, su voz apenas audible, pero cargada del peso de su corazón.

Momentos después, Jordan se sumerge en un trance reflexivo, el mundo a su alrededor desvaneciéndose en un fondo de cielo interminable y globos multicolores.

Al principio, Jordan comienza a hablar como si expresara sus pensamientos en voz alta:

—Elizabeth, amor mío, hay momentos en la vida que nos dejan completamente paralizados —dice en voz baja, con un tono deliberado, mientras la mira fijamente a los ojos—. La realidad se detiene; apenas podemos respirar y, mientras sucede, todo lo demás deja de existir.

Su mano se alza y, con una exquisita ternura, roza con la yema de los dedos la mejilla de Elizabeth. Ella se inclina hacia su toque, apoyando su rostro en la calidez de su palma.

—Cuando esos raros momentos ocurren, la vida nos entrega lo mejor de sí misma. Nos invade el asombro, nos arrastra un deseo incontrolable, y nuestros corazones estallan de júbilo, completamente arrebatados por el amor que hemos encontrado.

El silencio entre ellos es profundo, lleno de una expectación tangible, roto solo por los rítmicos estallidos del quemador que alimenta la llama del globo.

Los ojos verdes de Elizabeth se agrandan al absorber sus palabras. Su mano se mueve instintivamente hacia su boca, conteniendo un jadeo mientras él continúa.

—Eso fue exactamente lo que me pasó en el instante en que te vi por primera vez —confiesa Jordan, sus ojos azules intensos sin apartarse de los suyos—. Elizabeth Victoria, no hay nada en este mundo que desee más que hacerte feliz. Quiero pasar cada día de mi vida a tu lado. Te prometo amarte, valorarte y honrarte siempre. ¿Me harías el honor de convertirte en mi esposa?

Lágrimas de felicidad surcan el rostro de Elizabeth mientras asiente, incapaz de hablar. En su lugar, responde con un beso, lleno de pasión, gratitud y promesas silenciosas.

El futuro comienza aquí, entre las nubes y bajo el cielo, en un amor tan vasto como el propio firmamento.

— ✦ —

Royal Cambridge Scholastic Institute, 2019
(Casa de Victoria y Erasmus en el Campus)

La llamada telefónica transforma una tranquila mañana de domingo en una celebración de amor y alegría.

El teléfono del estudio de Erasmus suena insistentemente. Los domingos suelen ser apacibles, con apenas llamadas, por lo que la persistencia del timbre despierta su curiosidad. Finalmente, descuelga, con un gesto de leve intriga dibujado en el rostro.

—¿Mamá? —la voz de Elizabeth vibra con urgencia.

—Elizabeth, qué alegría escucharte. ¿Cómo has estado? —responde Erasmus con calidez, sorprendido pero impregnado de afecto paternal.

—Hola, Erasmus. ¿Puedo hablar con mi madre un momento? Es rápido —pide con prisa.

—Por supuesto, ahora mismo te la paso —responde él, ya en movimiento. Intuye que sucede algo fuera de lo común. "¿De qué se tratará?", se pregunta.

—¿Todo bien, Elizabeth? —se aventura a preguntar mientras busca a Victoria.

—¡Todo está maravilloso! Pon a mamá en altavoz para que tú también escuches la gran noticia —exclama Elizabeth, su voz desbordante de emoción.

Aliviado e intrigado por su entusiasmo, Erasmus encuentra a Victoria justo cuando sale de la ducha.

—Elizabeth está al teléfono. Parece urgente —le dice, extendiéndole el aparato mientras ella se envuelve en una toalla.

—Elizabeth, querida —responde Victoria, activándose de inmediato su instinto maternal.

—¡Mamá, Jordan acaba de pedirme que me case con él! —anuncia Elizabeth con un estallido de felicidad.

El rostro de Victoria se ilumina con emoción mientras dirige una radiante sonrisa a Erasmus. Segundos después, deja escapar un suspiro entrecortado, seguido de un grito de júbilo. Se aferra a Erasmus con fuerza, olvidando por completo su estado de desvestida, vestida únicamente con una toalla y una felicidad desbordante.

—¿Mamá?

—¡Qué noticia tan maravillosa, hija mía! Estamos tan felices por vosotros. Sé cuánto os amáis —responde Victoria, su voz temblando de emoción mientras se aferra aún más a Erasmus.

—¡Madre, estamos caminando sobre las nubes! —proclama Elizabeth, exultante.

—Me lo imagino, cariño. Este es uno de esos momentos en la vida para atesorar por siempre —reflexiona Victoria, con un orgullo maternal palpable.

—Desde luego, mamá. Pero quiero que sepas que, literalmente, estamos flotando en el aire —añade Elizabeth, con un deje travieso en su voz.

—¿Cómo dices, querida? —pregunta Victoria, intrigada.

—¡Estamos en un maldito globo aerostático! ¡Jordan me acaba de pedir matrimonio aquí arriba, a miles de metros del suelo! —explica Elizabeth.

—¡Fantástico, romance en el cielo! —exclama Erasmus, abandonando momentáneamente su habitual reserva ante la inspiración del momento. Y cuando la creatividad del profesor se enciende, no hay quien la detenga.

—Tengo una idea, una que haga justicia a la grandeza de la propuesta de tu caballero de brillante armadura —declara Erasmus, sus ojos brillando con chispa creativa.

—¿Y cuál sería, profesor? —pregunta Elizabeth, con una mezcla de curiosidad y escepticismo.

—Como bien sabes, tu madre y yo estamos comprometidos desde hace un año. ¿Por qué no celebramos una ceremonia conjunta y nos casamos todos en el mismo evento? —sugiere espontáneamente, sorprendiéndose incluso a sí mismo.

La idea aterriza a la perfección. En ese raro y fortuito instante, su propuesta es recibida con júbilo unánime. La semilla de una boda compartida queda sembrada, una idea que florece en medio de un escenario de amor, celebración y cielos sin límites.

— ✦ —

Royal Cambridge Scholastic Institute, 2019
(Casa de Victoria y Erasmus en el Campus – La mañana siguiente)

La mañana de Erasmus comienza con un aire de expectación y alegría.

—¿Cuál será el tema de tu clase hoy, querido? —pregunta Victoria con ternura, despidiéndolo con la mano mientras él se prepara para salir.

—Serenidad, valentía y sabiduría; el papel que desempeñan en nuestras vidas y lo estrechamente relacionadas que están entre sí —responde con una sonrisa pensativa.

—Ayer diste una gran muestra de ello con tu maravillosa idea —bromea ella con dulzura, su voz desvaneciéndose mientras él pedalea con entusiasmo.

Erasmus le devuelve la sonrisa a su hermosa prometida, sintiendo en lo más profundo la calidez y satisfacción de sus palabras.

El profesor Cromwell-Smith se desliza sobre las hojas otoñales dispersas, su corazón liviano por la felicidad del compromiso de Elizabeth y la visión de la inminente boda doble. Todo parece transcurrir a cámara lenta. Desde la distancia, su figura parece etérea, avanzando por los caminos del campus como si él y su bicicleta flotaran levemente sobre la tierra, impulsados por la brisa de la plenitud.

Mientras el majestuoso edificio de la facultad se alza ante él, la realidad lo va trayendo de vuelta con suavidad. Para cuando asegura su bicicleta y se encamina con determinación hacia el aula, sus pensamientos ya están alineados con la misión del día, con los ecos de la serenidad, la valentía y la sabiduría resonando en su mente.

—◆—

Royal Cambridge Scholastic Institute, 2019
(Edificio de la Facultad)

Al llegar al majestuoso edificio de la facultad, Erasmus asegura su bicicleta con facilidad, deteniéndose apenas un instante para inhalar el aire fresco de la mañana. El ritmo constante de su corazón refleja su confianza mientras se adentra en los familiares pasillos del Instituto Real de Estudios Escolásticos de Cambridge.

—◆—

Royal Cambridge Scholastic Institute, 2019
(Auditorio universitario)

El murmullo de los estudiantes, el suave crujir de los zapatos sobre los suelos pulidos, señala la proximidad de su aula. A medida que se acerca a las puertas, su enfoque se agudiza, la promesa de un día de conferencias gratificante lo llena con una tranquila sensación de propósito.

—¿Cómo estáis todos hoy? —saluda el profesor Cromwell-Smith a su clase, sus ojos brillando con entusiasmo. El murmullo animado de los estudiantes respondiendo con energía y positividad amplifica la atmósfera en la sala.

—¡Maravilloso! —responden, sus voces colectivas zumbando de anticipación.

—Pues vamos a empezar—continúa él, su sonrisa ensanchándose mientras la sala se tranquiliza al unísono. —Hoy, os llevaré atrás en el tiempo, al día en que conocí a un fascinante anticuario que me impartió una preciosa lección de vida. La historia comienza así...

La voz del profesor adquiere un ritmo pensativo mientras inicia el relato, su presencia imponente pero cálida, atrayendo a sus estudiantes al mundo de su memoria.

— ✳ —

Centro de Boston, 1979

En una tarde de sábado, bajando de Beacon Hill, el área del centro está justo frente a mí. Tras girar en Canal Street, lo encuentro:

"The Quibbler: Antique Books for the Inquisitive Mind (Est. 1910)," lee el cartel de la pintoresca librería.

Nunca había visto ni oído hablar de esta librería antes. Intrigado, busco en mi memoria.

Sudo, apestando, y todo, entro con la emoción y la curiosidad de un niño pequeño que entra en su lugar favorito. En el momento en que abro la puerta, una sensación de familiaridad me invade. La tienda tiene el inconfundible olor a papel viejo y cuero desgastado. Pilas de libros valiosos están dispersas por todas partes, y los estantes se extienden por tres pisos conectados por escaleras de madera que se retuercen y giran. Todo el lugar se siente como un laberinto.

El entorno me cautiva tanto que no noto al hombre que me observa con una tranquila diversión. Mis ojos finalmente registran su presencia, y doy un salto de sorpresa, provocando una sonrisa aún más amplia de su parte en respuesta a mi distracción.

—¿En qué puedo ayudarte, joven? —pregunta el hombre con gafas, ligeramente encorvado y con el cabello largo y desordenado hasta los hombros.

Todavía procesando mi entorno, lucho por concentrarme en él. Mi mirada cambia entre la tienda y el hombre, como si estuviera atrapado en un sueño.

—¿Qué te trae por aquí esta tarde? —repita, sus ojos brillando de curiosidad. Luego, de repente, se abren más. —Espera un momento, ¡sé quién eres! ¡Eres el joven de la ciudad de los libros en Gales, ¿verdad?! —pregunta emocionado.

Sonrío, reconociendo mi reputación entre los anticuarios de Nueva Inglaterra, pero permanezco en silencio.

—Se suponía que todos debíamos conocerte en la reunión de anticuarios de Cape Cod, pero de repente te fuiste—exclama, su tono cambiando a un monólogo.

—Eso es correcto—respondo secamente, sin dar más detalles.

—Espero que la causa no fuera nada serio—aventura el anticuario, con empatía.

—Algo así. Ella se escapó, señor—explico, mi incomodidad evidente.

—Lo escuché, lo escuché—dice, su voz teñida de condolencia.

Así que su pregunta era retórica. Los anticuarios de Nueva Inglaterra son como una fraternidad; comparten todo. Mi infortunio es vox populi—conocido por todos, reflexiono con resignación.

—Mi nombre es Lazarus Pincay II, aunque a menudo me llaman *The Quibbler* por razones que pronto descubrirás— anuncia con un gesto teatral.

Nacido y criado en Boston por un padre bibliotecario y una madre pintora, Lazarus Pincay mostró un talento natural para la música, pero una propensión aún mayor por los libros. Aunque tomó clases de piano durante doce años y parecía destinado a una carrera como pianista concertista, se rebeló y dejó la escuela poco antes de cumplir los 20 años. Lazarus pasó años en California viviendo en comunas hippies hasta que el destino intervino. Durante un ritual espiritual, conoció al amor de su vida, Laura Dean-Lamarck, originaria de Boston y reconocida como escritora.

La pareja ha estado casada durante 25 años. Por insistencia de ella, regresaron a Boston, donde Laura ayudó a Lazarus a financiar la compra de *The Quibbler Antique Book Store*, convirtiéndola en el tesoro que ahora estoy explorando.

—Un placer conocerte, señor. Erasmus Cromwell-Smith está a tu servicio—me presento con un asentimiento educado. —Sr. Pincay, busco paz y tranquilidad para contemplar mejor la vida en cámara lenta y apreciar los detalles de las cosas—explico, intentando articular el sentido de claridad que busco.

—Bueno, joven, has llegado al lugar adecuado. Tengo algo especial para ti, algo que te ayudará a alcanzar la calma y la fortaleza de carácter que estás buscando—ofrece *The Quibbler*, sus ojos brillando con propósito.

Sin decir más palabras, se aleja, desapareciendo en el laberinto de estanterías. Momentos después, lo veo subiendo por una torre de escaleras de madera, fácilmente de 25 pies de altura. Examina los estantes más altos, toma un libro, lo inspecciona, pero desciende con un gesto de insatisfacción.

Luego, vuelve a desaparecer, deslizándose por un estrecho pasillo, sus pasos deliberados y llenos de propósito. Tras un breve rato, vuelve a aparecer, sosteniendo un grueso libro encuadernado en cuero con ambas manos. La portada, gastada por el paso del tiempo, irradia un aire de sabiduría eterna.

—El escrito que voy a leerte se alinea perfectamente con tu situación actual—declara *The Quibbler*, su voz profundizándose con convicción.

Abriendo el libro con reverencia, encuentra la página deseada y comienza a leer, su tono firme y sincero.

La serenidad, el coraje y la sabiduría

La serenidad es un estado contemplativo
de absoluta paz interior—una calma deliberada e inmutable.
Es una condición de placidez
que nos permite observar la película de la vida desde fuera.
En este estado, la vida parece transcurrir en cámara lenta.
Nos detenemos en cada fotograma,
y la falsa percepción de que el tiempo vuela
o se arrastra desaparece.

En su lugar, experimentamos
una medida del tiempo refrescante y genuina.
La serenidad es también la piedra angular de la moderación.

Ya sea en estado meditativo, reflexivo o contemplativo,
la calma y la placidez sirven de canales
para la cautela, la moderación, la tolerancia y la prudencia.
Son el mejor antídoto
contra la conducta reactiva e impulsiva.
Al fomentar la moderación en nuestra forma de actuar,
la serenidad nos otorga claridad
para contemplar alternativas y opciones.

Nos permite
tomarnos el tiempo necesario para tomar decisiones:
¿Elegimos la inacción serena

o actuamos con el instinto, la razón, el corazón
o una combinación de ellos?

En la serenidad, la vida se ralentiza.
Nuestro frenético ritmo se detiene,
y encontramos paz en la pausa.

Pero quizás la mayor virtud de la serenidad
sea su capacidad para ayudarnos a aceptar o reconocer
lo inevitable, lo irremplazable y lo irreversible.
La serenidad se convierte
en una de nuestras armas existenciales más poderosas
contra la negación, proporcionando claridad, conclusión y cierre.

La serenidad también sienta las bases del coraje.
Cuando el coraje se impregna de serenidad,
se vuelve más fiero e invencible.

Sin serenidad, el coraje corre el riesgo
de degenerar en impulsividad temeraria
o incluso en una misión suicida.

El coraje es nuestro mejor recurso
para superar la adversidad extrema y el sufrimiento,
para enfrentarnos a obstáculos que parecen insalvables,
a la devastación, la pérdida, el fracaso
y las probabilidades que parecen abrumadoras.

El coraje es también el arma con la que
dominamos y conquistamos el miedo.
Al hacerlo, el miedo deja de ser una excusa paralizante
y se convierte en un aliado.

La valentía es una parte intrínseca del fuego del coraje.
Es la chispa que nos impulsa a actuar,

permitiéndonos prevenir o revertir
las consecuencias de aquello que tememos.

Así es como el coraje se alimenta
de un miedo positivo y accionable.
Cuando el coraje se lleva a la acción,
es intrépido, impávido e indomable.
El coraje es una virtud salvaje del espíritu,
impulsada por la convicción, la pasión,
el corazón y el propio miedo.

La sabiduría, en relación con la serenidad y el coraje,
nos proporciona
iluminación, perspicacia y juicio prudente.

Nos permite discernir
cuándo apoyarnos en la serenidad
para aceptar las crudas realidades de la vida
y derrotar la negación,
o cuándo invocar el coraje
para revertir lo improbable, lo imposible,
lo irreversible y lo aparentemente inevitable.

A veces, la sabiduría nos guía a emplear ambos,
serenidad y coraje,
en equilibrio,
según las circunstancias.

El coraje es nuestro mejor recurso
para superar la adversidad extrema,
los obstáculos aparentemente insalvables,
la devastación y la derrota total,
la pérdida o el fracaso,
y las probabilidades que nos desafían.

El coraje también es nuestra arma
para dominar y conquistar los miedos,
y así,
cuando actuamos con valentía y determinación,
el miedo se convierte en nuestro aliado
en lugar de una excusa paralizante.

La valentía es una parte intrínseca
del combustible que alimenta el fuego del coraje.
Así, la valentía se convierte en la razón para actuar
y para evitar o revertir las consecuencias
de aquello que tememos.

Así es como el coraje se nutre
de un miedo positivo y accionable.
El coraje es impávido, audaz e intrépido
cuando lo ponemos en práctica.

El coraje es una virtud salvaje del espíritu,
impulsada por la convicción, la pasión,
el corazón y el propio miedo.

En relación con el coraje y la serenidad,
la sabiduría nos brinda
iluminación, sagacidad y prudencia
para optar por la serenidad,
para aceptar las duras realidades
y vencer la negación,
o por el coraje,
para luchar contra lo improbable,
lo imposible, lo irreversible
y lo aparentemente inevitable,
o para emplear ambos,
según las circunstancias.

*

—La serenidad ocurre cuando tu alma y tu espíritu están en absoluta paz —declara *El Quibbler*, clavando su mirada penetrante en Erasmus.

—Joven Erasmus, la vida está hecha para vivirse a través del diálogo constante, permitiendo a las personas disolver conflictos, rectificar malentendidos, resolver dilemas o llegar a conclusiones mediante el debate. Estas discusiones nos permiten cuestionar la coherencia de nuestras acciones, interpretaciones, propósitos o el conocimiento innato que hemos adquirido. Para enfrentar la vida de este modo, sin embargo, son esenciales la serenidad, el coraje y la sabiduría —afirma el señor Pincay, su voz impregnada de convicción.

Erasmus reflexiona en silencio. *"Ahora entiendo cómo ganó su apodo"*, piensa.

—¡Exacto! —exclama el señor Pincay, como si hubiera leído su mente. —Este soy yo, un eterno y concienzudo *Quibbler* de la vida y de las personas —añade con una sonrisa satisfecha, tomando por sorpresa a Erasmus con su perspicacia.

Cuando Erasmus deja atrás. *The Quibbler*, la impresión del antiguo tomo aún vívida en su mente, siente una profunda sensación de calma, como si vislumbrara un mapa para navegar por las complejidades inevitables de la vida. Sabe, en ese momento, que esta experiencia se convertirá en un pilar fundamental de las enseñanzas que un día transmitirá a otros.

—❖—

Royal Cambridge Scholastic Institute, 2019
(Auditorio universitario)

El destello del recuerdo de su pasado con *Lazarus Pincay II* se disipa cuando el profesor *Cromwell-Smith* vuelve a centrar su atención en el presente. El bullicio del aula, con susurros de estudiantes y el crujir de papeles, le ofrece un sutil pero firme anclaje en la realidad. A medida que se instala en el momento actual, con palabras medidas, guía a sus alumnos a través de los mismos principios que *Lazarus* le transmitió años atrás; principios que no solo definirían su propio viaje, sino que ahora moldearían los caminos de sus estudiantes.

—La serenidad, el coraje y la sabiduría son virtudes del carácter. La serenidad engendra coraje, y la sabiduría emplea a ambos —explica, su voz resonando con claridad.

Apoya la mano sobre el atril, y con una calma firme, deja que sus palabras llenen el aula una vez más.

—Serenidad, coraje y sabiduría —comienza, su tono impregnado de la autoridad que otorgan los años de experiencia— no son solo ideales elevados; son virtudes que influyen en cada decisión que tomamos y nos guían a través de los cruces más complejos de la vida.

Recorre la sala con la mirada, asegurándose de hacer contacto visual con cada alumno, de captar su atención por completo.

—Estas son las virtudes que deseo que llevéis con vosotros— hoy, mañana y en los días venideros.

Toma una breve pausa y continúa:

—La serenidad, el coraje y la sabiduría son las bases sobre las cuales enfrentamos los desafíos de la vida. Mientras exploramos estos conceptos, pensemos en cómo se entrelazan con la conciencia de estar vivos en el presente. Empezaré preguntándoos: ¿qué papel desempeña la serenidad en vuestras vidas? ¿Alguien quiere compartir su perspectiva?

Aiden, un estudiante de filosofía interesado en la influencia de las virtudes personales en la toma de decisiones levanta la mano.

—Profesor, en *Serenidad, coraje y sabiduría*, se describe la serenidad como un estado que nos permite observar la vida desde fuera, como si todo transcurriera en cámara lenta. ¿Cómo podemos cultivar la serenidad en un mundo que exige reacciones rápidas y constante movimiento?

—Esa es una excelente pregunta, Aiden —responde el profesor *Cromwell-Smith*—. La serenidad implica aprender a salir, aunque sea por un momento, del torbellino de la vida. Se trata de crear espacios intencionados para pausar, respirar y reflexionar. En el mundo actual, puede ser complicado, pero se trata de encontrar momentos de calma, no de inacción. La serenidad no significa evadir la realidad, sino afrontarla desde una posición de equilibrio, reconociendo nuestras emociones sin dejarnos arrastrar por ellas y permitiendo que el momento se desarrolle naturalmente.

Aiden asiente pensativo, procesando las implicaciones de las palabras del profesor.

Leticia, una estudiante de psicología interesada en la inteligencia emocional, levanta la mano.

—En el poema, se menciona que el coraje es un arma para vencer el miedo, pero también se advierte que sin serenidad, el coraje puede volverse imprudente. ¿Cómo podemos asegurarnos de que nuestro coraje esté equilibrado con la serenidad?

Los ojos del profesor *Cromwell-Smith* brillan con comprensión.

—Gran pregunta, Leticia. El coraje sin serenidad puede convertirse rápidamente en impulsividad o decisiones precipitadas, sobre todo cuando el miedo nubla nuestro juicio. La serenidad nos permite hacer una pausa y asegurarnos de que el coraje que invocamos sea meditado y no una simple reacción. Cuando estamos en calma y centrados, el coraje se convierte en una fuerza capaz de mover montañas, pero solo cuando está arraigado en la claridad y la reflexión.

Leticia parece absorber la profundidad de la respuesta, con una expresión de profunda contemplación.

Ethan, estudiante de biología fascinado por la intersección entre emoción y razón, interviene.

—El poema menciona que el miedo puede convertirse en un aliado a través del coraje. Pero en el contexto de la vida moderna, donde el miedo a menudo paraliza, ¿cómo podemos convertirlo en algo positivo?

El profesor *Cromwell-Smith* asiente con reconocimiento.

—Esa es una observación muy perspicaz, Ethan. El miedo es una emoción natural, pero no tiene por qué controlarnos. Cuando enfrentamos nuestros miedos de frente, los transformamos de obstáculos en oportunidades de crecimiento. El miedo nos indica que algo es importante, que nos importa. Si lo aceptamos, lo reconocemos y seguimos adelante a pesar de él, lo convertimos en motivación. Tener coraje no significa no sentir miedo; significa actuar a pesar del miedo, sabiendo que forma parte de nuestro camino.

Ethan escucha atentamente, reflexionando sobre cómo esta perspectiva podría aplicarse a su propia vida.

Mia, estudiante de literatura apasionada por los significados abstractos, plantea su inquietud:

—El poema *¡Qué día tan asombroso!* presenta una visión casi milagrosa de la vida. ¿Cómo concilia usted ese sentido de asombro espiritual con los aspectos más prácticos de la vida cotidiana?

El profesor *Cromwell-Smith* sonríe ante la pregunta.

—Mia, esa es una cuestión poderosa. *¡Qué día tan asombroso!* nos invita a darnos cuenta del milagro de la vida en toda su complejidad. Al mismo tiempo, vivimos en un mundo donde las preocupaciones diarias exigen nuestra atención. La clave está en abrazar ambos aspectos: el asombro y la realidad. La serenidad, el coraje y la sabiduría nos ayudan a encontrar ese equilibrio. Podemos estar arraigados en la responsabilidad de nuestras vidas mientras nos permitimos maravillarnos ante los pequeños detalles que hacen que la existencia sea extraordinaria.

Mia sonríe, apreciando la profundidad de la respuesta.

Jodie, estudiante de filosofía y ética enfocada en cuestiones existenciales, se inclina hacia adelante.

—El poema *¡Qué día tan asombroso!* resalta la belleza de estar vivos, pero lo hace en el contexto de desafíos y amenazas a la vida. ¿Cómo podemos vivir con la conciencia de la fragilidad de la vida sin abrumarnos por ella?

El profesor *Cromwell-Smith* se toma un momento antes de responder.

—Jodie, creo que la clave está en la aceptación. La vida es frágil, y esa es una verdad que todos debemos afrontar. Pero en lugar de dejarnos paralizar por ello, podemos abrazarlo. Nos enseña a vivir plenamente, a valorar cada instante y a apreciar a las personas y experiencias que nos moldean. La fragilidad de la vida no le resta belleza; de hecho, la realza. Vivir con esa conciencia nos ayuda a cultivar gratitud, presencia y una conexión más profunda con el mundo.

Jodie asiente, visiblemente conmovida por la respuesta.

El aula se impregna de una energía reflexiva mientras los estudiantes recogen sus pertenencias. Muchos permanecen en sus asientos, con los rostros marcados por la introspección, como si estuvieran asimilando el peso de la serenidad, el coraje y la sabiduría en sus propias vidas. Es evidente que las palabras del profesor han dejado una profunda huella en sus mentes.

El profesor *Cromwell-Smith* deja que el momento se asiente antes de ofrecer una última reflexión.

—Recordad —dice en voz baja—, la serenidad, el coraje y la sabiduría no son solo cualidades que aprendemos; son virtudes que encarnamos, una y otra vez, en cada elección que hacemos.

Al salir del aula, se da cuenta de los rostros pensativos de los estudiantes que quedan atrás. Su actitud sugiere una introspección silenciosa, como si cada uno estuviera buscando su propio camino hacia la paz y el equilibrio.

—Nos vemos la próxima semana —añade, saliendo del aula con paso firme.

Capítulo 11

La fábula del viejo joven y el bufón

Playa de en la isla Martha's Vineyard, Massachusetts, 2019

Tres meses después de que *Erasmus* propusiera la idea, madre e hija contrajeron matrimonio con los hombres de sus sueños en una grandiosa ceremonia compartida. Un altar de madera improvisado, adornado con vibrantes flores, se erigió en una playa serena cerca de *Chilmark*, en la costa sur de *Martha's Vineyard*. Las olas azuladas, lamiendo suavemente la orilla, ofrecieron el escenario perfecto para la alegre unión.

Tras la celebración en la playa, Jordan y *Elizabeth* emprendieron una luna de miel repleta de aventuras, surcando los cielos en globo aerostático sobre los majestuosos paisajes de Europa. Su viaje culminó en *St. Moritz, Suiza*, donde participaron en la *Gran Carrera de Engadina*, un maratón nórdico de esquí, célebre por ser el festival invernal de colores más grande del mundo, atrayendo a miles de participantes de todos los rincones del planeta.

Mientras tanto, *Erasmus* y *Victoria* se embarcaron en su propio viaje soñado, recorriendo los paisajes encantadores de África. Sin embargo, antes de sumergirse por completo en sus aventuras, un desvío inesperado los llevó a Italia, una oportunidad para cerrar un capítulo pendiente en la vida de *Erasmus*.

Todo comenzó con un mágico viaje en tren...

— ✤ —

—¿A dónde me llevas, mi lady? —pregunta *Erasmus*, desconcertado, mientras suben a un taxi rumbo a la estación central de trenes de *Zúrich*.

—Será una experiencia reveladora, mi enigmático británico —responde *Victoria* con un aire enigmático.

—¿Milán? —aventura él al escuchar el destino del tren en el que abordan.

—Erasmus, disfrutemos del viaje y dejemos de intentar encontrarle una razón a todo —replica ella con una sonrisa traviesa.

La pareja, absorta en su propio mundo, cena con estilo mientras el tren serpentea entre los *Alpes*, dejando entre ellos una pregunta flotante sin respuesta. *Erasmus* se siente cada vez más inquieto.

—¿De qué se tratará todo esto? —se pregunta, intentando hallar una explicación lógica. *"Te dijo que disfrutes el momento y dejes de intentar averiguar todo,"* se reprocha a sí mismo, mitad molesto, mitad divertido.

El tiempo transcurre más rápido de lo que quisieran y, pronto, el espléndido trayecto llega a su fin.

—Estamos llegando a la estación central de Milán —anuncia una voz por altavoz.

El tren reduce la velocidad, y *Erasmus* experimenta una oleada de anticipación mezclada con incertidumbre.

Al poner pie en el andén, una sensación de familiaridad lo invade antes siquiera de verla. Como en una película a cámara lenta, sus ojos se posan en *Antonella,* su antigua amante y amiga de toda la vida, quien se encuentra a unos cien metros de distancia. Su cálida sonrisa, serena y benevolente, le da la bienvenida con un discreto gesto de la mano.

—¡Papá! —se oye en un coro armonioso, pronunciado con perfectos acentos británicos.

Se gira y se encuentra con *María Antonella* y *Roberto Marcello Conti*, los hijos de *Antonella*... mejor dicho, sus hijos.

En segundo plano, distingue a *Victoria* y *Antonella*, entrelazando sus brazos como si fueran viejas amigas poniéndose al día.

Sus dos hijos lo envuelven en abrazos efusivos, mientras su mente racional lucha por seguir el ritmo de las emociones que lo desbordan.

"Han pasado dos años desde la última vez que los vi. Debe ser solo eso," se dice, tratando desesperadamente de comprender el momento.

—ADN, *Erasmus*. Siempre lo sospechamos —declara *Roberto*, como si leyera sus pensamientos.

—Fue fácil —añade *María*. —Tomamos cabellos del cepillo que usas en el baño de casa. Mamá nunca dejó que nadie más entrara en esa habitación. Y hay otras pistas. Para empezar, *Roberto* es una copia exacta de ti.

—Y nos envió a ambos a recibir una educación británica, algo poco común en Italia. Luego estaban los viajes a América, cuando nos quedábamos contigo. Crecimos con la omnipresente figura del "tío británico profesor", y mamá siempre nos animó a tratarte como una figura paterna —continúa *María*, con voz suave.

—Nunca nos dijo por qué, y entendemos que tú tampoco lo supieras —concluye *Roberto*, sonriendo.

Un par de lágrimas lentas escapan de los ojos de *Erasmus*, recorriendo sus mejillas, mientras una profunda sensación de plenitud y alegría lo inunda. Los dos jóvenes que tiene ante él son, indudablemente, su propia carne y sangre.

Las siguientes 24 horas transcurren como un torbellino de risas compartidas, silencios llenos de comprensión y relatos interminables. Padre, hijo e hija recorren la ciudad, conversan sin pausa y juegan como niños en plazas públicas. Apenas comen, atrapados en el intento de condensar toda una vida de conexión en un solo día.

Cuando llega el momento de despedirse, *Erasmus* se encuentra de nuevo en la plataforma del tren, esta vez acompañado por *Victoria* y *Antonella*. Ambas permanecen a unos pasos de distancia, irradiando la confianza y la calidez de dos mujeres que han alcanzado un entendimiento mutuo.

El efímero día queda grabado en la memoria de *Erasmus* como un sueño, dejándole una nueva conexión y el inicio de una historia que nunca pensó que llegaría a vivir.

—Gracias, *Antonella* —murmura, su voz cargada de emoción, sus ojos rebosantes de gratitud.

Se besan, un beso largo y profundo, compartido solo por viejos amantes que comprenden el peso de los años y los recuerdos.

—*Vai, vai, Erasmus* —susurra ella, despidiéndose con la mano, sus ojos empañados por las lágrimas de una despedida agridulce.

Erasmus abraza a sus hijos una última vez, estrechándolos con fuerza y estudiando sus rostros como si quisiera grabar cada detalle en su memoria.

—Erasmus es nuestro verdadero padre, aunque un tanto incidental, como uno que aparece de vez en cuando —bromea *María Antonella* con una amplia sonrisa.

—Sí, nuestro padre biológico. Bueno, ahora nos verá mucho más cuando vayamos a visitarlo a América —añade *Roberto Marcello*, agitando la mano mientras el tren comienza a alejarse.

Cuando *Erasmus* se vuelve, se encuentra nariz con nariz con *Victoria*, quien lo observa con una expresión entre divertida y triunfante.

—*Baci, baci, baci indimenticabili* —murmura ella, con un deje de posesividad juguetona en la voz.

—¿Acaso ya te has olvidado de mí, Erasmus querido? —añade, con la sonrisa más traviesa y maliciosa.

—¿Cómo podría, mi adorada dama? Eso jamás ocurrirá —responde él, recuperando su encanto, mientras toma su mano y la guía hacia el vagón restaurante de primera clase.

—◆—

Horas más tarde, mientras su vuelo de *Suiza* a *África Oriental* surca el cielo con un zumbido constante, la pareja se acomoda en sus asientos, acurrucándose en una tierna cercanía. Su amor ha crecido con estos capítulos compartidos de redescubrimiento y aceptación.
Su próximo destino es el Monte Kilimanjaro—una aventura que siempre soñaron, un capítulo perfecto en la historia de sus vidas reavivadas.

—◆—

Aeropuerto Internacional de Zúrich, Suiza, 2019
(De regreso a Boston)

Las dos parejas de recién casados se reencuentran en el aeropuerto de Zúrich, listas para abordar su vuelo de regreso a *Boston*. Los cuatro irradian felicidad, aún envueltos en el fulgor de las experiencias compartidas.

—*Mamá, estamos embarazados,* —suelta *Elizabeth-Victoria* de repente, mientras degustan el tradicional *raclette suizo* en la sala de espera.

Victoria jadea, llevándose las manos a la boca, sorprendida.

Erasmus, por su parte, sonríe con orgullo, un gesto amplio e indescriptible. Segundos después, los cuatro se funden en un abrazo de pura celebración, su alegría y armonía desbordándose en un inolvidable cuadro de amor y familia.

—Querido, jamás imaginé que ascender el Monte Kilimanjaro, en Tanzania, nos llevaría tres días, atravesando múltiples microclimas a lo largo de casi 60 kilómetros —comenta Victoria, mientras ella y Erasmus observan las impresionantes imágenes en vídeo de su luna de miel.

—A 5.895 metros de altura, mi dama, no es una montaña cualquiera. El cuerpo necesita tiempo para adaptarse a la altitud y a los niveles reducidos de oxígeno —explica Erasmus. En la pantalla, aparecen caminando por la Meseta de Shira, su vasta extensión árida ofreciendo una vista espectacular del Kilimanjaro, majestuoso y cubierto de nieve en la distancia.

—Estaba aterrada cuando nos encontramos con ellos por primera vez —admite Victoria, su tono reflejando aún cierta inquietud, mientras el vídeo cambia a la frondosa jungla del Congo, donde las siluetas de imponentes gorilas se camuflan entre la vegetación.

—Impresionantes y aterradores a la vez, ¿verdad? Criaturas tan poderosas... Pero la larga caminata para encontrarlos valió cada paso —recuerda Erasmus con nostalgia.

—¡Y esto! —exclama Victoria cuando la imagen cambia a unos jóvenes leones cerca de las Cataratas Victoria, en Zimbabue.—Su energía primitiva, su poder regio... es hipnótico.

—Bueno, tu miedo no duró mucho, considerando que besaste a uno en la mejilla —bromea Erasmus con una sonrisa, mientras el vídeo la muestra apoyando suavemente la palma de su mano sobre el rostro del león.

—Aquello fue valiente, aterrador y, seamos honestos... estúpido —ríe él.

—Cierto —admite ella, riendo también—. Pero sus rugidos... La fuerza de su bramido me estremeció hasta los huesos.

La escena cambia y aparecen hipopótamos, bramando desde el agua, con sus inmensas mandíbulas abiertas en perfecta sincronización.

—Criaturas absolutamente poderosas —asiente Erasmus—. Me alegra que optáramos por el safari fluvial. Los paisajes acuáticos del Delta del Okavango fueron espectaculares, sin el polvo ni las largas esperas de un safari terrestre.

En la pantalla, desfilan rinocerontes, jirafas, cebras, elefantes y manadas de gacelas, deambulando libremente cerca de la orilla. Por encima de ellos, bandadas de pájaros surcan el cielo en movimientos perfectamente sincronizados.

—Grandes recuerdos —reflexiona Victoria, con la mirada enternecida—. Una experiencia inolvidable, mi amor. Tres semanas de aventura y descubrimiento que terminaron demasiado pronto.

Erasmus la estrecha entre sus brazos, sonriendo mientras las últimas imágenes de su viaje africano se desvanecen en la pantalla, convirtiéndose en memoria.

—Ahora, de vuelta a la mundana realidad, mi dama —menciona Erasmus con un dejo de melancolía.

—Ahora que hemos regresado, dime, mi educador reticente, ¿cuál será el tema de tu clase mañana? —pregunta Victoria, intrigada.

—Niños, bufones y cuentos de hadas —responde él enigmáticamente.

Victoria, con sabiduría, no reacciona, pero sabe perfectamente que Erasmus está rindiendo homenaje a sus hijos en Italia. 'Aún necesita tiempo para abrirse y hablar sobre su revelador y memorable encuentro en Milán', reflexiona, mientras lo observa alejarse en bicicleta. 'Puedo sentir que todavía se deleita en la dicha de haber reconectado con sus hijos'.

—❖—

Royal Cambridge Scholastic Institute, 2019
(Calles del Campus)

Pedaleando por las calles adoquinadas, a través del aire fresco del campus, el profesor Cromwell-Smith viaja inmerso en los recuerdos de los últimos días. Su rostro refleja satisfacción y gratitud, sobre todo por la certeza recién descubierta de que *María Antonella* y *Roberto Marcello* son sus hijos biológicos.

Los árboles que flanquean las calles aún conservan los últimos vestigios de hojas otoñales, un recordatorio visual del cambio de estaciones. Su mente cambia de rumbo a medida que se acerca al salón de conferencias, el familiar edificio erguido ante él.

Disminuye la velocidad, dejando atrás los pensamientos del pasado para centrarse en el presente.

Para cuando aparca su confiable y vieja bicicleta, Erasmus ya ha redirigido su atención a la clase que está a punto de impartir. Sin embargo, al entrar en el aula magna, se encuentra con una sorpresa.

Una enorme pancarta cuelga sobre su escritorio, con letras grandes y alegres:

"¡BIENVENIDO DE NUEVO,
¡PROFESOR CROMWELL!
ESPERAMOS DE TODO CORAZÓN
QUE HAYA TENIDO UNA MARAVILLOSA
LUNA DE MIEL."

El profesor rompe en una sonrisa amplia. Su mirada recorre la sala, conectando con la de sus estudiantes, su gratitud reflejada en su expresión.

Una ola de energía recorre la habitación, mientras los alumnos levantan la vista de sus cuadernos y apuntes, algunos con sonrisas entusiastas, otros aún desperezándose tras la somnolencia matutina.

La clase está a punto de comenzar.

—Gracias a todos, simple y llanamente. ¡Esto es absolutamente increíble!

Exclama Erasmus, aplaudiendo a su clase.

Les saluda con su calidez habitual, con los ojos chispeantes de emoción mientras sube al podio. Se percibe una expectativa silenciosa en la sala, pues los alumnos saben que la lección de hoy será mucho más que académica; será profundamente personal.

—Existen momentos en la vida que debemos celebrar o, por el contrario, dejar pasar desapercibidos. Si negamos o ignoramos esos instantes de alegría, corremos el riesgo de perder la oportunidad de abrazar y regocijarnos en el lado más luminoso de la vida para el resto de nuestros días. Hoy, os llevaré de regreso a un día memorable, cuando aprendí una de las lecciones más valiosas de la existencia: el poder y la necesidad de crear y vivir nuestro propio cuento de hadas. Una vida que se convierta en una celebración perenne, sin negaciones ni renuncias, sin importar las circunstancias.

Hace una pausa, permitiendo que sus palabras se asienten en el aula antes de continuar, con un destello de complicidad en su mirada.

—Todo comienza así...

— ✣ —

El estudio desordenado de Erasmus, 1987
(Cerca de la Universidad de Harvard)

Su carta llega de forma inesperada, pero su oportunidad no podría ser más perfecta. Está destinada a ser la última comunicación que recibiré de Mrs. V., mi amada mentora de Gales, pues fallecería poco tiempo después.

Mi corazón se acelera con una mezcla de emoción y aprensión al reconocer el sobre, con su inconfundible caligrafía adornando la superficie. Dejo todo lo que estoy haciendo o planeando hacer, incapaz de contenerme, y me siento de inmediato a abrirlo.

— ✧ —

"Querido Erasmus,"

Tu fiel mentora se está haciendo un poco mayor. Hace tiempo que no sé de ti, lo que me hace temer que ocurran cosas en tu vida que prefieres no contarme. Bueno, querido, no hay escapatoria cuando se trata de tu más ferviente animadora. Espero que me pongas al día enviándome noticias de tu vida a la mayor brevedad posible.

Más específicamente, usa tu perezosa mano de escritor, golpea tu corazón olvidadizo y despierta tu mente adormecida para escribir una carta a la atención de una tal Victoria Sutton-Leigh, una mentora que parece haber caído en el olvido. Ella reside en tu lugar de nacimiento, ese pueblo sin mérito alguno (aparentemente para ti) en Gales: Hay-on-Wye.

Te adjunto aquí un preciado manuscrito, con la esperanza de que ilumine tu corazón desmemoriado. Estoy segura de que lo necesitas desesperadamente y que enriquecerá profundamente tu espíritu y tu alma en hibernación.

Espero sinceramente que pronto me demuestres que estoy equivocada.

Te quiero con todo mi corazón, Mrs. V.

— ✧ —

El peso de la culpa me envuelve de inmediato

No hay duda de que he fallado a mi mentora. La urgencia de responder me sacude el alma.

Agarro mi pluma sin dudarlo y comienzo a escribirle sin descanso, relatándole todo lo que puedo sobre mi vida. La carta es enviada ese mismo día. Una semana después, la llamo por teléfono.

Mrs. V. está eufórica; ha terminado de leer mi carta y me reclama con dulzura por haber tardado tanto en escribirle. Mi animadora eterna me promete que me responderá en breve, pero esa promesa jamás llega a cumplirse.

Días después, ella nos deja para siempre.

———✦———

En los días posteriores a su fallecimiento, repaso cada una de sus cartas, atesorando los magníficos momentos que compartimos a lo largo de los años.

Es en ese periodo de duelo y reflexión cuando tropiezo con su última misiva y, por alguna razón, decido releerla. Esta vez, descubro el manuscrito adjunto. Un tesoro que en mi prisa por responderle había pasado completamente por alto. Quizás así estaba destinado a suceder: que su último regalo para mí fuese descubierto únicamente tras su partida, como un símbolo de su legado y celebración de su vida. Con el corazón reverente, desdoblo el manuscrito y comienzo a leer.

El primer verso me atrapa, envolviéndome en su abrazo eterno y atemporal.

La fábula del viejo joven y el bufón

El Bufón camina de vuelta a su "camerino",

su vestidor,

mientras la multitud en la gran carpa del circo

sigue ovacionando.

Su rostro, cubierto de una gruesa capa blanca,

lleva una sonrisa perpetua,

adornada por una boca pintada de forma exagerada

y una diminuta nariz redonda,

ambas de un rojo resplandeciente.

229

Un sombrero alto y holgado, multicolor,
cubre sus mechones de cabello naranja brillante,
largos hasta los hombros.
Su ropa, holgada y excéntrica,
es mitad arlequín
y mitad una tela cubierta de grandes lunares blancos.
Sus enormes zapatos —dos lenguas agitadas—
son absurdamente anchos en la punta
y ridículamente estrechos en el talón.
Sus movimientos despreocupados son impactantes,
incluso escandalosos.
Todo y todos se convierten en objeto de su burla,
cada uno de sus gestos es una parodia de la realidad,
invitando al público a sumergirse en el lado liviano de la vida.
Pero no todo es lo que parece en nuestra existencia…
¿o sí?
Un diminuto susurro atraviesa el silencio tras bambalinas.
—¡Bufón, Bufón!
Un muchacho llama desde las sombras del callejón.
El payaso se gira, sus penetrantes ojos verdes
se clavan en el adolescente.
—¿No es este un lugar un poco apartado
para que un chico de tu edad ande deambulando?
—pregunta el payaso, con impaciencia.
—Mis padres están justo detrás del telón,
dándole de comer a las jirafas con mi hermano pequeño.
Saben que estoy aquí —
responde el muchacho con confianza.
—Muy bien, entonces —
murmura el payaso, resignado a la interrupción.
El joven cruza los brazos,
levantando una mano hasta su barbilla, pensativo.

—Bufón, ¿haces reír a la gente para ganarte la vida?
—pregunta con tono serio.
—¿Acaso no es eso lo que hacen los payasos?
—responde el Bufón con una pregunta enigmática.
Lejos de desanimarse, el joven insiste.
—Haces feliz a la gente, Bufón.
Entonces, ¿eres un creador de felicidad?
El payaso se apoya despreocupadamente
en el marco de la puerta de su camerino.
—Al fin y al cabo,
¿no es eso lo que busca el público cuando viene al circo?
—responde, eludiendo revelar más.
—Ahora, si me disculpas… —
añade el Bufón, girándose para entrar en su vestidor.
—¡Bufón, Bufón! —
el muchacho insiste, empujando la puerta
antes de que pueda cerrarse.
—No me resultas tan gracioso en persona, señor.
Tu rostro lleva una sonrisa pintada,
pero de cerca, no parece auténtica.
Tus ojos…
desprenden tristeza,
y quizás incluso enojo.
La primera reacción del payaso es retroceder,
pero, para su sorpresa, se detiene.
—Eres un observador agudo, jovencito.
Pasa y siéntate —
le ofrece inesperadamente,
dejando la puerta abierta de par en par.
Ya acomodado, el payaso le ofrece al niño
una caja de bombones,
permitiéndole elegir el que prefiera.

—Bufón, haces felices a los demás,
pero no a ti mismo. ¿Por qué?
El payaso exhala, recostándose en su silla.
—¿Acaso no es así como viven muchos?
Mostrando una cara en público,
mientras ocultan sus sombras en lo más profundo de su ser.
El muchacho inclina la cabeza, confundido.
—Bufón, cuando te vi en el escenario,
haciendo reír a todos,
parecía que tu vida era un cuento de hadas.
Pero ahora, aquí contigo,
me pregunto…
¿Por qué no eres feliz?
El payaso suelta una carcajada sarcástica.
—¿No es cierto que la vida siempre carece de algo?
Aquello que más codiciamos
parece inalcanzable.
Y cuando perseguimos una meta,
justo cuando la alcanzamos,
ya ha cambiado de lugar—
casi siempre por nuestra propia voluntad.
El joven sacude la cabeza suavemente.
—Bufón, pero lo que tienes ahora es suficiente, ¿no?
La búsqueda de tus objetivos,
lo que tú llamas "la persecución",
está llena de momentos de vida—
momentos que compartes con quienes aman lo que haces.
Debes celebrar el viaje de la vida
mientras sucede.
De lo contrario,
te estarás perdiendo la mayor parte de ella.
El payaso ríe con amargura.

—No existen los cuentos de hadas en la vida, muchacho.
Eso solo vive en los libros de niños y en la fantasía.
—Mi vida es un cuento de hadas, Bufón
—afirma el niño con alegría.
El payaso alza una ceja.
—Sí, claro. Seguro provienes de un hogar privilegiado—
riqueza, éxito, sin dificultades,
sin tragedias, sin dolor.
Por supuesto que ves la vida como un cuento de hadas.
Pero algún día, eso cambiará.
El muchacho sonríe con dulzura,
su voz serena pero cargada de emoción.
—Bufón, soy huérfano.
Hoy vine al circo con mis padres adoptivos.
Vivimos en la calle hasta hace poco.
Mi padre acaba de encontrar trabajo como conserje,
y mi hermano menor camina con muletas—
contrajo polio a los cinco años.
El payaso se cubre la boca con la mano,
el rubor de la vergüenza ardiendo en su rostro.
—Yo… lo siento mucho… —
empieza a disculparse,
pero el niño lo interrumpe.
—Bufón, eres un hombre privilegiado.
Haz un balance de lo que tienes.
Conviértelo en tu fuente de alegría.
Aprovecha tu acceso a la felicidad y la risa
por lo que realmente son—
una celebración de la vida.
Tu cuento de hadas está en ti.
Haces lo que amas.
La gente ama lo que haces.
¿Se puede pedir más a la vida?

Los ojos del payaso se abren con sorpresa,
su sonrisa pintada suavizándose hasta volverse real.
—Ahora comprendo
de dónde proviene la sabiduría de tus palabras
—admite el Bufón.
—¿Y cuál sería, señor?
—pregunta el muchacho.
—La adversidad
—susurra el payaso.
—La vida es un cuento de hadas
que reside dentro de todos nosotros.
Solo requiere ingenio y sinceridad del alma,
y un verdadero deseo del espíritu
de abrazar el viaje de la vida
—declara el niño.
Sus padres y su hermano se acercan por el pasillo.
—Es hora de irnos
—anuncian.
El niño se gira hacia el Bufón,
una amplia sonrisa iluminando su rostro.
—Bufón, fue mágico pasar este tiempo contigo.
Fue un momento verdaderamente mágico
—dice con alegría.
—Jovencito, para mí también lo fue.
Fue como un…
—el payaso duda,
su voz temblorosa.
—¿Un cuento de hadas?
—le ayuda el niño, sonriendo aún más.
—Definitivamente lo fue,
y una lección de vida bien aprendida también
—responde el payaso,
sus ojos verdes brillando con un nuevo fulgor.

Por primera vez,

su sonrisa pintada se siente auténtica—

quizás para siempre.

*

Erasmus se recuesta en su vieja silla tambaleante, mientras la tenue luz de su pequeño estudio proyecta suaves sombras sobre las paredes atestadas de libros y papeles. La fábula descansa sobre su regazo, y sus últimas palabras resuenan en su mente como un eco delicado.

Dirige la mirada a la carta de la señora V., ahora arrugada por la fuerza con la que la ha sostenido, y siente una punzada de añoranza mezclada con gratitud.

Las palabras de su mentora, impregnadas de sabiduría y amor, han encendido una chispa en su inquieto corazón. La lección de la fábula—que los cuentos de hadas de la vida nacen desde el interior—le empuja a confrontar los relatos que él mismo se ha permitido vivir.

—El cuento de hadas reside en mí —susurra, casi como si estuviera poniendo a prueba la verdad de la frase.

En la quietud del momento, decide hacer suyo el mensaje de la señora V., y tejer la alegría, la gratitud y el propósito en el tejido de sus días.

— ✦ —

Royal Cambridge Scholastic Institute, 2019
(Auditorio universitario)

El profesor Cromwell-Smith despliega con cuidado un conjunto de papeles arrugados, sus bordes suavizados por el paso del tiempo. Sus alumnos lo observan mientras los coloca sobre el atril, con un gesto de reverencia evidente en cada uno de sus movimientos.

El auditorio guarda silencio, el peso de la fábula aún flotando en el aire. El profesor Cromwell-Smith cierra el libro con delicadeza, sus movimientos pausados, como si saboreara la trascendencia de la historia. Levanta la mirada, recorriendo con sus ojos los rostros de sus estudiantes, cuyas expresiones oscilan entre la introspección y el asombro.

—Esa fue la última carta que recibí de la señora V. —comienza, su voz firme, aunque impregnada de emoción—. Una historia que, como todas las grandes fábulas, no está hecha solo para ser escuchada, sino para ser vivida. Su sabiduría, entretejida en estas palabras, es intemporal, al igual que las lecciones que extraemos de la vida misma. Su carta no fue solo un mensaje de mi mentora, sino un espejo que reflejaba mi propio potencial inexplorado, mi capacidad para convertir lo ordinario en extraordinario —reflexiona el pedagogo.

Hace una pausa, echando un vistazo a las notas como si extrajera fuerzas de su presencia.

—Sus palabras me recordaron que el cuento de hadas no es un sueño inalcanzable. Está aquí —dice, tocándose el pecho—. Habita en cada uno de nosotros, esperando a que lo veamos, lo vivamos, lo compartamos.

El profesor se aparta del atril y camina lentamente por el escenario, escudriñando la sala con la mirada.

—Así que os pregunto, como una vez me pregunté a mí mismo: ¿qué se necesita para que reconozcáis vuestro propio cuento de hadas? Y cuando lo hagáis, ¿tendréis el valor de vivirlo?

El aire vibra con el peso de sus palabras, mientras sus estudiantes, absortos en sus pensamientos, se enfrentan a la posibilidad de sus propias historias aún no contadas.

—Ahora —continúa, con un tono más suave—, volvamos al presente. ¿Qué nos enseña esta fábula? Nos recuerda que los cuentos de hadas no están confinados a los libros ni a las fantasías de la infancia. Habitan en nosotros, esperando ser abrazados y traídos a la vida a través de las elecciones que hacemos, la gratitud que mostramos y la alegría que encontramos en lo cotidiano.

El profesor Cromwell-Smith hace una pausa, permitiendo que la trascendencia de sus palabras cale en la mente de sus estudiantes. Luego, con una leve sonrisa, concluye:

—Está en nuestras manos reconocer la magia del momento, celebrar el viaje de la vida y hacer de cada día una historia digna de ser contada.

El hechizo se rompe y la sala cobra vida, sus estudiantes emergiendo de su ensimismamiento, con la lección resonando en lo más profundo de sus corazones.

—El descubrimiento del Bufón fue darse cuenta de que, por un instante fugaz, la vida se convirtió en un cuento de hadas para él porque él mismo lo había hecho así. El cuento de hadas residía en su interior, habitaba su espíritu y su alma. Por lo tanto, su inclinación natural y su mayor habilidad existencial era convertir cada momento o situación en un cuento de hadas real, haciendo reír a los demás —declara el profesor en su comentario final.

Varias manos se levantan.

Thomas, un estudiante de último año de Filosofía con un gran interés en el existencialismo y la naturaleza de la felicidad, levanta la mano. Le encanta desafiar conceptos abstractos y participar en debates filosóficos.

—Profesor, en la fábula, el niño llama "cuento de hadas" a la vida del payaso, pero este lo rechaza, afirmando que los cuentos de hadas no existen en la vida real. ¿Cree que la historia sugiere que un cuento de hadas solo es posible si hay dificultades o desafíos que superar? Y si es así, ¿hace esto del sufrimiento un requisito esencial para encontrar significado en la vida?

El profesor asiente, apreciando la profundidad de la pregunta.

—Es una reflexión muy perspicaz, Thomas. La perspectiva del niño representa una forma de sabiduría inocente. Él ve la vida como un cuento de hadas, no porque esté libre de dificultades, sino porque ha aprendido a abrazarla en su totalidad. Entiende que el sufrimiento no resta belleza a la vida, sino que la enriquece. En contraste, el payaso se encuentra atrapado en un ciclo de negación, incapaz de ver la belleza en los momentos que la vida le brinda. La fábula sugiere que un cuento de hadas no consiste en evitar las dificultades, sino en la manera en que respondemos a ellas y en si elegimos vivir con alegría, a pesar de las adversidades.

Isabella, estudiante de tercer año de Literatura Inglesa, especializada en la intersección entre la narración y el bienestar psicológico, levanta la mano.

—Profesor, el payaso pasa su vida haciendo reír a los demás, pero él mismo no es feliz. El niño lo desafía a ver su propia vida como un cuento de hadas, a pesar de sus dificultades. ¿Cree que la fábula sugiere que todos tenemos la responsabilidad de encontrar la alegría en nuestras vidas, en lugar de depender únicamente de la validación externa o de la búsqueda de la perfección?

El profesor sonríe con aprobación.

—Sí, Isabella, creo que eso es exactamente lo que la fábula intenta transmitir. La vida del payaso está llena de validación externa, pero carece de satisfacción personal. Es un actor, pero no actúa para sí mismo, sino para los demás. El niño, con su sencilla pero profunda sabiduría, le muestra que la verdadera alegría no proviene de la ovación del público, sino de abrazar el propio viaje, por imperfecto que sea. La fábula nos enseña que debemos encontrar nuestra propia felicidad, en lugar de depender de las expectativas o percepciones de los demás.

Marcus, estudiante de tercer año de Psicología, interviene con otra pregunta.

—Profesor, en la fábula, el payaso admite que su sonrisa pintada oculta una tristeza más profunda. El niño le dice que la vida puede ser un cuento de hadas si aprendemos a celebrar el viaje. Desde una perspectiva psicológica, ¿cree que muchas personas, como el payaso, enmascaran sus verdaderas emociones porque sienten que deben ajustarse a los ideales sociales de felicidad?

El profesor reflexiona un momento antes de responder.

—Es una observación muy acertada, Marcus. El payaso representa lo que podríamos llamar "la máscara" que muchas personas llevan puesta. En psicología, esto se relaciona con la "regulación emocional" y la presión social para proyectar una imagen de felicidad, incluso cuando esta no refleja nuestro estado emocional real. La fábula nos enseña que debemos ir más allá de esa fachada y aprender a aceptar nuestras emociones como parte de nuestro viaje. El cuento de hadas de la vida no se trata de la perfección ni de la felicidad constante, sino de abrazar la complejidad de la existencia humana.

A medida que la clase llega a su fin, el profesor Cromwell-Smith se detiene junto al atril, dejando que sus estudiantes reflexionen sobre la discusión del día. La sala, antes llena de la energía de un debate en marcha, ahora vibra con la introspección silenciosa de quienes meditan sobre su propio cuento de hadas.

—Pensad en ello a lo largo de la semana —añade—. ¿Qué haréis con vuestra propia historia?

Con una leve inclinación de cabeza y una sonrisa, da por terminada la clase.

—Eso es todo por hoy. Nos vemos la próxima semana.

Mientras se marcha, sus estudiantes permanecen en sus asientos, con expresiones de asombro y contemplación, preguntándose cuánto de un cuento de hadas ya poseen en sus vidas, o cuánto se niegan a sí mismos al no reconocer la magia que llevan dentro.

Capítulo 12

La disconformidad y la curiosidad

Royal Cambridge Scholastic Institue, 2019
(Hogar de Victoria y Erasmus en el Campus)

—¿Por qué es tan difícil generar interacción con mi precioso hijo? —pregunta Victoria, desconcertada.

—Simplemente es reservado y precavido por naturaleza —responde Sofía, quien ha sido la novia de Bart durante los últimos dos años.

—Lo reconozco, pero soy su madre, y siento que cuando se trata de su vida personal, tengo que escarbar para sacarle cada palabra —añade Victoria con frustración.

—Está mejorando, sin embargo —ofrece Sofía, con los ojos llenos de amor y afecto al hablar de él.

—Bartholomeus siempre ha sido el bufón de la familia. Por fuera, tan alegre y amable, pero hermético en lo que respecta a sus asuntos privados —declara la madre, resignada.

Victoria estudia a la joven de ojos verdes y cabello castaño, alta, nadadora y compañera de clase de Bart.

Es la más fiel defensora de mi afortunado hijo. Y dado que también está perdidamente enamorada de él, ¿por qué le estoy poniendo las cosas difíciles? se reprocha Victoria en silencio.

—Cuéntame de ti, cariño. ¿Cómo te trata? ¿Cómo te sientes en tu relación con Bart?

—Me siento feliz. Es un hombre maravilloso. Estamos planeando, con mucha anticipación, qué universidad elegiremos para hacer nuestros másteres.

—Eso es una noticia fantástica, Sofía. ¿Tienen alguna idea de a dónde irán? —pregunta Victoria con un leve tono de ansiedad en la voz, además de un poco de frustración al descubrir otro secreto más sobre su hijo.

—No, pero tenemos una lista corta de opciones.

—Bueno, él es un emprendedor nato, así que estoy bastante segura de que se inscribirá en una escuela de negocios.

Sofía no responde, aparentemente guardando un gran secreto. Victoria se siente tranquila al ver la lealtad que la joven y prudente mujer muestra.

—Sofía, antes te pregunté cómo te trata.

—Siempre ha sido un compañero devoto. Antes de conocerlo, estuve en una relación de muchos años que nunca llegó a nada porque mi exnovio estaba casado. Así que Bart tuvo que esforzarse mucho para calmar mis temores y mis dudas.

De repente, Erasmus hace una "entrada triunfal", arrastrando un par de pequeñas maletas.

—Vicky, no quiero interrumpir tu encantadora charla, pero tenemos que salir dentro de los próximos treinta minutos —anuncia el profesor, mientras su otra mitad le sonríe pacientemente a Sofía.

—Danos unos minutos, terminaremos en breve —le ruega Victoria con una amplia sonrisa.

—Soy toda tuya, querida, sin prisa —dice Victoria, dirigiéndose nuevamente a Sofía.

—Bart me dio un poema el otro día —comenta Sofía, entregándoselo a Victoria, quien lo lee con una mezcla de curiosidad y deleite sincero.

Una simbiosis muy particular

Soy todo tú,

eres todo yo,

somos todo tú,

somos todo yo,

tú eres yo,

yo soy tú,

somos para siempre,

un solo tú un solo yo,

somos uno solo,

uno y solo uno,

tú y yo,

ambos

para siempre.

*

—Me encanta. Me emociona que Bart haya escrito algo así. ¡No sabía que podía escribir!

—No, no es suyo. Fue muy sincero conmigo al respecto. Pero eso es irrelevante porque lo que importa es el gesto; además, es hermoso.

—¿Puedo preguntar quién lo escribió? —pregunta Victoria, girando lentamente la cabeza hacia Erasmus, quien comienza a mover los pies inquieto y fija la mirada en el suelo, evitando el contacto visual.

—Mi querido británico, ¿cómo es posible que no me hayas dicho nada de esto? —pregunta con tono dolido, pero con una profunda satisfacción en su rostro.

Victoria le guiña un ojo a Sofía mientras continúa burlándose de Erasmus con su juego travieso.

—¿También me estás guardando secretos, querida? ¿Es esto ahora algo masculino en nuestra familia?

—No creo que escribir un poema en nombre de Bart para su novia sea algo que deba compartir contigo cuando él específicamente me pidió que lo mantuviera en privado. Sin embargo, al final, él te lo ha compartido a través de Sofía— responde Erasmus mientras ignora la segunda parte de su pregunta.

243

Aunque un poco avergonzada, Victoria finalmente sonríe al darse cuenta de su comportamiento confrontativo y fuera de lugar.

—Gracias por cuidar tan bien de mi hijo—comenta mientras abraza cálidamente a Sofía para despedirse, luego se acerca a besar apasionadamente a su poeta británico de la casa. Sofía y Victoria se despiden, y poco después, la pareja de mediana edad se dirige al Aeropuerto Logan de Boston para visitar a un viejo amigo de Victoria en una escapada de fin de semana.

—— ✤ ——

Biblioteca Pública de St. Louis, Missouri (2019)

La bibliotecaria jefe, Rebecca Samuels-Ortiz, siempre está en movimiento. Trabaja como una abeja ocupada.

En esta mañana en particular, todo su personal lucha por mantenerse al ritmo de todo el alumnado de una escuela secundaria que está de visita—una tarea casi imposible. Los adolescentes son desordenados, ruidosos y groseros.

—Qué joven tan grosero eres—le dice a un joven de cara de bebé, delgado y con gafas, cuyas piernas están apoyadas sobre un escritorio de lectura.

—¡Ni lo pienses! —advierte a un par de chicos traviesos que están a punto de arrancar una página dc un libro valioso. Protectora, se la quita de las manos.

—¡Esto no es una sala de conciertos! —les advierte a un par de chicas jóvenes mientras su música ensordecedora suena por sus auriculares.

—¡Métanse las camisas! —ordena a un par de estudiantes que pasan por ahí.

—Suban los pantalones hasta la cintura—ordena a otro.

—Átense los zapatos, si no, voy a reportarlos y sacarlos—dice con voz estresada, finalmente dejando que sus frustraciones estallen.

Dos manos desde atrás cubren su rostro de repente.

—Sorpresa—susurra Victoria.

Samuels-Ortiz se da vuelta rápidamente y suelta un grito ahogado involuntario. Abraza emocionada a su amiga y protegida. Al mismo tiempo, ve a Erasmus de pie allí incómodamente, observando su largo abrazo. Sus ojos se abren de par en par.

Erasmus sigue en shock por el saludo efusivo que Victoria le dedica mientras las palabras salen de su boca.

—Lo encontré, Becca. Bueno, en realidad, Sarah lo hizo—explica Victoria.

—¿Eres Erasmus?—pregunta Samuels-Ortiz con incredulidad.

—El único—responde él mientras Samuels-Ortiz, con entusiasmo desbordante, extiende los brazos para darle una cálida bienvenida y abrazarlo con fuerza.

—¡Oh, Dios mío…! Qué bendecidos y afortunados son. La vida los encontró a los dos, o mejor dicho, el verdadero Amor los volvió a unir—enuncia Samuels-Ortiz.

Mientras la anfitriona mantiene su abrazo con Erasmus, suelta:

—Ella nunca dejó de amarte.

—Becca, él me esperó todos esos años—interviene Victoria.

Te recuerdo que fui yo quien huyó.

Al principio, la expresión facial de Samuels-Ortiz se suaviza, seguida por una mirada cariñosa y amorosa.

—Por favor, perdona mis payasadas, Erasmus. Tiendo a ser sobreprotectora con Victoria. Subconscientemente, mi instinto te veía de una forma muy diferente—comenta Samuels-Ortiz.

—¿El doctor de la mente, tal vez?—interrumpe Samuels-Ortiz con una sonrisa traviesa, incapaz de controlarse.

—¡Becca! —se queja Victoria sorprendida.

—Bueno, no puedes culparme por intentar con tanto empeño evitar que tu mala karma con los hombres se repita —añade Samuels-Ortiz.

—Bueno, aquí estamos, después de todo. Quiero que conozcas a mi erudito británico.

—¿Erudito? … interesante —piensa en voz alta Samuels-Ortiz.

—Es un verdadero placer, señora Samuels. Siempre estaré en deuda con usted. Gracias de todo corazón por cuidar tan bien de mi preciosa dama —dice Erasmus con modestia.

—No fue nada. Fue un placer. Victoria merece eso y mucho más porque es un ángel de bondad —sigue intentando elogiar a su pupila la señora Samuels-Ortiz. —Pero quiero saber más sobre el príncipe valiente que robó el corazón de mi amiga. Cuéntame sobre ti, Erasmus.

Siendo muy consciente de las costumbres y tradiciones de su herencia, Victoria sabe que es demasiado pronto para que Erasmus se abra a una extraña. Interviniendo antes de que la cortesía británica y la timidez creen una mala impresión, ella interrumpe:

—Él enseña en una universidad de Nueva Inglaterra. También es escritor.

—Fascinante. ¿Qué enseña Erasmus? —pregunta la vieja bibliotecaria, su curiosidad despertada.

—Poesía—responde Victoria con una sonrisa sutil.

—¿Y qué escribe él?

—Principalmente ciencia ficción—añade ella.

—¿Publicado? —insiste Rebecca.

—Tres millones de libros de ciencia ficción y educativos vendidos—anuncia Victoria con orgullo.

Los ojos de Rebecca se abren asombrados.

—Eso es muy impresionante. Un momento. Erasmus, ¿cuál es tu apellido? —Una repentina realización le llega. —¡Oh! Claro … eres Erasmus Cromwell-Smith. ¡Te conozco! ¡He leído todos tus libros! ¡Consecuentemente, Victoria, te tenía aquí en la biblioteca todo el tiempo, ¡a un paso de distancia! —exclama, sus palabras saliendo emocionadamente.

Victoria se ríe ante el entusiasmo de su amiga.

—Sabes, Becca, gracias a su influencia en mí desde el principio, solo me gusta leer poesía. Y nunca ha publicado sus poemas—añade con una mirada traviesa a Erasmus.

Rebecca inclina la cabeza, asombrada.

—¿Y cómo pude no haber sabido que eres... el Erasmus? —Leí tus libros a lo largo de los años, pero nunca los conecté—admite, su tono mezclando asombro y diversión.

Victoria aprovecha el momento.

—Querido, ¿por qué nunca has publicado ninguno de tus poemas? —pregunta, su curiosidad deslizándose hacia la intrusión.

Tomado por sorpresa, Erasmus duda antes de responder. Su mirada se suaviza mientras reflexiona.

—Supongo que la respuesta más simple es que la gran mayoría de los poemas, si no todos, los que he escrito son privados—admite. —Dedicados a ti o a nosotros—continúa, su voz transmitiendo una profunda emoción que toca visiblemente a Victoria.

—◆—

Hyatt Hotel, Centro de St. Louis
Más tarde ese día

Mientras se preparan para separarse tras un delicioso brunch en el elegante Hyatt Hotel en el centro de St. Louis, la señora Samuels-Ortiz sorprende a la pareja con un regalo inesperado.

—Tengo una copia de un antiguo escrito para ambos. Es mi regalo de bodas—declara, su tono reverente. —Es una pieza valiosa de escritura que atesoro y revisito constantemente. Habla sobre la inquietud y la curiosidad. Es extraordinario cómo ambos se mantuvieron inquietos debido al amor verdadero no correspondido, nunca dispuestos a conformarse con menos, con la conveniencia o el confort. Al final, la vida les recompensa por su perseverancia—añade con una sonrisa que tiene tanto sabiduría como calidez.

Rebecca luego da un paso atrás momentáneamente, caminando hacia sus sagrados terrenos de conocimiento, que está a solo un corto paseo. Cuando regresa, les entrega un manuscrito cuidadosamente preservado.

—Rezo para que esta pieza sea tan útil en sus vidas como lo ha sido en la mía—dice, su voz cargada de sinceridad.

Mientras se abrazan en un emotivo abrazo grupal, Rebecca se acerca a Victoria y susurra:

—Gracias por traerlo aquí.

—Supongo que la respuesta más simple es que la gran mayoría de los poemas, si no todos, los que he escrito son privados, dedicados a ti o a nosotros—revela Erasmus después de una breve pausa reflexiva, su voz cargada de emoción profunda que resuena en Victoria.

— ✤ —

Royal Cambridge Scholastic Institute, 2019
(Casa de Erasmus y Victoria– Dos días después)

Antes de abrir el regalo de la señora Samuels-Ortiz, Erasmus sugiere:

—Lo mejor sería leerlo en clase. Siento que es apropiado compartirlo con mis estudiantes, dada su esencia, —a lo que Victoria acepta de inmediato. Juntos, preparan el escenario para lo que promete ser un evento memorable y significativo.

—Estoy segura de que leerlo revelará una historia maravillosa—murmura Victoria, su voz suave pero llena de anticipación.

—⁂—

Royal Cambridge Scholastic Institute, 2019
(Caminos del campus)

Victoria y el Profesor Cromwell-Smith pasean por las calles desiertas del campus, sus manos entrelazadas en un reconfortante agarre. El aire tranquilo de la tarde los rodea mientras saborean el momento, reflexionando sobre su viaje de fin de semana a St. Louis. La visita a la "chaleco salvavidas" de Victoria—como Erasmus cariñosamente llama a Rebecca Samuels-Ortiz—perdura en sus pensamientos, llenándolos de calidez y gratitud.

Su paseo es tranquilo, un tiempo para disfrutar de la serenidad de la presencia del otro. Con cada paso, recuerdan fragmentos de conversaciones, la alegría de reconectar con una querida amiga y el profundo regalo que les fue otorgado.

A medida que se acercan a las majestuosas puertas del edificio de facultad, Victoria aprieta suavemente la mano de Erasmus. El simple gesto habla por sí mismo, anclándolo en la importancia de la tarea que tienen por delante.

—Hazla sentir orgullosa, querido—murmura suavemente, su voz cargada tanto de ánimo como de afecto, refiriéndose a la bibliotecaria cuya sabiduría y fe fueron tan decisivas.

Erasmus asiente, una sonrisa se extiende por su rostro, reafirmando su determinación en silencio. El momento de tranquilidad se desvanece mientras se preparan para entrar, y la habitual energía de anticipación llena el aire del aula. Su llegada marca el final de una breve pero significativa pausa y el comienzo de un nuevo capítulo en la clase, donde se revelará el regalo de Rebecca.

—Buenos días a todos—anuncia Erasmus, su voz resonando cálidamente a través del auditorio mientras él y Victoria entran.

—Buenos días, profesor—responden los estudiantes al unísono, su energía iluminando la sala.

—Victoria se une a nosotros hoy por una razón especial—comienza, su tono cargado de anticipación. —Este fin de semana tuvimos el privilegio de visitar a una amiga de toda la vida de ella, Rebecca Samuels-Ortiz, la bibliotecaria jefa de la biblioteca pública de St. Louis, Missouri. Durante la mayor parte de la última década, no solo ha sido una confidente de confianza, sino también una coach de vida y mentora para Victoria. Hace una pausa para crear el efecto adecuado, la sala se queda en silencio mientras los estudiantes sienten la importancia del momento.

—Podría decirse —continúa, una sonrisa cariñosa tocando sus labios —que ella es una de las principales razones por las que Victoria y yo encontramos el camino de regreso el uno al otro después de todos estos años. Al despedirnos, la señora Samuels-Ortiz nos obsequió algo extraordinario: un antiguo escrito, uno que ella atesora profundamente y considera su pieza de sabiduría más valiosa. Es su regalo de bodas para nosotros.

Un murmullo de interés recorre la sala.

—Victoria y yo decidimos que no lo abriríamos ni leeríamos hasta estar aquí, en clase, con todos ustedes. La señora Samuels-Ortiz cree que esta pieza habla de dos virtudes que ella ve en nosotros: la inquietud y la curiosidad.

Con reverencia, Erasmus despliega el documento, cuya antigüedad y carácter son inconfundibles incluso a distancia.

—Comienza así…—declara, su voz impregnada de gravedad y emoción, mientras se prepara para revelar las palabras atesoradas por primera vez ante una audiencia.

El caso del niño curioso y el mago inquieto

Lleva una capa azul adornada con estrellas plateadas, que cubre su abrigo de un azul eléctrico. Su chistera se inclina ligeramente hacia la derecha, y en su mano sostiene con ligereza una varita mágica negra con puntas plateadas.

Durante más de una hora, el mago ha desafiado la gravedad, ha desconcertado los sentidos y ha hipnotizado a su público. Ha leído mentes, ha partido cuerpos en dos—o eso parece—, ha hecho desaparecer y reaparecer personas en lugares imposibles. La audiencia ha jadeado, aplaudido y se ha quedado sin aliento.

El clímax llega con el gran final: el mago se eleva en el aire y desaparece en medio de una deslumbrante explosión de fuegos artificiales que chisporrotean y caen en cascada a su alrededor. Momentos después, reaparece—primero en un balcón lejano, luego en otro—hasta regresar al escenario principal para saludar y agradecer a la multitud eufórica.

Al concluir su acto y retirarse tras bambalinas, un niño curioso se acerca, sus ojos abiertos de par en par, llenos de asombro.

—¿Es magia o fantasía? —pregunta con entusiasmo, su voz inocente suave, pero cargada de genuina curiosidad.

El mago, agotado por la actuación, alza una ceja, momentáneamente sorprendido. Su escepticismo se refleja en el leve movimiento de sus labios.

—Es ambas cosas —responde el mago inquieto, su voz impregnada de travesura, aún envuelto en la euforia del espectáculo.

—Si es una, no puede ser la otra —insiste el niño, su tono firme, sin dejarse intimidar por la respuesta enigmática del mago.

El mago se detiene, evaluando la seriedad del pequeño. Sonríe con ironía, pero algo en la mirada inquebrantable del niño despierta en él un interés más profundo.

—¿Por qué? —pregunta, menos impaciente, más curioso esta vez.

—Porque o es real o no lo es —declara el niño con seguridad, acercándose un paso más, su rostro reflejando una curiosidad pura e inocente.

El mago suspira, baja la varita y se inclina ligeramente hacia adelante, sus ojos entrecerrándose en contemplación.

—La magia y la fantasía no son lo mismo —comienza, su voz reflexiva pero teñida de cansancio—. La fantasía es una creación de la mente, mientras que la magia es algo que sucede ante tus propios ojos. Todo depende de la percepción.

Los ojos del niño brillan con más preguntas, y sigue insistiendo con voz inocente:

—Entonces, ¿ninguna es real?

—Para algunos, sí —responde el mago en voz baja, desviando la mirada. Su mente comienza a cambiar a medida que reflexiona sobre la inocencia del niño—. Pero para otros, ambas son reales, y todo reside en los ojos del observador.

El niño lo observa, boquiabierto, sumido en sus pensamientos. Se rasca la cabeza, desconcertado.

—Pero ¿cómo puede ser real una fantasía? —pregunta, su confusión evidente.

El mago se agacha hasta quedar a la altura del niño, su rostro cansado suavizándose por un instante. Extrae un papel doblado de su chistera y lo despliega con cuidado.

—La realidad comienza con lo que soñamos. Este viejo escrito lo explica mejor: el espíritu inquieto.

Comienza a leer en voz alta, su tono firme y solemne:

El espíritu inquieto

El espíritu inquieto posee
una picazón por vivir,
un impulso por buscar,
una necesidad de explorar,
un imperativo de descubrir.

El alma inquieta elige qué perseguir.
El virus de la inquietud,
la raíz de esa picazón,
mantiene los motores de la vida
constantemente activos:
es la curiosidad.

La curiosidad es una condición
de indagación espontánea,
un ansia visceral
por aprender y explorar cosas nuevas.

La curiosidad y la inquietud
son actitudes humanas
que invariablemente conducen
a la creación de ideas
sobre cosas
que aún no existen.

La totalidad de la civilización y el progreso humano
se derivan de ideas,
al principio descartadas por otros
como meras fantasías dentro de la imaginación,
pero genuinas
para quienes las soñaron.

La magia y la fantasía
son el mismo tipo de realidad,
pero primero debemos soñarlas.
Estos tipos de soñadores son poco comunes,
pues todos poseen espíritus inquietos y curiosos,
llenos de magia y fantasía,
realidades deliberadamente distorsionadas,
esperando ser creadas.

*

El mago dobla el papel con cuidado y lo guarda nuevamente en su chistera. Se endereza, sus ojos suavizados con una mezcla de admiración y una humildad recién descubierta.

—Magia, fantasía y realidad... son hilos de un mismo tapiz —dice, su voz ahora más amable, cargada con el peso de sus reflexiones anteriores—. Tu espíritu inquieto te ayudará a tejerlos en algo único y propio.

El niño asiente lentamente, absorbiendo las palabras del mago.

—Gracias, señor ilusionista. Muchas gracias —susurra, su voz llena de asombro.

El mago inclina su chistera ladeada, hace un último gesto de despedida y, con un giro ágil, desaparece entre la multitud, dejando al niño allí, con los ojos abiertos de par en par y la mente iluminada por la maravilla.

La chispa de un espíritu inquieto ha sido encendida. El niño sonríe para sí mismo, sus pensamientos ahora tan mágicos como el mundo que lo rodea.

— ✦ —

Royal Cambridge Scholastic Institute, 2019
(Auditorio universitario)

Cuando el profesor Cromwell-Smith termina de leer, su voz queda suspendida en el aire del auditorio, en un silencio cargado de contemplación. Los estudiantes permanecen inmóviles, sus ojos reflejando una mezcla de asombro y reflexión. Él los observa con solemnidad, permitiendo que sus palabras se asienten en sus mentes.

—Victoria y yo éramos inquietos en lo que respecta a nuestras vidas amorosas. A pesar del paso del tiempo, nunca nos alejamos de nuestras creencias ni de nuestros sentimientos. Finalmente, nos reencontramos porque ninguno de los dos estaba dispuesto a conformarse con menos, —declara, sus ojos llenos de anhelo encontrándose con los de ella.

—La sesión queda abierta a preguntas, —anuncia el profesor con un tono cálido.

David es estudiante de último año de Literatura Inglesa, especializado en realismo mágico y simbolismo en la literatura moderna. Le encanta debatir sobre la interacción entre la realidad y la fantasía, especialmente cómo los autores desdibujan estos límites para profundizar en sus temas.

—Profesor, en el poema, el mago dice que "la magia, la fantasía y la realidad son hilos de un mismo tapiz". Esta idea parece sugerir que los límites entre estos elementos son fluidos. ¿Cree que el poema sostiene que la imaginación y la fantasía son esenciales para entender el mundo, incluso en el ámbito de las experiencias reales?

—Esa es una gran interpretación, David. El poema resalta que la imaginación y la fantasía son más que simples escapes; son fundamentales para procesar y comprender el mundo. La afirmación del mago sobre la naturaleza entrelazada de la magia, la fantasía y la realidad sugiere que sin nuestra capacidad de imaginar, de soñar, no tendríamos el impulso de avanzar ni de encontrar sentido en nuestras vidas. La fantasía, aunque a menudo se desestima como irrealista, nos ayuda a ver posibilidades que de otro modo podríamos pasar por alto. El acto de crear nuestras propias fantasías es, en sí mismo, una herramienta para navegar por la realidad.

Rachel es estudiante de tercer año de Filosofía, con interés en la epistemología y la filosofía de la percepción. Le gusta analizar cómo las personas forman creencias sobre el mundo y cómo estas pueden ser moldeadas por influencias externas.

—Profesor, el niño en el poema desafía la visión del mago sobre la realidad y la fantasía. Insiste en que, si algo es real, no puede ser fantasía, lo que parece un pensamiento profundamente lógico. ¿Cree que el poema está comentando cómo la visión más lógica y directa de los niños sobre el mundo contrasta con las formas más complejas y matizadas en que los adultos interpretan la realidad?

—Sí, Rachel, ese es un punto muy perspicaz. Los niños suelen ver el mundo a través de un prisma de simplicidad y claridad, donde algo es o no es real, como sugiere el niño en el poema. Esto contrasta con la forma en que los adultos complicamos nuestra comprensión del mundo, dependiendo de conceptos abstractos y múltiples perspectivas para dar sentido a nuestra existencia. La claridad del niño es un recordatorio importante de que también hay sabiduría en la simplicidad. El poema sugiere que quizás deberíamos, de vez en cuando, adoptar una visión más sencilla y abierta del mundo, una en la que la fantasía y la realidad puedan coexistir sin la necesidad de límites rígidos.

Samantha es estudiante de segundo año de Psicología y está interesada en el desarrollo cognitivo y la psicología de la creatividad. Analiza cómo las personas utilizan la imaginación en su vida diaria y cómo esta influye en su capacidad de resolver problemas.

—Profesor, en el poema, el espíritu inquieto es descrito como alguien con "un ansia de vivir" y "una necesidad de explorar". Desde un punto de vista psicológico, ¿cree que la inquietud es una parte necesaria de la creatividad? ¿Podemos considerar esta necesidad de búsqueda y exploración como un elemento central del deseo humano de crear?

—Absolutamente, Samantha. En psicología, la inquietud suele indicar un impulso de búsqueda de nuevas experiencias, lo cual está íntimamente ligado a la creatividad. La "picazón por vivir" en el poema refleja una motivación profunda, lo que solemos llamar impulso intrínseco. Es precisamente esta inquietud constante, este deseo de explorar y comprender, lo que alimenta los procesos creativos. Sin esa curiosidad inquieta, no existiría el impulso de ir más allá de los límites, de crear algo nuevo. La creatividad florece cuando nos cuestionamos constantemente y exploramos lo que es posible. El poema, en cierto modo, celebra este espíritu, mostrando que es a través de nuestra curiosidad inquieta que desbloqueamos el potencial de la magia y la transformación, tanto en la fantasía como en la realidad.

Thomas es estudiante de último año de Sociología, especializado en los constructos sociales de la realidad y las implicaciones culturales de la magia y la fantasía en la vida moderna. Le interesa cómo diferentes culturas interpretan el concepto de la magia.

—Profesor, el poema menciona que "la fantasía y la magia son el mismo tipo de realidad". Dado el modo en que las sociedades perciben la realidad, ¿cree que la magia y la fantasía tienen más que ver con interpretaciones culturales de la realidad que con una verdad objetiva? ¿Es posible que la fantasía sea más real de lo que pensamos?

—Esa es una pregunta fascinante, Thomas. La idea de que "la fantasía y la magia son el mismo tipo de realidad" sugiere que la realidad no es tan fija ni absoluta como solemos creer. Diferentes culturas y comunidades interpretan la realidad desde sus propias perspectivas, influenciadas por sus creencias, su historia y sus experiencias. Lo que para algunos parece fantasía o magia, para otros es una parte profundamente arraigada de su realidad. En este sentido, la fantasía puede ser tan "real" como lo que percibimos como concreto, porque cumple una función en la forma en que las personas navegan por el mundo. Sirve como herramienta para explicar lo inexplicable, trascender lo mundano e inspirar creatividad y transformación. La línea entre lo que consideramos realidad y fantasía suele ser más delgada de lo que pensamos.

Jennifer es estudiante de primer año de Literatura Comparada, especializada en la estructura narrativa y las tradiciones literarias en distintas culturas. Le fascina cómo las historias transmiten conceptos abstractos como la verdad, la identidad y la percepción del yo.

—Profesor, en el poema, el mago finalmente dice que "el espíritu inquieto te ayudará a tejerlos en algo único y propio". ¿Cree que el poema sugiere que, al aceptar tanto la fantasía como la realidad en nuestro interior, tenemos la capacidad de moldear nuestra propia identidad? ¿Cómo contribuye el espíritu inquieto a este proceso?

—Esa es una observación profunda, Jennifer. El espíritu inquieto, tal como se describe en el poema, es una metáfora del impulso que todos tenemos de encontrar sentido y moldear nuestras identidades. Al aceptar tanto la fantasía como la realidad dentro de nosotros, podemos liberarnos de las definiciones preestablecidas sobre quiénes somos. El espíritu inquieto nos reta a buscar nuestras propias narrativas, a combinar lo onírico con lo práctico y a construir algo que sea genuinamente nuestro. En cierto modo, nuestra capacidad de definir nuestra identidad surge de la disposición a explorar todas las facetas de nuestro ser—nuestros deseos, miedos, sueños y ambiciones—y entrelazarlas en un relato personal en constante evolución. El espíritu inquieto nos da el poder de redefinirnos de maneras auténticas y transformadoras.

—Eso es todo por hoy. Nos vemos la próxima semana —dice el profesor con una voz tranquila mientras él y Victoria salen del auditorio, sus manos entrelazadas, sus rostros irradiando pura felicidad.

Al salir, el profesor Cromwell-Smith percibe la atmósfera del aula. Los estudiantes están visiblemente afectados, su inquietud palpable mientras reflexionan sobre cómo la lección del día podría moldear sus propias vidas, tal como lo hizo con Erasmus y Victoria. La curiosidad flota en el aire mientras se preguntan cómo pueden cultivar estas actitudes en sí mismos.

—Hoy, mi conclusión es que un toque de magia y fantasía es esencial para que el espíritu inquieto y curioso pueda volar como una cometa a lo largo de la vida —comenta un estudiante en voz alta, resumiendo el pensamiento colectivo del grupo.

"Misión cumplida", piensa el profesor con una sonrisa satisfecha mientras se adentra en la luz del sol.

Sin embargo, su felicidad es interrumpida por la realidad.

—Erasmus —dice Victoria entre risas, con los ojos chispeantes—, ¿no dejamos nuestras bicicletas en casa?

Compartiendo una carcajada, emprenden el camino a pie, aún tomados de la mano, con el espíritu en alto a pesar del pequeño inconveniente.

Capítulo 13

La convergencia

Royal Cambridge Scholastic Institute, 2019
(Tarde de domingo)

Un almuerzo familiar está programado para el mediodía, y los tres hijos de Victoria están por llegar. Sarah llega temprano para compartir con Erasmus y Victoria algunos detalles sobre su vida y cómo conoció a su novio.

—Mamá, como es mi costumbre, aquella mañana salí temprano de mi estudio y, apresurada, entré en la cafetería de la esquina. Fue entonces cuando lo vi por primera vez —explica Sarah.

Erasmus parece estar leyendo el periódico, pero en realidad no lo está haciendo. Está escuchando cada palabra que pronuncia la hija menor de Victoria.

—Por alguna razón, lo primero que me llamó la atención de él fue su voz. Estaba haciendo fila y oí un monólogo profundo y perfectamente modulado. Me giré y vi a un hombre vestido con ropa de correr dictando algo a una tableta —continúa Sarah.

Victoria sabe que Erasmus está prestando atención, aunque finja lo contrario.

—Gafas de montura marrón, cejas pobladas, nariz helénica, mandíbula fuerte, cabello castaño recortado y ojos azul verdoso. Estaba concentrado en su tarea, completamente ajeno a su entorno —describe Sarah.

Erasmus se sienta junto a Victoria, cuyas soñadoras pupilas se encuentran con las suyas. Él sonríe con complicidad.

—Luego vi sus manos, mamá, fuertes y con venas marcadas. Irradiaba una energía increíble. Se movió ligeramente y, al llevar pantalones cortos de correr, sus piernas quedaron al descubierto.

En ese punto, la atracción era tan intensa que no podía apartar la vista de él, así que miré de reojo, haciendo lo posible por disimular —relata Sarah.

Erasmus y Victoria beben su té, captando cada palabra desde su lugar privilegiado en primera fila. Sus rostros están absortos, ansiosos por conocer cada detalle de ese momento memorable.

—De repente, levantó la mirada como si sintiera mi presencia. Me quedé paralizada, incapaz de moverme. Nuestras miradas se sostuvieron. Reuniendo valor, me acerqué con las piernas temblorosas y me presenté, algo que jamás había iniciado con un hombre. En resumen, descubrí que tiene 27 años, es soltero, escritor y deportista de resistencia. Le solté mi currículo en un par de frases. Y entonces ocurrió la magia. Nos dimos cuenta de que compartíamos una afinidad por los mismos lugares, la misma música, las mismas películas, etc. Tened en cuenta que todo esto sucedió en apenas 30 minutos. En un momento dado, mi lado hablador tomó el control y mi lengua empezó a soltar palabras sin filtro. La atracción entre nosotros crecía de forma incontrolable. Lo que ocurrió después fue inesperado pero extraordinario. Me invadió una curiosidad salvaje, un impulso irreprimible de proclamar mi felicidad al mundo, y se tradujo en una pregunta inspirada que dio paso a un intercambio épico e inolvidable.

—Todo ocurrió así…

— ✦ —

Cafetería
(a la vuelta de la esquina del dormitorio de Sarah)

—¿Quién eres? —pregunta ella, con la voz contenida, como si estuviera en trance. Ambos jóvenes se observan fijamente, sus miradas perdidas en el vacío.

—Eugene Laureau —responde él, extendiendo su mano para cubrir la de ella, como si quisiera protegerla.

—Sarah Emerson-Lloyd —contesta ella, usando el apellido de su madre, una costumbre que adoptó desde la muerte de su padre. Su mano permanece bajo la de él sin resistencia, como si siempre hubiera pertenecido allí.

—Soy escritor —añade él.

—¿Francés? —indaga ella.

—Francocanadiense.

—Estoy en mi último año de universidad, pero aún no he decidido mi especialidad. Me inclino por la literatura inglesa y la poesía —comparte ella enigmáticamente.

—No pareces una escritora —suelta ella sin filtro.

—¿Y cómo parezco, entonces? —pregunta él, divertido, con una leve sonrisa en los labios.

—Pareces un hombre de exteriores o un atleta —responde ella, mordiendo su labio. Lo que no dice, pero siente intensamente, es que lo encuentra deslumbrante. Apenas puede contenerse.

—Soy ambas cosas —responde él, sintiendo el magnetismo que los une.

—Vamos, salgamos a caminar —sugiere él, levantándose y tirando suavemente de su mano.

Los jóvenes comienzan su paseo, sus manos entrelazadas. Durante las siguientes horas, hablan sin cesar. Juntos se sienten cómodos, como si lo hubieran hecho toda la vida. El tiempo parece suspendido y el mundo desaparece a su alrededor.

A lo largo del camino, el temperamento fogoso de ella enciende debates juguetones. Se desafían y provocan, sus diálogos están cargados de intensidad, pero nunca de hostilidad. Es como si cada interacción rozara el borde de una batalla o una crisis, aunque en el fondo todo es un juego: una fascinante danza de voluntades.

Eugene saborea su chispa y su ímpetu, apreciándola por lo que es. Se deja llevar, mentalmente estimulado y cada vez más cautivado por su vibrante energía.

Ático de Eugene Laureau, Boston, 2019
(Un par de meses después)

Después de una cena a la luz de las velas que él ha preparado con esmero, Sarah se sienta en la sala, relajada, admirando la impresionante vista de su querida ciudad y su sinuoso río. Su idilio platónico se desliza entre intensos destellos de pasión y las tensiones saludables que la vibrante personalidad de la señorita Emerson-Lloyd desata. La actitud relajada de Eugene ha sido completamente conquistada por la joven de rizos rubios. No hay nada que él pueda hacer para resistirse a su magnetismo.

—Eugene, si no me muestras algunos de tus escritos, no me iré esta noche —declara ella con un tono desafiante, intentando provocar una de sus deliciosas confrontaciones.

Él finge no escucharla, mostrándose indiferente mientras limpia meticulosamente los platos de la cena francesa que ha cocinado y servido.

—¡Eso es todo! —exclama ella, lanzándose hacia su estudio.

Sobresaltado, Eugene deja sus quehaceres y corre tras ella. Chocan juguetonamente en la entrada del estudio y caen juntos sobre la alfombra mullida. Cualquier otra noche, este encuentro habría conducido naturalmente a un apasionado acto de amor. Pero esta noche, la determinación de Sarah lo detiene todo.

—¡Eugene Laureau, enséñamelos! —demanda ella, sonriendo con picardía mientras siguen enredados en el suelo.

—Está bien.

—¿Qué? No me lo creo. ¡Es un milagro! ¡Por fin! —exclama ella, su rostro iluminado por la emoción, mientras se desenredan.

Él ríe con fuerza, gateando hacia su escritorio. Entre papeles dispersos, encuentra un manuscrito que descansa sobre la mesa.

Acomodándose lado a lado en el suelo, Eugene hojea las páginas hasta dar con lo que busca. Con el amor brillando en su mirada, comienza a leerle, por primera vez, su obra más preciada…

De la mano del escribidor

De la mano del escritor brota su espíritu y su alma.
Las palabras traducen su más profundo sentir.

La inspiración es espontánea y surge
porque el espíritu está lleno y el alma tranquila.
Las sensaciones y las imágenes cobran forma
y las ideas se vuelven palabras.

Y cuando de amor se trata,
solo el corazón rige,
y el espíritu y el alma lo siguen.
Cuando de la mano del escritor palabras de amor salen,
están llenas de fuego y ternura a la vez.
Es difícil y sencillo escribir de amor.

Es exclusivo encontrar ese punto mágico de inspiración,
pero cuando se logra,
todas las palabras se escriben rápidamente.
Y la belleza del sentir resplandece por
sí sola.

Y las palabras cobran vida,
y las palabras ganan fuerza,
arrastradas por el amor.

De la mano del escritor brota su espíritu y su alma.
Y cuando hay amor,
a estos los rige únicamente su corazón.

*

La voz de Eugene se apaga suavemente al finalizar. Sarah se queda en silencio, dejando que la profunda belleza de sus palabras resuene dentro de ella. No habla, solo apoya la cabeza en su hombro, saboreando el momento—una experiencia compartida de vulnerabilidad, creatividad y conexión.

Los ojos de Sarah se agrandan, brillando de emoción. Gracias a la clase que tomó con Erasmus, se siente completamente en su elemento en este mundo de poesía y prosa. Está cautivada, su corazón atrapado sin remedio por el arte de Eugene, aunque él todavía no lo percibe.

—¿Por qué escondes de mí una prosa tan hermosa? —pregunta, su voz temblando de emoción.

—No lo sé—admite Eugene, buscando en su mirada una respuesta que tampoco él entiende del todo.

—Supongo que no estaba listo hasta esta noche. Y ahora… simplemente se siente como el momento adecuado.

—Has escrito tanto de ti en estas palabras. ¿Nunca te preocupa que tal vez no sean suficientes para expresar todo lo que sientes?

Eugene, tomado por sorpresa, titubea antes de responder. —No lo sé. Quizás nunca lo sean. Pero ¿qué otra cosa queda por hacer? Escribir y esperar.

Sarah reflexiona más profundamente, su voz apenas un susurro.

—Es la esperanza en tus palabras lo que más me llega, Eugene. Te permites sentir, y al hacerlo, me haces sentir a mí también.

Sus emociones giran incontrolablemente, una mezcla de euforia y asombro.

—Quiero más—exige Sarah, su tono juguetón disfrazando la intensidad de su deseo.

—Muy bien, mi impetuosa dama—bromea Eugene con dulzura, sacando otra página de su manuscrito.

Qué bendición tan maravillosa es el estar juntos

¿Quién escribió el guion de esta película?
¿O acaso se ha tejido simplemente con nuestro tiempo
compartido?
¿O quizás somos nosotros sus productores y directores?

¿Y qué hay del público?
¿Podría ser que todo estaba predestinado,
escrito más allá de nuestra comprensión?

¿Ha estado siempre ahí, esperando,
guiándonos por un sendero luminoso,
donde la Felicidad se multiplica cada día?

Un sendero de amor a lo largo de la vida,
donde el suelo firme se forma bajo nuestros pies,
un escudo protector que nos lleva
a través de los desafíos,
resguardándonos del daño.

Una lente mágica que revela los mejores ángulos de la vida,
permitiéndonos destilar, gota a gota,
lo mejor que tiene para ofrecer.

Un camino generoso que nos lleva a los demás,
flanqueado de bondad y salpicado de flores,
embellecido aún más por nuestro paso.

Una alfombra mágica en la que habitamos,
transportándonos a donde la imaginación nos guíe.
Este guion, nuestro guion,
está escrito con tinta densa e indeleble,

trazada en el éxtasis
de dos almas fundidas en una.

Dos almas eternamente agradecidas por cada instante fugaz,
sabiendo que su belleza es efímera.

Un guion impregnado de Amor,
rebosante de fuerza y pasión,
ternura y devoción incondicional,
pilares de nuestra Felicidad.

Es el guion de la historia más hermosa jamás escrita,
un testamento de la extraordinaria bendición
de tú y yo,
juntos, por siempre.

*

La respiración de Sarah se entrecorta cuando las últimas palabras dejan los labios de Eugene. Sus emociones giran sin control, en un torbellino de asombro y alegría.

—Esto me recuerda al amor verdadero y eterno de mi madre —dice al fin, su voz apenas un susurro—. Tus escritos son tan hermosos como los suyos —añade con un destello travieso en los ojos—, aunque él es mucho más ingenioso e inteligente.

Su sonrisa juguetona y pícara, acompañada de un guiño malicioso, aligera la intensidad del momento, permitiéndole desviar la carga abrumadora de sus sentimientos. Eugene ríe suavemente, con los ojos brillando de admiración.

—Bueno, lo tomaré como un cumplido —responde, atrayéndola hacia él una vez más.

Y así, en el resplandor apacible de la noche, se sumergen en la magia de las palabras y en el vínculo creciente que los une.

Sarah le hace un gesto para que continúe, su silencio delatando el impacto arrollador de las similitudes que percibe, pero que aún no logra poner en palabras.

Sobre cómo el amor lo ilumina todo

Como materia,
somos finitos, puro y simple polvo,
y somos energía efímera,
pero, sobre todo,
somos el milagro de Dios.

Como razón,
somos conciencia, pensamientos e imaginación,
y en nuestras mentes,
el mundo es ideas y sombras.

Como Espíritu,
somos almas enamoradas,
y nuestros espíritus iluminan el camino de la vida,
brindándonos significado y propósito,
y permitiéndonos viajar lejos
en el trayecto de la existencia.

De la Materia y la Razón,
solo el Espíritu trasciende lo infinito,
y el Alma es su motor.

La Fe es la luz que emana del Alma,
y la luz entre todos los hombres
nace del Espíritu,
y eso es el Amor.

*

—Sarah, como nosotros, este es para todas las parejas—explica Eugene, su tono impregnado de orgullo. —Lo terminé anoche.

Has estado insistiendo, persiguiéndome y presionándome sobre esto—bromea con una amplia sonrisa.

Sarah permanece inmóvil, sus sentimientos ardiendo bajo la superficie, luchando por liberarse.

—No sé qué me pasa—dice finalmente, con la voz temblorosa—. Siento esta necesidad voraz de sumergirme en tus escritos. ¿Qué hará falta, Eugene? ¿Vas a leerme más o tendré que arrebatártelos a la fuerza?

—Oh, sí, por supuesto, mi apasionada musa—responde él, sorprendido por su contención. Esperaba una erupción volcánica, pero en su lugar encuentra su compostura embriagadora. Sin demora, comienza a leer.

Cuando te escribo

Cuando te escribo,
te entrego todo de mí en esas pequeñas notas.
Cuando escribo para ti,
me rindo, quizás,
y te ofrezco lo mejor de mí.

Cuando escribo sobre ti,
intento decirte de mil maneras
cuánto te amo
y cuán profundos son mis sentimientos.

Cuando te escribo,
te ofrezco mis mejores regalos,
aquellos que no se pueden tocar,
aquellos que solo pueden sentirse.

Cuando escribo para ti,
la belleza de la vida crece a través de las palabras,
y mi corazón puede sentirse
latir como un tambor.

Cuando escribo sobre ti,
todo lo que siento se convierte en magia,
y todo te pertenece,
sin límites y sin final.

Cuando escribo para ti,
el tiempo y el espacio se detienen,
las palabras fluyen,
el Espíritu se enriquece
y el Alma sonríe de alegría.

Cuando escribo sobre ti,
el corazón se vacía de palabras,
que estallan y derraman amor en ti.

Cuando escribo sobre ti,
hay felicidad en la vida,
con un espíritu cristalino
y un alma inocente.

Siempre que te escriba
en el futuro,
sabrás y sentirás
que será siempre
la mejor y más profunda ofrenda
que puedo darte
y que jamás dejaré de darte.

*

Sarah ya no puede contenerse. Se lanza sobre Eugene en un abrazo electrizante y apasionado, sus rostros increíblemente cerca.

—Mi apuesto escritor —susurra con la voz cargada de emoción. —Has capturado todo... todo lo que he estado sintiendo, incluso antes de saber que lo sentía. Tus palabras... me hacen pensar en todo lo que podríamos ser juntos. Pero ¿y tú, Eugene? ¿Qué esperas de todo esto? Regreso a la pregunta que te hice el día que nos conocimos.

—¿De dónde has salido? ¿Dónde te habías estado escondiendo todo este tiempo? ¿Quién eres?

—Quienquiera que tu corazón desee que sea —responde Eugene con sinceridad inquebrantable.

—Pero ¿qué es lo que realmente quiere tu corazón? —insiste ella, presionándolo, con la voz temblorosa de esperanza y deseo.

—Que el tuyo sienta lo mismo que el mío —dice él, sus palabras son tanto una confesión como una súplica.

—¿Y cómo se siente el tuyo? —lo tienta ella.

—Total y desesperadamente enamorado —declara Eugene.

Las palabras quedan suspendidas entre ellos y, sin más, se funden en los brazos del otro, consumidos por una oleada de emociones compartidas y un deseo innegable.

—❖—

Casa de Victoria y Erasmus en el Campus universitario

—Mamá, desde entonces hemos sido inseparables —dice Sarah con un tono soñador—. Un perfecto desconocido bendijo mi vida cuando nos encontramos por casualidad. Es como si estuviéramos hechos el uno para el otro.

—Maravilloso, querida. Estar enamorada a tu edad es un regalo. Podrás atesorarlo el resto de una vida muy larga. Estamos deseando conocerlo pronto —responde Victoria con calidez, su rostro iluminado por una amplia sonrisa.

—¿Quién es? —interrumpe Erasmus con su característica curiosidad distraída, su pregunta más que evidente.

—Divertido, profesor hilarante —replica Sarah con una ligera confusión.

Entonces, la realización la golpea.

—Oh... su nombre es Eugene Laureau y es de ascendencia franco-canadiense. Pensé que lo mencioné cuando les conté cómo nos conocimos —explica, desconcertada.

—�֍—

Una hora más tarde en el brunch

—Eugene, permíteme presentarte a mi familia. Bueno, a una parte de ella, ya que tengo un hermanastro y una hermanastra que viven en Italia. Mi hermana mayor, Elizabeth Victoria, es la alta, sonriente y hermosamente embarazada. A su derecha, el joven imposible de guapo—aunque no más que tú—es su flamante esposo, Jordan Auguste Morse. Mi persona favorita en el mundo, mi hermano Bart, está a su izquierda, con una jungla de rizos castaños en la cabeza. Junto a él, encontrarás a mi rival en cuestiones de amor fraternal, su novia, Sofia Broomfield. Y, por supuesto, la pareja de enamorados que no se suelta ni de día ni de noche son mi madre, Victoria, y mi padrastro, el profesor Erasmus Cromwell-Smith —anuncia Sarah con un aire pomposo.

—Encantado de conocerlos a todos —dice Eugene, escaneando al grupo con aprecio.

Lo que no anticipa es lo efusiva que es la familia Emerson-Cromwell. Antes de poder decir otra palabra, se ve envuelto en un torbellino de besos y abrazos, dejándolo tanto desconcertado como cálidamente recibido.

—Eugene, ¿sabes que esta es la primera vez que Sarah trae a alguien a nuestro brunch dominical? —bromea Elizabeth Victoria con una chispa juguetona en los ojos.

—¡Ay, hermana, cállate ya! —replica Sarah, fingiendo rebeldía.

—Eugene, he oído que eres escritor —interviene Erasmus, cambiando hábilmente de tema.

—Escribo poesía bajo mi propio nombre y ciencia ficción bajo el seudónimo de Ethan Lawrence —responde Eugene con un atisbo de orgullo.

—Interesante. Hablemos después de la comida y te enseñaré algo de mi trabajo —ofrece Erasmus, con su entusiasmo académico reflejado en su mirada.

—Voy a dar la gran noticia —anuncia Bart, poniéndose de pie con seguridad—. Sofía y yo nos hemos matriculado en el programa de MBA en la London School of Economics. Nos vamos en unas semanas.

—¡Eso es fantástico! Entonces, iremos a visitarlos en verano —responde Erasmus de inmediato, con un tono alegre y alentador.

Victoria, aunque inicialmente sorprendida, se recupera rápidamente y los envuelve en un cálido abrazo.

—Estoy tan orgullosa de ustedes —dice con sinceridad, su voz teñida de sorpresa y un profundo orgullo maternal.

—¿Os vais antes de que nazca vuestro sobrino? —pregunta Elizabeth en tono acusador, aunque con picardía, aludiendo a su bebé en camino.

—No, por eso aún no tenemos una fecha fija de partida. Nos quedaremos hasta que… espera un momento, ¿ahora es oficial? ¿Es un niño? —exclama Bart, su rostro iluminándose con emoción.

Elizabeth se congela por una fracción de segundo, dándose cuenta de que ha revelado el secreto sin querer. Mira a Jordan, y la complicidad entre ambos es evidente en las sonrisas traviesas que siguen a un instante de fingida seriedad.

Victoria, siempre la exuberante matriarca, estalla de alegría. Salta y brinca, arrastrando a todos en un torbellino de abrazos y besos jubilosos. Su entusiasmo contagioso llena la habitación, haciendo sonreír a todos.

Erasmus la observa en silencio, su mente viajando al pasado, a la primera vez que la vio como bastonera en la banda de marcha de Harvard. Su sonrisa se profundiza con ternura.

—Mamá, quería preguntarte… ¿te retiras definitivamente de la enseñanza? —aventura Elizabeth, su voz con un matiz de desaprobación.

—Sí —responde Victoria con un aire de resolución—. El próximo año académico será el último para mí.

—¿Y tú, Erasmus? —interviene rápidamente Bart, curioso.

—Lo mismo. El próximo año será mi último —confirma Erasmus con un tranquilo asentimiento.

—¿Y qué harán los dos? —pregunta Sarah, con un tono ligero pero genuinamente interesada.

—Disfrutar de nuestro tiempo juntos, viajar, y Erasmus escribirá un poco más —responde Victoria con una sonrisa satisfecha, mirando a Erasmus, quien aprieta su mano con cariño.

Bart, incapaz de quedarse mucho tiempo en el sentimentalismo, cambia de tema.

—¿Vas a dejar tus locuras de aeronauta, Jordan? —pregunta, desviando la conversación hacia las aventuras del futuro padre.

Jordan duda, sosteniendo la mirada de Bart en un tenso silencio por un momento antes de soltar un suspiro resignado.

—Supongo que no me queda más remedio que parar —dice con desgana, su tono una mezcla de resignación y nostalgia.

La habitación estalla en carcajadas, el ambiente ligero reflejando el amor y la camaradería que definen a esta familia.

—— ✛ ——

Biblioteca de Victoria y Erasmus
(Después de que la familia se ha ido)

—La escritura de Eugene es fascinante. Está explorando la ciencia ficción desde una perspectiva que profundiza en las complejidades de nuestra sociedad futura —comenta Erasmus, su voz teñida de admiración.

—Parece un buen chico —responde Victoria, con un tono tranquilizador mientras acomoda una pila de libros—. ¿Qué tienes planeado para la clase de mañana, querido? —pregunta, intrigada por su próxima lección.

—Tratará sobre lo que experimentamos cada fin de semana en nuestros brunch familiares —responde Erasmus enigmáticamente, con una sonrisa que insinúa algo más.

—¿Y eso sería...? —Victoria insiste, su curiosidad aumentando.

—Convergencia —responde él, con un destello travieso en los ojos.

Mientras Erasmus y Victoria comparten sus reflexiones tras el brunch familiar, la tranquila transición a la siguiente fase del día se despliega con naturalidad. Con el peso de los descubrimientos personales aún flotando en el aire, Erasmus reúne sus pensamientos para la clase que impartirá.

Dejando atrás la calidez del hogar, la pareja se adentra en la fresca tarde, lista para volver al mundo académico. Al acercarse al auditorio de la universidad, las calles del campus parecen más serenas, marcando la diferencia entre los encuentros familiares y las actividades académicas.

La sonrisa de Erasmus se ensancha al entrar en el aula, su presencia iluminando la sala mientras se prepara para captar la atención de sus estudiantes una vez más.

—— ✦ ——

Royal Cambridge Scholastic Institute, 2019
(Auditorium de la Universidad)

El profesor Cromwell-Smith entra al auditorio con paso decidido, y su actitud alegre anima el ambiente de inmediato.

—¿Qué tal están todos hoy? —pregunta con una voz cálida.

—¡Maravilloso! —responde el alumnado con entusiasmo, una expresión colectiva de energía y entusiasmo.

—Hoy los transportaré a una época en la que comprendí por primera vez los profundos conceptos de convergencia y confluencia: cómo todo y todos en la vida estamos interconectados de maneras extraordinarias, —comienza Erasmus con una voz seria e intrigante.

—Empieza así...

—❖—

Carnegie Library, Pittsburgh, PA, 2005

—Erasmus, presta atención —comienza el señor Carnegie, su tono autoritario pero impregnado de orgullo—. Andrew Carnegie construyó esta magnífica estructura, que ahora sirve como sala de conciertos y biblioteca, a finales del siglo XIX, cuando aún era joven. No hay precedente en América de tal magnitud y generosidad, implementando un legado duradero y perdurable por un empresario tan exitoso a una edad tan temprana —declara mientras ambos cruzan las puertas del majestuoso edificio.

—Le agradezco mucho la invitación y el recorrido. No sabía que tantas de las magníficas bibliotecas públicas de Estados Unidos fueron construidas y financiadas por el señor Carnegie. Muchas de ellas siguen en pie y siguen siendo de las mejores del país —responde Erasmus, su admiración evidente.

—¿En qué puedo ayudarte, Erasmus? Fuiste tú quien pidió que nos reuniéramos —afirma el anciano anticuario escocés, cuya presencia es una rareza durante su breve visita a América.

No es para menos. Después de todo, es un pariente lejano del gran filántropo escocés-estadounidense.

—Señor, quiero comprender mejor qué se esconde detrás de la confluencia y cómo la convergencia interactúa con ella —pregunta Erasmus, su voz marcada por una genuina curiosidad.

El señor Carnegie, sereno y deliberado, comienza a caminar lentamente, sus pensamientos navegando por el vasto repositorio de conocimientos que lleva consigo. Parece buscar en su memoria el texto antiguo más adecuado para responder a la inquietud de Erasmus. Entonces, como si la inspiración lo golpeara de repente, se detiene y se dirige hacia un estrecho pasillo flanqueado por estanterías rebosantes de volúmenes envejecidos.

Minutos después, regresa sosteniendo con reverencia un libro encuadernado en cuero, de un tamaño que duplica el de un volumen convencional. Su cubierta desgastada lleva el peso del tiempo, y su mero peso sugiere la profundidad de su contenido.

—Erasmus, esto encaja perfectamente con tu curiosidad —dice el señor Carnegie, depositando el libro sobre una mesa cercana con sumo cuidado.

Con respeto y expectación, abre el voluminoso libro y comienza a leer con solemnidad.

La convergencia

La convergencia y la confluencia
son oportunidades que la vida nos brinda en el momento justo.

Cuando hay convergencia,
nos encontramos y nos congregamos,
a través de la coincidencia y la armonía
de intereses compartidos,
de caminos entrelazados
o de lazos que, de algún modo,
ya existían antes de nuestro encuentro.

De manera similar, cuando ocurre la confluencia,
por una convocatoria del destino,

buscamos la unión, la afinidad y la reconciliación.
La convergencia y la confluencia
son instantes únicos, regalos del tiempo,
oportunidades raras e irrepetibles.

Por eso,
cuando son nobles y están libres de sombra,
debemos aprovecharlas al instante,
atrapar el momento,
y jamás dejarlas escapar.

*

La voz del señor Carnegie resuena en la mente de Erasmus, la sabiduría poética del antiguo tomo que acaba de leer en voz alta reverberando con un significado profundo. Las palabras, ricas en esencia, se aferran a los pensamientos de Erasmus, asentándose como semillas listas para florecer.

Al concluir la lectura, Erasmus permanece en un silencio reflexivo, asimilando las profundas enseñanzas compartidas por el venerable anticuario. El señor Carnegie cierra con delicadeza el libro encuadernado en cuero y le dedica a Erasmus una sonrisa llena de complicidad.

—Erasmus —dice con un tono pausado y deliberado—, lo que extraigas de esto depende enteramente de tu disposición a reconocer estos momentos en tu propia vida. La convergencia y la confluencia no son meras teorías que deban ser contempladas; son llamadas a la acción, invitaciones a actuar cuando las estrellas se alinean.

—Lo comprendo, señor —responde Erasmus con sinceridad. —Su guía de hoy no será olvidada.

El señor Carnegie posa una mano firme sobre el hombro de Erasmus.

—Entonces ve y haz algo con ello, muchacho. La vida no espera a nadie.

Con esas palabras, Erasmus se levanta, agradeciendo con reverencia al señor Carnegie por su tiempo, su sabiduría y su generosidad. Al salir de la majestuosa biblioteca, el aire se siente impregnado de posibilidades, y el poeta que lleva dentro ya comienza a tejer versos con las ideas que danzan en su mente.

— ✦ —

Royal Cambridge Scholastic Institute, 2019
(Auditorio universitario)

El profesor Cromwell-Smith cierra cuidadosamente el antiguo tomo y recorre la sala con la mirada, sus ojos reflejando una profunda reflexión.

En medio del presente, los pensamientos de Erasmus viajan a un encuentro crucial ocurrido años atrás. La conversación con el señor Carnegie, en lo más profundo de la Biblioteca Carnegie, resurge en su mente. Las ideas sobre la convergencia y la confluencia siguen resonando en él mientras se prepara para compartirlas con sus estudiantes; el pasado y el presente se entrelazan en una lección de enorme trascendencia.

—Nuestra clase, en sí misma, es un claro ejemplo de convergencia —declara, su voz vibrante y reflexiva—. Deteneos un instante y meditad sobre ello. Aquí nos reunimos, unidos por una curiosidad compartida y una búsqueda común de conocimiento. Ningún individuo domina, ni nadie explota este encuentro para su propio beneficio. En su lugar, todos nos enriquecemos colectivamente gracias a este momento de convergencia.

Camina hasta el borde del estrado, su tono volviéndose más enfático.

—A partir de ahora, estad atentos a los escenarios de convergencia. Son raros, y su aparición suele conllevar un potencial inmenso. Cuando los identifiquéis, aseguraos de que tanto vosotros como aquellos con quienes convergéis los aprovechéis al máximo—siempre por las razones correctas y en busca de un bien compartido —concluye, sus palabras flotando en el aire como un eco suave.

Tras exponer la profunda importancia de la convergencia, Erasmus hace una pausa, permitiendo que sus palabras calen en la audiencia. Los estudiantes permanecen inmóviles, sus rostros reflejan pensamientos en proceso mientras asimilan el significado de su mensaje. Con un leve asentimiento, el profesor los invita a compartir sus impresiones, abriendo paso a un diálogo dinámico sobre los principios filosóficos de la conexión.

Varias manos se levantan.

Lewis es estudiante de Filosofía con un profundo interés en el existencialismo y en la naturaleza de la felicidad. Le gusta desafiar conceptos abstractos y participar en debates filosóficos.

—Profesor, en el poema *A través de la mano del escribiente*, habla del Espíritu y el Alma expresándose a través del acto de escribir, especialmente en lo que respecta al amor. ¿Cree que esto contrasta con las formas más mundanas de comunicación? ¿Es el acto de escribir en sí mismo lo que revela una verdad más profunda sobre el amor?

—Es una pregunta muy interesante, Lewis. El poema sugiere que el acto de escribir, cuando surge de una emoción profunda, transforma las simples palabras en algo mucho más trascendente. La escritura deja de ser una mera herramienta de comunicación y se convierte en un canal por el cual el Espíritu y el Alma del autor se manifiestan. Las formas cotidianas de comunicación, como la conversación casual, carecen de esa introspección y entrega emocional. En el amor, la escritura se convierte en un modo de ofrecer el corazón sin reservas, trascendiendo lo ordinario al crear algo eterno y significativo.

Carly estudia Psicología y está especialmente interesada en la intersección entre la narrativa y el bienestar emocional. Siempre busca establecer paralelismos entre los temas literarios y el crecimiento emocional en la vida real.

—Profesor, en el poema *Qué bendición tan asombrosa es estar juntos*, se sugiere que el camino de la vida es como un guion— uno lleno de alegría, bondad e incluso momentos mágicos. ¿Cree que esta idea de que nuestras vidas están "escritas" es una metáfora de cómo creamos significado, o sugiere que algunos aspectos de nuestro destino están predestinados?

—Buena pregunta, Carly. El poema emplea la metáfora de un guion para explorar cómo se desarrolla la vida. Si bien podría insinuar que ciertos momentos están predestinados, creo que el mensaje más profundo es que desempeñamos un papel activo en la escritura de nuestra historia. Somos tanto los escritores como los actores de nuestras vidas, guiados por las elecciones que hacemos, las personas que conocemos y el amor que experimentamos. La idea del guion trata más sobre la intencionalidad con la que damos forma a nuestras vidas y encontramos significado en los momentos que creamos.

Anthony es estudiante de Escritura Creativa, especializado en motivación humana e inteligencia emocional. Aporta perspectivas científicas a debates filosóficos y disfruta analizando los comportamientos de los personajes desde una óptica psicológica.

—Profesor, en *Sobre cómo el amor ilumina todo*, usted escribe sobre cómo la fe y el amor están entrelazados, iluminando nuestro camino en la vida. Desde una perspectiva psicológica, ¿cree que los beneficios emocionales del amor y la fe están estrechamente relacionados con nuestro bienestar? ¿Cómo se vincula esto con el tema del poema?

—Gran observación, Tony. Tanto el amor como la fe desempeñan un papel crucial en el bienestar psicológico. El amor nos da un sentido de conexión y pertenencia, esenciales para la salud emocional. La fe, entendida como la creencia en algo más grande que nosotros mismos, aporta propósito y estabilidad. En el poema, el amor y la fe aparecen como fuerzas entrelazadas que nos guían y dan significado a nuestra existencia. Este vínculo refleja la idea de que nuestro bienestar emocional florece cuando nos sentimos conectados con los demás y tenemos un propósito claro en la vida.

Lisa es estudiante de Sociología, interesada en las dinámicas de la felicidad y en cómo las estructuras sociales y las narrativas culturales influyen en la forma en que los individuos encuentran significado en sus vidas.

—Profesor, el poema *Cuando te escribo* refleja una ofrenda de amor profunda, casi sagrada, a través de la palabra escrita. ¿Cree que la escritura como forma de expresión puede influir en la percepción social del amor? ¿Eleva o profundiza nuestra comprensión de las relaciones?

—Excelente pregunta, Lisa. La escritura, especialmente cuando se trata de amor, puede influir en la manera en que comprendemos y percibimos las relaciones. Cuando escribimos sobre el amor, no solo plasmamos palabras en un papel; entregamos una parte de nosotros mismos. Esta vulnerabilidad puede fortalecer la conexión entre quien escribe y quien lee. A nivel social, la palabra escrita puede elevar el concepto del amor, haciéndolo tangible y permitiéndonos vislumbrar la profundidad del afecto y la devoción que, en ocasiones, son difíciles de expresar en la vida cotidiana. La escritura fomenta la introspección, y a través de esa reflexión, el amor se entiende con mayor profundidad.

Jenny estudia Historia del Arte y está intrigada por cómo las emociones se transmiten a través del arte y la narrativa. Le fascina encontrar vínculos entre la literatura y las artes visuales.

—Profesor, el poema *A través de la mano del escribiente* habla de la espontaneidad y la inspiración que emergen cuando el amor se expresa a través de la escritura. ¿Cree que esto se alinea con el proceso creativo en el arte, donde las obras más auténticas suelen surgir de manera inesperada? ¿Cómo ve este paralelismo entre la expresión artística y la palabra escrita?

—Sí, Jenny, creo que hay un paralelismo muy fuerte entre la escritura y la expresión artística en general. Así como un pintor puede comenzar una obra con una idea inicial, pero permitir que el proceso creativo la transforme en algo inesperado, un escritor también deja fluir la inspiración sin imponerle restricciones. Tanto el arte como la escritura son manifestaciones profundas de la emoción humana, y cuando nos dejamos llevar por la creatividad, el resultado suele ser más auténtico y poderoso. Ambas formas de expresión nos permiten canalizar nuestros sentimientos más intensos, y cuando abandonamos el control, la belleza surge con mayor naturalidad y fuerza.

—Esto será todo por esta semana —anuncia el profesor, su voz teñida con un matiz de cierre—. Nuestras próximas dos clases serán las últimas de este año académico.

Mientras los estudiantes comienzan a recoger sus cosas, el ambiente en la sala cambia. Las conversaciones se apagan, las miradas se prolongan. Erasmus percibe un cambio sutil pero profundo: una nueva conciencia comienza a germinar entre ellos.

Al salir del auditorio, sonríe para sí mismo.

"Misión cumplida".

Capítulo 14

Ánimo, Animus, Anima

Río Charles, Boston, 2019

La pareja enamorada camina junto a las inquietas aguas del río, mientras el viento arrecia, silbando a su alrededor. Acurrucados el uno contra el otro, sus pasos se ralentizan ante la fuerza de la ráfaga. La fresca brisa primaveral de la tarde parece fuera de lugar, más propia de un día temprano de otoño. Los caprichos del clima despiertan en Victoria una sensación extraña, desenterrando recuerdos que creía haber dejado atrás.

Al tomar una curva conocida, un escalofrío recorre su cuerpo. Aquel sendero no solo le resulta familiar, sino que está impregnado de hermosos e inolvidables recuerdos, cargados de emociones intensas. Pronto, la silueta de la residencia estudiantil emerge ante ellos. Al acercarse a la puerta, un temblor la invade y su corazón late desbocado.

—¡Sorpresa! —exclama Erasmus, llave en mano, mientras abre la puerta y la invita a entrar.

Abrumada por un torrente de evocaciones, Victoria se aferra a su brazo como si temiera desmoronarse bajo el peso de sus propias emociones.

—⁕—

El estudio de los días universitarios de Erasmus y Victoria, 2019

—Lo compré hace muchos años, poco después de que te fueras, con un préstamo que me concedió el señor Carnegie —revela Erasmus en voz baja.

—Está igual —maravilla Victoria, con la boca entreabierta. Sus ojos recorren el espacio con intensidad, su rostro iluminado por la alegría.

—Nunca toqué ni cambié nada. Tampoco lo alquilé —confiesa él.

Todo sigue tal y como lo dejaron: sus fotografías y recuerdos de interminables paseos en bicicleta, los libros apilados en cada rincón, el sillón de lectura junto a la lámpara de pie, la cama con las mismas sábanas de antaño. El tiempo parece haberse detenido; el estudio es una cápsula intacta de su amor.

—Durante años solía venir aquí. A veces, incluso pasaba la noche —admite Erasmus.

—¿No te entristecía o te hacía sentir deprimido? —pregunta Victoria, con un matiz de preocupación en su voz.

—Victoria, a veces los lugares donde hemos sido más felices en la vida quedan dispersos en nuestro pasado —comienza Erasmus, su tono reflexivo—. Suelen ser modestos, sin pretensiones, y, sin embargo, en su momento nos brindaron una alegría inmensa e irrepetible —exalta él mientras pasean por el pequeño y nostálgico espacio.

Entonces, de improviso, impulsada por la emoción, Victoria se gira y lo besa apasionadamente, envolviendo sus brazos alrededor de su cuello en un gesto propio de la icónica imagen del beso del marinero victorioso, su pierna elevándose instintivamente como si la memoria corporal guiara sus movimientos.

—Fui… fuimos totalmente felices en este pequeño y acogedor rincón, mi adorable británico —declara, con una sonrisa radiante que se extiende de oreja a oreja y una mirada chispeante, rebosante de dicha.

—¿Nos quedaremos esta noche?

—Si así lo deseas, mi dama.

En ese momento, Victoria repara en los cuadernos, y su corazón comienza a latir con fuerza.

—¿Todos los poemas de nuestro tiempo juntos siguen aquí? —pregunta retóricamente, mientras se acerca a ellos y acaricia con los dedos los lomos desgastados por el tiempo.

—¿Por qué?

—Porque este es su hogar… al menos, lo fue hasta ahora.

Victoria tiembla, luchando por contener la emoción que la embarga mientras hojea las páginas. Su respiración se vuelve más profunda, sus manos, más temblorosas, al tiempo que los recuerdos enterrados empiezan a resurgir.

—¿Recuerdas este? —pregunta, señalando un escrito en una página amarillenta.

—Fue justo después de conocernos, al inicio de nuestra relación —responde Erasmus, su voz impregnada de nostalgia.

Sin darse cuenta, sus cuerpos recuperan movimientos y gestos que llevan grabados en su memoria más profunda. Él busca su mano libre, y ambos, como si el tiempo jamás hubiera transcurrido, se acurrucan juntos en el mismo sillón de lectura donde tantas veces compartieron y vivieron aquellas palabras plasmadas en los cuadernos.

Victoria mira a Erasmus con ojos brillantes, relucientes por las lágrimas contenidas.

—Este fue tu primer poema de amor para mí, mi querido británico.

—Sí, lo fue, mi dama.

Victoria sigue pasando las páginas, hasta que se detiene en una en particular. Se miran de inmediato, con un reconocimiento súbito, como si hubieran descubierto un tesoro olvidado.

El poema oportuno parece haber estado esperando precisamente este instante para guiarlos en su reencuentro. Victoria se lleva la mano a la boca, abrumada por la emoción del recuerdo que se precipita sobre ella. Su garganta se cierra, dejándola momentáneamente sin palabras. Sin dudarlo, le entrega el cuaderno a Erasmus, sus ojos empañados rogándole en silencio que lo lea en voz alta.

Erasmus toma el cuaderno y comienza a leer con profunda emoción, saboreando cada palabra.

Comúnmente se dice que el amor es no tener ...

Se dice comúnmente que
el amor es nunca tener que pedir perdón,
ni jamás tener que disculparse.

Se ha dicho, por tanto,
que en este sentido el Amor es perfecto,
y como pertenece a dos,
es dos veces perfecto.

Pero el riesgo del Amor
sin perdón ni arrepentimiento
es que puede volverse rígido y egoísta.

Es un tipo de Amor
donde el perdón
se reemplaza por
ofuscación y reproches recurrentes.
Es un tipo de Amor
donde el arrepentimiento
se sustituye por orgullo herido,
egos ofendidos y vanidad.

Por el contrario,
amar es saber perdonar
a quien amamos.

Perdonándonos el uno al otro,
nos perdonamos a nosotros mismos.

El Amor entre dos solo funciona
cuando ambos actúan en unión en todo,
de modo que, cuando uno falla,
fallan los dos.

O tal vez,
quien ha fallado
es el otro.

Amar es lamentar juntos.
El Amor no tiene orgullo,
egoísmo,
ni lugares prohibidos o sagrados.
En el Amor solo importa
lo que se siente el uno por el otro.

En el Amor,
no importa si hay un gesto o no,
sino que todo lo que ocurra
sea hecho con el corazón.

El Amor no es arrogante.
El Amor es humilde.

Cuando se ama,
las quejas no encajan,
el castigo ensombrece,
el orgullo mancha,
el egoísmo hiere,
y el castigo mata.

Cuando hay Amor,
la ofensa nace
con su propio perdón adherido.

El remordimiento
siempre es compartido por ambos amantes,
y es así
como el perdón no existe en el Amor,
porque cuando hay Amor,
no es necesario
pedir perdón,
ni implorar disculpas.

*

—Ojalá lo hubiéramos leído antes, —dice Victoria en voz baja, su tono temblando entre el pesar y la esperanza.

—En realidad, —responde Erasmus con perspicacia, —está ocurriendo en el momento adecuado. Lo que tenía que suceder, ocurrió espontáneamente, sin ayudas ni muletas.

Ambos guardan silencio, tomados de la mano, dejando que el significado del poema se asiente en su interior, sintiendo cómo un renovado amor y comprensión florecen entre ellos.

—Mi dama, aquí hay otro escrito que explora lo que una pareja soporta cuando está separada, — murmura Erasmus.

En un ritmo sereno, comienza a leer en voz alta, su tono firme y apacible. Victoria apoya la cabeza en su hombro, dejándose envolver por su voz.

Cuando no estamos juntos

Ojalá supiera cómo te sientes realmente.
Espero que tu corazón sea tan ligero como el mío.

Sin embargo, he percibido la tristeza en tu voz,
y anhelo liberarla de tu espíritu.

Lo que compartimos es demasiado hermoso
para no ser una fuente constante de alegría.

Sigue siendo espontánea, como siempre has sido;
intentemos mantener la rigidez lejos de nosotros.

Este vínculo extraordinario entre nosotros
es como una fuente repentina,
brotando de la nada,
sin necesidad de ser forzada,
sin influencia externa.

Déjame ser yo; yo te dejaré ser tú.
Pero también,
seamos nosotros—juntos,
tal como somos.

Ya somos tan parecidos;
eso nos mantendrá cerca,
espontáneos y unidos,
acercándonos cada vez más.
Me pregunto cómo estás realmente.
Espero que sientas la misma felicidad que yo.
Que mis palabras te traigan consuelo—
no crítica ni reproche—
sino apoyo, nunca exigencia.

Deseo que sientas la fortaleza
que creamos juntos,
una fuerza que sea tu refugio
cuando estemos separados.

Anhelo estar contigo ahora y siempre.
Pero cuando no podamos estar juntos,
que el amor que compartimos
sea tu carruaje y tu escudo.
Déjame inspirar tu felicidad,
para que esos días de ausencia
sean serenos, pacíficos,
y pasen rápido,
mientras esperamos nuestro reencuentro.

Y como siempre sucede,
cuando nos volvemos a encontrar con alegría,
descubrimos que nuestro amor se ha profundizado,
nuestro vínculo se ha fortalecido,
y nuestra vida juntos,
con el tiempo,
se ha vuelto más rica y luminosa que nunca.

*

Al concluir la lectura, los párpados de Erasmus comienzan a cerrarse lentamente, en esa manera tan suya que indica su suave deriva hacia el reino de los sueños. Victoria lo besa con dulzura en los labios y, con cuidado, retira el cuaderno de sus manos.

Su curiosidad la atrae de nuevo a sus páginas, y pronto descubre otro tesoro—un verso que él le había dedicado una vez.

El recuerdo regresa de golpe: había surgido de manera espontánea durante una larga carrera, mientras descansaban juntos en un banco del parque.

Comienza a leer el verso en voz alta, su tono suave y tierno, reflejando cómo sonó la primera vez que él se lo compartió. Sus manos tiemblan ligeramente, sobrecogidas por la belleza atemporal de sus palabras.

Los susurros del alma

Hoy recordé aquellos susurros,
y en total silencio,
me deslicé de nuevo hacia el pasado…

Aquellos sonidos eran suaves y constantes,
como un arroyo diminuto,
un murmullo cristalino y nítido.

Los murmullos del Alma irrumpían y de repente,
mientras estábamos entre bastidores,
El escenario, la obra, los actores, el público,
todos "actuando" como siempre,
estaban al otro lado,
viviendo solo
por "las apariencias".

Detrás entre bambalinas,
entre los telones,
podía escuchar la vida…

Pero, desde la distancia,
no distinguía su actuación,
ni sus disfraces,
ni el escenario.

Las figuras a un lado y al otro eran borrosas.
Solo podía oír los susurros…

Y sin siquiera sentirlo,
casi sin darme cuenta,
parecía como si pudiera escuchar sus almas.

Los sonidos de sus almas me llegaban,
como un susurro lejano.

Las palabras no se distinguían,
solo su cadencia permanecía.

Las personas no eran lo que parecían,
ni lo que pretendían ser.
Sus almas susurraban algo distinto…
Hoy recuerdo aquellos susurros,
aquellos sonidos, suaves y constantes.

Eran como un arroyo diminuto,
un murmullo cristalino y nítido.
Eran… los susurros del Alma.

*

Victoria termina de leer, su mente nublada por pensamientos, y no se da cuenta de inmediato de que Erasmus está ahora completamente despierto, con los ojos fijos en ella, reflejando su mirada contemplativa. Un pequeño escalofrío de emoción recorre su cuerpo al encontrarse con sus ojos.

—¿Has…? —comienza a preguntar.

—Sí, lo escuché todo, mi amor. Ha despertado en mí emociones tan profundas, —responde Erasmus, con voz serena y tranquilizadora.

La sonrisa de Victoria se ensancha, contagiosa, y Erasmus no puede evitar responder con una propia. Su entusiasmo desborda, llenando la habitación de una energía sutil y cálida. Juntos, salen en silencio de la residencia. Por primera vez desde su partida, Erasmus lleva consigo el cuaderno.

—Mantengámoslo cerca de nosotros, en casa, —anuncia.

Victoria siente un nudo en la garganta. Los sonidos de la vida universitaria interrumpen el ensueño de su tranquila caminata, marcando el paso del pasado al presente. Los recuerdos de su juventud, preservados en la residencia de estudiantes, quedan en un segundo plano mientras Erasmus piensa en su próxima clase.

De pronto, Victoria nota con el rabillo del ojo un papel suelto, al borde del cuaderno, temblando con la brisa. Erasmus sigue su mirada y, por instinto, lo saca con cuidado. Al desplegarlo, su expresión cambia, como si algo en su contenido le hubiera golpeado profundamente.

—¿Qué es? —pregunta Victoria, acercándose. Y entonces, al reconocer la letra precisa y fluida, su rostro se ilumina con asombro.

—Es una carta de la señora V.! —exclama.

—Efectivamente, —confirma Erasmus, con un tono impregnado de reverencia.

—Su carta será el eje central de la clase de mañana. Voy a hablar sobre el compromiso vital —una disertación sobre *Ánimo, animus, anima*, no como animosidad, sino en su sentido más amplio y trascendente, —declara.

Los ojos de Victoria brillan de admiración al escucharlo.

—Estás más que invitada a unirte a nosotros, mi dama, —añade Erasmus con una tierna sonrisa.

—Será un placer, —responde ella, —pero tal vez llegue un poco tarde. Tengo que ocuparme de algunos asuntos relacionados con el fideicomiso de los niños.

—Muy bien, entonces. Queda decidido. Nos vemos allí, —dice Erasmus, guardando cuidadosamente la carta en su sitio.

Mientras se preparan para dejar su hogar, el peso de los recuerdos aún flota en el aire. Con una última mirada al espacio íntimo donde su amor ha resurgido, salen al frío y tranquilo aire matutino. Las calles del campus, despertando poco a poco bajo la suave neblina del amanecer, parecen ahora muy lejanas de su momento de reflexión.

Antes de separarse, comparten un beso tierno, fugaz pero cargado de significado, un gesto que se queda suspendido en el aire mientras se alejan.

Erasmus camina hacia la universidad, con el recuerdo de la sonrisa de Victoria aún cálido en su corazón, mientras ella se dirige en la dirección opuesta para atender sus asuntos. Aunque sus caminos se separan momentáneamente, el lazo entre ellos permanece fuerte, un testimonio del nuevo comienzo que han abrazado juntos.

—❖—

Royal Cambridge Scholastic Institute, 2019
(Auditorio universitario)

Al llegar al aula magna de la universidad, Erasmus se detiene brevemente frente a la puerta, recogiendo sus pensamientos. Inspira profundamente y, con una sonrisa, abre la puerta. El contraste entre la tranquila y reflexiva mañana y la efervescencia de la clase es impactante. El aroma familiar de tiza y madera antigua llena el aire mientras sube al estrado. Los estudiantes ya están conversando animadamente, esperando su llegada, sin saber que la lección de hoy estará impregnada de un significado más profundo, extraído de su propia experiencia.

A pesar de haber dormido apenas unas horas la noche anterior, el profesor Erasmus Cromwell-Smith entra en clase con un entusiasmo inquebrantable, irradiando una energía contagiosa e ilimitada. Sus pasos rápidos resuenan en la sala mientras se dirige al escritorio.

—¿Cómo está todo el mundo hoy? —pregunta con voz clara y enérgica.

—¡Increíblemente genial! —responde la clase con entusiasmo, reflejando su propia energía.

—A veces, todos sentimos que nos falta un poco de motivación, —comienza el profesor Cromwell, su tono adoptando un matiz más reflexivo. —Nos falta el impulso para llevar a cabo lo que se espera de nosotros, o quizás, lo que esperamos de nosotros mismos. Anoche, tropecé con una carta—una joya antigua—de mi eterna y más grande animadora, la incomparable señora V. Fue mi mentora durante un período profundamente transformador de mi vida.

Hace una pausa, permitiendo que el peso de sus palabras cale en la audiencia.

—Esta carta tuvo un efecto profundamente inspirador en mí, especialmente en momentos en los que me costaba encontrar el rumbo. Sentí como si la señora V., percibiendo mi necesidad a través del tiempo, la hubiera escrito específicamente para mí. Dentro de sus sentidas palabras había un solo verso: una poderosa reflexión sobre una actitud virtuosa, una disposición vital que une nuestro deseo con la voluntad de esforzarnos por alcanzar la grandeza.

—Permitidme compartir este verso con vosotros.

Con sumo cuidado, el pedagogo despliega la carta y comienza a leer el verso en voz alta, su entonación cargada de pasión y reverencia…

Ánimo, Animus, Anima

Ánimo, animus, anima,
Ánimo, animus—¿qué importa?
Son, al final, lo mismo.
¿Sorprendido?
Coloquialmente, *animus*
se asocia estrictamente
con la animosidad,
con esos sentimientos
profundamente arraigados de rencor.

Pero no podría haber
un uso más erróneo
de una palabra tan profunda
que este.
Por eso, en este verso,
animus se encuentra
acurrucado entre sus homónimos—
ánimo y *anima*, por supuesto.
Aquí radica el otro lado de *animus*—
¿o acaso es *ánimo* o *anima*?
Bueno, da igual,
pues aquí está su verdadera esencia…
Animus es un estado,
una condición que indica
nuestro "compromiso vital"
con el juego de la vida.
Animus es deseo y voluntad combinados.
Es una actitud hacia todo y todos,
o una condición que surge
de los modos de vivir,
ya sean deliberados o inconscientes.
Animus es el ímpetu del Espíritu,
la chispa del Alma,
la fuerza vital del corazón,
el motor de nuestro diseño,
el impulso detrás de nuestra intención,
el catalizador de nuestro propósito,
la energía esencial de nuestro significado.
Es el combustible de nuestros planes,
el ingrediente secreto de nuestro coraje,
la bombilla en nuestra mente,
la fuerza detrás de nuestra disposición,
la precondición de nuestra entrega.

Animus es intensidad,
el grado de compromiso,
en un estado de plena voluntad.
Habita en nuestro núcleo,
en lo más profundo del Espíritu.
Si *Ánimo, Animus, Anima*
no se manifiesta de manera espontánea
al inicio de los incontables caminos de la vida,
entonces es algo por lo que debemos luchar—
hacer nuestro mayor esfuerzo por adquirirlo,
crear "el estado mental adecuado"
para embarcarnos en cualquier empresa.
¿Estás hoy en buen *animus*?
¿Eres de buen *animus* cada día?
¿Tienes el *anima* adecuada esta mañana?
Ánimo, Animus, Anima—
¿Qué más da?
Después de todo,
son lo mismo.

*

Royal Cambridge Scholastic Institute, 2019
(Auditorio de la Universidad)

El profesor Cromwell-Smith hace una pausa, luego comienza un comentario reflexivo que amplía el verso que acaba de leer.

—Este verso me recuerda —y espero que también os recuerde a vosotros— que cultivar el *animus* no es un estado pasivo. Es algo que debemos buscar activamente, especialmente en aquellos momentos en que la vida se siente pesada. Que todos podáis encontrar vuestro propio *animus* hoy y cada día."

El aula queda en silencio, el peso de sus palabras suspendido en el aire. Lentamente, un murmullo de acuerdo se extiende por la clase.

—Ahora, hablemos de la mutilación de una palabra, —continúa, su tono afilado con fervor intelectual. —Al investigar la etimología de *animus*, todos y cada uno de los términos subrayados en el verso anterior —espíritu, alma, corazón, propósito, intención, significado, plan, coraje, mente, disposición, energía vital— se remontan a su definición verdadera. Y, sin embargo, ¿con qué frecuencia la reducimos a algo tan superficial como la animosidad?

Deja que la observación flote en el aire mientras recorre el aula con la mirada.

—Esta actitud, esta condición, es esencial si queremos lograr algo significativo en la vida. Es el fundamento, el combustible y la guía. Trabajad en ello sin demora.

—La sala está abierta para preguntas, —anuncia en un tono sereno.

Varias manos se levantan.

Leyton es un estudiante de último año en Ciencias Políticas, conocido por su análisis perspicaz de textos filosóficos y su habilidad para vincular la teoría con la acción práctica. A menudo plantea preguntas que desafían los conceptos del profesor y provocan un pensamiento más profundo entre sus compañeros.

—Profesor, en el poema *Ánimo, Animus, Anima*, usted habla de *animus* como la 'fuerza vital del corazón' y el 'catalizador de nuestro propósito'. ¿Cómo cree que podemos cultivar conscientemente el *animus* en nuestra vida diaria, especialmente en los momentos en los que nos sentimos desconectados o sin inspiración?

—Esa es una gran pregunta, Leyton. El poema señala que el *animus* es algo profundamente arraigado en nosotros, algo que requiere tanto conciencia como esfuerzo para aprovecharlo. Para cultivar el *animus*, debemos comenzar fomentando una mentalidad de apertura y receptividad hacia el mundo que nos rodea. Se trata de comprometernos con la vida y con las personas con un sentido de propósito, disposición y energía, incluso cuando nos sentimos decaídos o sin inspiración. Es una cuestión de tomar la decisión de estar presentes en cada momento, de perseguir activamente lo que nos entusiasma y de seguir adelante, a pesar de cualquier resistencia que podamos encontrar. Cuando nos conectamos con ese impulso interno, podemos revitalizar nuestro sentido de propósito y, a su vez, influir en la manera en que interactuamos con el mundo."

Lynn es una estudiante de segundo año de filosofía con interés en el existencialismo y la búsqueda de sentido. A menudo explora los aspectos más profundos y filosóficos de la experiencia humana.

—Profesor, el poema enfatiza la importancia de la 'voluntad' y el 'deseo' como parte del animus. ¿Cree usted que estas cualidades son suficientes para generar un cambio real, o hay algo más que debe estar presente para que alguien actualice plenamente su potencial?

—Es una pregunta muy perspicaz, Lynn. Aunque la voluntad y el deseo son esenciales para el animus, por sí solas no siempre son suficientes para generar un cambio significativo. El poema sugiere que el animus requiere un compromiso activo con el mundo—una determinación para avanzar con coraje y propósito. El verdadero cambio llega cuando esos deseos y esa voluntad se alinean con la acción. No se trata solo de desear algo; se trata de estar dispuesto a hacer el trabajo, enfrentar los desafíos y seguir adelante a pesar de los obstáculos. El verdadero potencial se actualiza cuando el animus se combina con esfuerzo sostenido, reflexión y crecimiento.

Jackson es un estudiante de último año que se especializa en literatura, con enfoque en poesía. Tiene un gran interés en cómo el lenguaje moldea nuestras percepciones de la realidad y a menudo busca capas más profundas de significado en la poesía.

—Profesor, en el poema, describe el animus como un 'compromiso vital' que conecta tanto con el espíritu como con el alma. ¿Cómo cree usted que se manifiesta este compromiso en la poesía? ¿Es posible que un poeta encarne completamente el animus en su obra?

—Es una excelente pregunta, Jackson. Creo que el animus juega un papel crucial en el proceso creativo. Un poeta que encarna el animus no solo escribe para cumplir con un objetivo externo, sino que está profundamente conectado con el impulso interior que enciende su creatividad. Cuando el animus está presente en el trabajo de un poeta, se convierte en un conducto para la expresión que fluye de manera natural y poderosa. La disposición para explorar el alma y el espíritu a través de las palabras, arriesgarse con el lenguaje y volcarse en el oficio—eso es cómo se manifiesta el animus en la poesía. Es el mismo latido del corazón de un poema, la energía detrás de la metáfora, la urgencia en el ritmo.

Ariana es una estudiante de psicología de tercer año con enfoque en inteligencia emocional y motivación. Le gusta analizar el comportamiento humano y cómo las emociones pueden influir en la toma de decisiones y la creatividad.

—Profesor, mencionó que el animus es el 'combustible de nuestros planes' y el 'ingrediente secreto detrás de nuestro coraje'. Desde una perspectiva psicológica, ¿cómo cree usted que el animus influye en la capacidad de una persona para superar el miedo o la autocrítica?

—Excelente pregunta, Ariana. Desde un punto de vista psicológico, el animus está estrechamente vinculado a la motivación intrínseca—el impulso interno que alimenta nuestras acciones a pesar de los desafíos externos. Cuando el animus está presente, nos da el coraje para enfrentar el miedo y la autocrítica porque está arraigado en un sentido más profundo de propósito y significado. Ayuda a desplazar el enfoque del miedo mismo al impulso de avanzar, sin importar los obstáculos. Se trata de replantear el miedo como algo que debe ser reconocido, pero no permitir que dicte nuestras acciones. Cuando alineamos nuestros deseos y nuestra voluntad con el animus, nos volvemos más resilientes, menos afectados por las emociones negativas y más determinados a alcanzar nuestras metas. Maya es una estudiante de sociología de tercer año, con interés en la intersección entre las estructuras sociales y la agencia individual. Le fascina especialmente cómo los individuos encuentran sentido y propósito dentro de los sistemas colectivos.

—Profesor, el poema habla sobre la importancia de 'reconocer momentos de convergencia'. ¿Cómo cree usted que el animus y la convergencia están conectados en nuestras interacciones diarias con los demás, particularmente dentro de comunidades o sistemas sociales más grandes?

—Es una observación maravillosa, Maya. El animus y la convergencia están profundamente conectados porque el animus es la fuerza motriz que nos impulsa a interactuar con el mundo que nos rodea. En una comunidad o sistema social, cuando reconocemos momentos de convergencia—ya sea en valores compartidos, metas comunes o comprensión mutua—estamos en un estado de alineación. El animus nos da el poder de actuar sobre esos momentos de conexión, de ser proactivos en fomentar la colaboración y de contribuir al bien común. La convergencia, cuando se reconoce y se actúa sobre ella con animus, puede llevar al crecimiento colectivo y la transformación. Se trata de encontrar el hilo común que nos une y de comprometernos activamente con él.

Con eso, echa un vistazo al reloj, señalando el final de la clase.

—Nos vemos la próxima semana—dice, con su voz impregnada de una cierta finalización.

Al salir del aula, sus estudiantes permanecen en silencio contemplativo, reflexionando sobre sus palabras. Sonríe suavemente, percibiendo el cambio en el ambiente—sus mentes despiertas con curiosidad, ponderando la profunda dualidad dentro de la palabra animus y lo que significa en sus vidas—y cómo ambos significados podrían encontrarse dentro de sí mismos. Uno a uno, recogen sus cosas, pero la energía en la sala permanece, como un testamento a la poderosa convergencia de pensamiento y espíritu.

Capítulo 15

Los círculos virtuosos e infinitos de la vida

En ruta desde Cape Cod a Boston, 2020

—¿Me pregunto cómo estará nuestro pequeñito? —pregunta suavemente Elizabeth Victoria mientras navegan por la larga y solitaria carretera fuera de Cape Cod, con la visibilidad reducida casi a nada por la espesa niebla.

—Está en buenas manos, mi amor—la tranquiliza Jordan, con una voz firme y calmante—. Tu madre no lo pierde de vista, ni por un segundo.

Como siempre, su presencia y unas pocas palabras suaves son suficientes para calmarla. Elizabeth se siente segura, contenta y profundamente feliz. Su día había sido extraordinario—una escapatoria perfecta. Juntos, pilotaron su globo a través de los cielos, con el vuelo extendiéndose placenteramente desde la mañana hasta la tarde. Después de aterrizar en la pintoresca costa de Nueva Inglaterra, los nuevos padres aventureros se habían lanzado con entusiasmo al viaje de regreso a Boston, con la alegría del día aún fresca en sus corazones.

—Quiero que este día dure para siempre—murmura, su voz melancólica.

Pero el destino tiene otros planes.

Un giro inesperado aparece por delante, envuelto en niebla, invisible e inevitable. Desde la dirección contraria, un camión de remolque pierde el control —los frenos fallan y se desvía descontroladamente de la carretera. La inercia aumenta a medida que desciende colina abajo, patinando incontrolablemente hacia el camino de los coches que vienen de frente.

La colisión es devastadora e instantánea.

Las víctimas desafortunadas son la joven pareja Morse-Emerson. Regresando de su idílica aventura en globo, no ven el camión hasta que es demasiado tarde. El impacto es catastrófico—de frente e inevitable. Su coche estalla en una bola de llamas, el incendio consumiéndolo todo en un cruel instante. Las exuberantes vidas de Jordan y Elizabeth Victoria, tan llenas de amor, promesas y alegría, se apagan tan rápidamente como la frágil llama de una vela.

— ✦ —

Cementerio de Mt. Auburn, 2020

La ceremonia de entierro de Elizabeth y Jordan es profundamente solemne, el aire cargado de dolor y amor. Victoria está rodeada por sus dos hijos supervivientes, Bart y Sarah, cuya presencia es un silencioso testamento de resiliencia. A su lado está Erasmus, un ancla reconfortante en este momento de tristeza. Frente a ellos, al otro lado de los dos ataúdes, la familia Morse lamenta la pérdida de su querido hijo, Jordan Auguste.

La atmósfera es callada pero cargada de emociones no dichas. Es el turno del Profesor Erasmus Cromwell-Smith para hablar. Sus ojos solemnes y doloridos recorren a los dolientes reunidos mientras avanza, sosteniendo un pequeño trozo de papel con palabras elegidas con cuidado para esta ocasión. Con voz firme, comienza a leer:

—Hoy nos reunimos no para quedarnos en la pérdida, sino para celebrar las vidas de dos personas extraordinarias que han dejado una huella imborrable en todos nosotros. Elizabeth y Jordan. Victoria, aunque su tiempo con nosotros fue trágicamente breve, vivieron sus vidas con una intensidad que muchos de nosotros nunca conoceremos. Amaron profundamente, soñaron audaces y abrazaron cada momento con el tipo de alegría que es un regalo raro en este mundo.

—Hoy, los honramos—no solo con nuestras lágrimas, sino con nuestra gratitud por los momentos que compartieron con nosotros, por el amor que dieron tan generosamente. El legado de Elizabeth y Jordan vivirá en los recuerdos de su risa, la calidez de su compañía y el amor infinito que se tenían el uno al otro. Comparto con ustedes un escrito a propósito de este momento:

A medida que pasa el tiempo

A medida que pasa el tiempo
y la vida continúa,
la tragedia nos recuerda
lo preciosa que es la vida,
y cuán privilegiados somos
por estar sanos y vivos.
La vida es corta—muy corta.
Debemos vivirla plenamente,
exprimir cada gota de cada día.
Nuestra familia, nuestros amigos—
son nuestros compañeros de viaje
en esta intensa travesía de la vida.

El trabajo y el disfrute nos mantienen ocupados,
pero el Amor nos da equilibrio y armonía.

A medida que pasa el tiempo
y la vida continúa,
a medida que se acerca el giro de la próxima generación,
nuestra mayor satisfacción
es ver a nuestros descendientes
vivir en plena floración,
libres, sanos,

exitosos en todo lo que persigan,
y felices con sus vidas,
sus amigos,
y sus seres queridos.

*

Es el turno del padre de Jordan para leer la elegía de su hijo. Da un paso al frente, sus hombros cargados de dolor, pero firmes con determinación. El papel doblado en sus temblorosas manos refleja el peso de su pérdida, y cuando comienza, su voz transmite la ternura del amor paternal y la tristeza de una ausencia irremplazable.

¿Recuerdas esos ojos?

¿Recuerdas esos ojos?
Yo sí… Siempre lo haré.

Sus ojos te sonreían
con su pequeño destello,
ese pequeño movimiento donde parecía
que se cerraban sobre ti,
como si fueras
la persona más importante del mundo—
al menos en ese momento, para él.

No podías evitar sentir
que tenías toda su atención,
todo su respeto.
Sus ojos leían a las personas tan bien…
esos rayos láser te hacían sentir bien,
alegre y lleno de optimismo.

Sus ojos te tocaban con total aprobación,
dándote una profunda sensación
de su fe ilimitada en ti.

Era una fuente de fuerza,
capaz, tan rápidamente,
de acercarse a ti—
como solo aquellos que genuinamente
aceptan a los demás tal como son pueden.

La vida de Jordan fue una celebración de la vida—
una vida preciosa,
una vida que, porque es corta,
debe vivirse plenamente,
exprimir cada segundo de ella.
Una vida en la que darse a los demás
es el mejor legado que deja atrás.
¿Recuerdas esos ojos?
Yo sí… Siempre lo haré.

*

Hace una pausa, su voz quebrándose al final.

—Adiós, Jordan. Te vamos a extrañar mucho, hijo.

Victoria da un paso al frente, compuesta pero profundamente conmovida. Habla con una fuerza tranquila, su voz cargada de una determinación que refleja el espíritu de su difunta hija.

—Mi hija Elizabeth no hubiera querido nada diferente a este hermoso homenaje. No hubiera querido vernos tristes. Por el contrario, mi intención es honrar sus deseos celebrando su vida y la de su esposo, Jordan, —dice.

Sus palabras un recordatorio conmovedor de apreciar la vida, incluso a la sombra de la pérdida

— ✦ —

Victoria y Erasmus en su hogar del campus, 2020

Nadie vestido de negro está permitido en la recepción. En su lugar, la música favorita de Jordan y Elizabeth llena el aire, creando una atmósfera de celebración agridulce. En la sala de estar, las películas caseras de la familia se proyectan en la televisión, capturando momentos de Jordan y Elizabeth cuando eran niños—riendo, jugando y viviendo vidas vibrantes. Victoria se mueve entre los invitados con una sonrisa radiante, exudando calidez y una alegría casi obstinada. Se niega a dejar que el dolor defina el día, sofocando la tristeza y exigiendo felicidad en cada giro. Erasmus la observa en silencio, asombrado por la ola de positividad que ha generado.

—No permite que nadie sea nada menos que alentador— observa Erasmus, escuchando cómo los animados padres de Jordan cuentan una de sus aventuras infantiles, sus risas mezclándose con lágrimas.

De repente, el sonido de los llantos de un bebé emana del monitor electrónico que Victoria lleva consigo. Sin decir palabra, Erasmus comienza a subir las escaleras. Momentos después, Victoria lo sigue, entrando en la habitación del bebé para encontrar a su esposo sentado en una mecedora, alimentando al bebé. La tierna escena la detiene en seco.

—Aprendiendo rápido a ser padre, querido—bromea suavemente, pero Erasmus apenas la reconoce.

—Con sus padres desaparecidos, sus abuelos por ambos lados son todo lo que le queda—dice Erasmus, su voz cargada de preocupación amorosa.

—Hablando de eso—comienza Victoria, su tono alegrándose, — hay un consenso absoluto entre nuestra familia y la de Jordan.

—¿Consenso sobre qué? —pregunta Erasmus, una nota de aprensión asomando en su voz.

—Que deberíamos adoptar al bebé, —anuncia, con los ojos brillando.

—¿Nosotros? —la voz de Erasmus tiembla mientras repite la palabra, sus pensamientos enredados.

—¿No lo estamos...? —se atreve a decir, inseguro.

Victoria lo mira, divertida por su respuesta desconcertada.

—¿Demasiado viejos...? —balbucea, aún tratando de encontrar su lugar.

—¿Lo estamos? —le responde, su mirada fija, desafiándolo.

—No, no lo digo de esa manera—tartamudea él, cada vez más confundido.

—¿De qué manera lo dices, entonces? —insiste ella, disfrutando de su lucha.

—¿Demasiado viejos para ser padres? —finalmente suelta.

—Misma pregunta: ¿lo estamos? —repite con determinación juguetona.

—Supongo que...—comienza a responder negativamente, pero se detiene a mitad de la frase, dándose cuenta de que es el miedo, no la verdad, lo que habla. Hace una pausa, recogiéndose.

Parece que ha pasado una eternidad, la habitación queda en silencio. Finalmente, Erasmus levanta la vista para encontrar los ojos de Victoria. Cuando sus miradas se encuentran, una comprensión tácita se transmite entre ellos. Lentamente, una sonrisa leve, llena de conocimiento, se forma en sus rostros.

—Supongo que no, Victoria—dice al fin, con la voz firme.

—Esta es tu oportunidad de ser padre, querido—declara suavemente ella.

Es lo más cercano que Erasmus ha estado de ver a Victoria derramar una lágrima por la pérdida de su hija y su yerno. Minutos después, tal como se prometió, Victoria y Erasmus bajan las escaleras, el bebé dormido profundamente en los brazos de Erasmus. La conversación bulliciosa en la sala familiar crece a medida que entran, y Sarah toma rápidamente las riendas.

—Mamá y Erasmus, Bart y yo hemos discutido esta posibilidad varias veces—comienza Sarah, su voz firme pero llena de emoción.

—Hoy también lo hablamos con los padres de Jordan, y nos han dado su bendición. Los padres de Jordan asienten en acuerdo.

Victoria y Erasmus se intercambian miradas relajadas, suponiendo que Sarah está a punto de anunciar que ella y Bart adoptarán al bebé. Pero no podrían estar más equivocados.

—Dado que ahora van a ser padres—continúa Sarah, su voz llena de calidez—, Bart y yo hemos decidido un nombre para el bebé. Con todo nuestro corazón, queremos que lo llamen Erasmus Cromwell-Smith II.

Sus palabras permanecen en el aire por un momento, calando en todos los presentes. Un suspiro colectivo de emoción recorre la sala, seguido de vítores y aplausos.

Los labios de Erasmus tiemblan, sus brazos comienzan a vacilar mientras sostiene al bebé. Sintiendo su emoción, Victoria rápidamente le quita al bebé de los brazos. Lo mira a Erasmus con una sonrisa suave antes de romper a llorar, sus lágrimas fluyendo libremente, incontenibles y crudas. El bebé se mueve ligeramente, unas pequeñas gotas de sus lágrimas cayendo sobre sus mejillas, un suave bautizo de amor y sanación.

—No hay mejor regalo para honrar a Elizabeth y Jordan que lo que todos ustedes acaban de hacer—dice Victoria, su voz firme a pesar de las lágrimas brillando en sus mejillas. —Estoy segura de que ellos están sonriéndonos desde arriba ahora mismo. Pueden estar tranquilos, Erasmus y yo continuaremos el camino familiar que ellos apenas comenzaban a pavimentar.

Seca sus lágrimas y se inclina para besar al bebé suavemente.

—Si todos me lo permiten—interrumpe Erasmus, finalmente recuperando la compostura—, me gustaría compartir un par de piezas que, dadas las circunstancias, tienen un profundo significado. Hace una pausa, mirando al bebé en los brazos de Victoria.

—La primera es algo que escribí a petición de Jordan y Elizabeth. Querían que reflejara la manera en que soñaban que sus hijos crecerían. Esta será la primera vez que lo compartiré con alguien, y Victoria y yo estamos comprometidos a seguir sus deseos.

Despliega una hoja de papel, su voz se alegra mientras comienza a leer…

Para nuestros hijos

Que crezcan sanos y fuertes
para que puedan descubrir un mundo
que es tanto difícil como fantástico
a la vez.

Que viajen y conozcan a su gente,
y amen a todos sus compañeros de viaje,
especialmente a aquellos que lo necesiten.
Que sea así que
todo lo que empiecen o en lo que se involucren
lo hagan con convicción y dedicación.

Que disfruten
de sus padres y de una infancia inmensamente feliz,
llena de Amor sin límites,
sueños e ilusiones.
Y a medida que crezcan,
que descubran todo y a todos
a su alrededor tal como son en realidad.

Luego, con el tiempo,
que poco a poco descubran
quiénes son en realidad,
para que puedan encontrar su verdadero ser,
tal como Dios los trajo a la tierra.
Que, sea quien sea,
sean felices y cómodos en su propia piel.

Así, todo lo que hagan,
lo hagan bien.
Por lo tanto, desde ese momento en adelante,
siempre serán
su verdadero yo.

Les enseñaremos
a ser humildes, honestos y no materialistas.
Les ofreceremos nuestro Amor infinito
y nuestra pasión por el conocimiento, el deporte y la naturaleza.

Les enseñaremos disciplina,
inculcándoles una ética de trabajo inquebrantable.
Los empujaremos y presionaremos
y seremos tan exigentes como puedan soportar—
y aún más.
Los haremos fuertes
y les enseñaremos a vivir la vida al máximo,
para que la vida no se les escape
sin que aprovechen cada momento de ella,
sin importar las circunstancias.

*

Erasmus baja el papel, su voz desvaneciéndose, y mira alrededor de la sala, encontrando las miradas de familiares y amigos profundamente conmovidos por sus palabras. Tras un momento, habla de nuevo.

—Esta segunda pieza proviene de un libro antiguo que una vez leí en una de las librerías de uno de mis mentores de la infancia. Trata sobre cómo enfrentamos el futuro, incluso cuando luchamos por encontrar nuestro camino hacia adelante tras la pérdida de un hijo. Con una respiración que lo calma, Erasmus comienza a leer la siguiente pieza...

El destino

La vida es una cadena de sucesos fuertemente entrelazada,
una lucha frenética
que no podemos gobernar.

Nuestro futuro se está creando
cada milésima de segundo.

Es un hilo infinito,
sin fin,
totalmente aleatorio,
de sucesos conectados.

Todos estos eventos que se cruzan
se relacionan, influyen e interactúan
entre sí.

Cada suceso en la vida
es un accidente maravilloso y complejo.
Esto incluye las formas finitas de nuestra vida,
la urgencia de vivir,
y la incertidumbre de nuestro futuro.

Somos un accidente,
cada momento que estamos vivos,
y al final,
todo es un contratiempo complejo.

La vida es una interacción complicada
de eventos de la naturaleza,
actos y comportamientos humanos,
y todo lo nacido de
la creación humana,
todo bajo el manto de la vida.

Tenemos muy poco control sobre la vida.
Pero si las circunstancias lo permiten,
con fe y voluntad,
podemos cosechar de ella
inmensa Felicidad y buena voluntad.

*

Al terminar Erasmus, la sala queda en silencio, cada persona perdida en sus pensamientos. El bebé se mueve ligeramente en los brazos de Victoria, llamando la atención de todos de nuevo al presente. Erasmus da un paso al frente y acaricia suavemente la mejilla del bebé con un dedo.

—Honraremos a Elizabeth y Jordan dándole a este pequeño la mejor vida que podamos—dice suavemente. Victoria asiente, sus lágrimas fluyendo una vez más, esta vez una mezcla de tristeza y esperanza.

La familia se agrupa más cerca, unida por el amor que los llevará hacia adelante, incluso frente a la pérdida compartida.

— ✤ —

El hogar del campus de Erasmus y Victoria, 2010
(Unas semanas después)

La transición a la paternidad ha sido sorprendentemente fluida, gracias a la experiencia de Victoria. Lo que ha sido inesperado, sin embargo, es lo poco de trabajo físico que ha tenido que hacer para el bebé. Erasmus, con una dedicación inquebrantable, ha asumido el papel de cuidador las 24 horas del día, los 7 días de la semana. Su entusiasmo sin límites y su devoción lo han dejado consumido por la paternidad, derramando toda su energía en cuidar a Erasmus Jr.

Victoria, con su característica gracia y sabiduría, ha comenzado gradualmente a integrarse en la rutina parental. Usando su toque hábil y su invaluable "saber hacer," ha comenzado a asumir más responsabilidades. Poco a poco, la pareja se encuentra trabajando junta de manera fluida —compartiendo tareas, complementándose sin esfuerzo, y proporcionando a su hijo un amor y atención constantes.

La señal final de que la vida se está adaptando a una nueva normalidad llega con la incorporación de una au pair británica. Emma Franklin, una joven capaz y alegre, es encargada de las responsabilidades diarias de Erasmus Jr., un rol que desempeñará hasta su adultez.

Con la llegada de Emma, Victoria y Erasmus finalmente pueden dar un paso atrás en sus otros roles tan queridos como profesores. Con las hábiles manos de Emma atendiendo las necesidades del bebé, la pareja encuentra el equilibrio una vez más —nutriendo a su hijo y continuando, inspirando a otros a través de su enseñanza.

— ❖ —

Royal Cambridge Scholastic Institute, 2020
(Caminos secundarios del campus)

A medida que el sol se eleva lentamente sobre el campus, el Profesor Cromwell-Smith pedalea con una cadencia constante a través de las tranquilas calles del campus, la luz de la mañana proyectando largas sombras. Victoria había salido antes, ambos preparándose para sus últimas clases del año académico.

Mientras pedalea, los pensamientos del eminente profesor divagan y reflexiona sobre los acontecimientos agridulces de los días pasados. Apenas comienza a acomodarse en la nueva normalidad de la vida tras el trágico fallecimiento de Elizabeth y Jordan, pero el ciclo de la vida y la promesa de renovación siguen frescos en su mente.

Mientras la mente del Profesor Cromwell-Smith vuelve a su clase inminente, repasa los temas que ha explorado con sus estudiantes a lo largo del año.

Los temas existenciales —adversidad, virtud, perdón, reciprocidad, resiliencia— han hecho de este año académico algo memorable. Cada lección tuvo su propio peso, cada discusión una oportunidad para inspirar.

La mente de Erasmus cambia de dirección, pasando rápidamente por recuerdos de su vida con Victoria y los años que pasaron separados. Revive sus encuentros memorables con los mentores anticuarios de Nueva Inglaterra durante su tiempo en Boston. Sus pensamientos se dirigen a las reuniones que tuvieron con Colin Carnegie en las bibliotecas públicas de Nueva York y Pittsburgh—instituciones construidas por su pariente lejano, Andrew Carnegie.

Recuerda el viaje a St. Louis para encontrarse con la mentora de Victoria, la señora Samuels-Ortiz, en la grandiosa biblioteca pública, y el oportuno escrito que le entregó el Sr. Ringwald, cariñosamente conocido como "El acertijo", durante la turbulenta época en que Victoria había huido. Una procesión de mentores sigue en su mente: la señora Peabody, el Sr. Lafayette, el Sr. Faith, y la última carta que recibió de la señora V. Cada mentor dejó una huella indeleble en su viaje, sus escritos y poemas inspiradores guiándolo a través de las complejidades de la vida.

El Sr. Willkenvoss, o "El contestón," había sido profundamente influyente, al igual que el Sr. Atsushi, su mentor japonés. Cada uno jugó un papel importante en la formación de las lecciones que Erasmus compartió con sus estudiantes.

Sus pensamientos se dirigen a las alegrías del año —el cartel de bienvenida que lo esperaba tras su luna de miel, las ocasiones en que Victoria o sus hijos asistieron a sus conferencias, y los innumerables momentos inolvidables que tejieron el tapiz de su vida. Pero luego, estaban las sombras: la trágica muerte de Elizabeth y su esposo, y la agridulce alegría de adoptar a su hijo.

Cuando el edificio de la facultad aparece a la vista, un poema de su infancia surge en su memoria: "La rueda de la vida."

—¿Por qué no traerlo todo de vuelta en círculo completo?— musita Erasmus, una leve sonrisa tocando sus labios. Con ese pensamiento, decide que en esta última conferencia compartirá un viejo escrito—una reflexión sobre el ciclo de la vida.

—❖—

Royal Cambridge Scholastic Institute, 2020
(Auditorio de la Universidad)

Al entrar en el aula, la energía de sus estudiantes lo recibe como un cálido abrazo, ofreciendo un contraste con la quietud de sus pensamientos matutinos. Con una suave sonrisa, deja de lado sus reflexiones y se prepara para compartir su sabiduría con las mentes ansiosas que tiene frente a él.

—Buenos días, a todos; ¿cómo están hoy? —saluda el Profesor Cromwell-Smith a la clase con su energía característica.

—¡Increíble, profesor! —responde el coro entusiasta de los estudiantes.

El profesor hace una pausa por un momento, su expresión suavizándose.

—Como todos saben, la hija mayor de Victoria y su esposo fallecieron recientemente en un trágico accidente de tráfico. En consecuencia, Victoria y yo tomamos la decisión de adoptar a su bebé. Lo criamos como nuestro hijo.

Una ola de felicitaciones recorre la sala, expresada a través de cálidos gestos y asentimientos de aprobación.

Erasmus continúa, su tono siendo tanto reflexivo como instructivo.

—Haciendo referencia a la dolorosa pérdida y las dificultades que Victoria y yo hemos enfrentado, hoy compartiré algunos de esos momentos de tristeza. Quiero ilustrar cómo tales experiencias marcan no solo un final, sino también un comienzo—cómo los ciclos de la vida traen consigo una renovación interminable.

Da un paso adelante, apoyándose ligeramente sobre su escritorio, y comienza su narración.

—Comienza así… El año pasado, durante unas vacaciones de verano, después de que Victoria y yo lleváramos un año juntos, emprendimos un viaje a Europa. Comenzamos en Gales, visitando mi ciudad natal.

La clase escucha atentamente mientras continúa.

—Llegamos temprano una mañana e iremos primero a mi antiguo hogar. Aún está a mi nombre, pero actualmente está alquilado a una pareja de ancianos. Más tarde ese día, llevamos flores al cementerio del pueblo para rendir homenaje a mis padres y a tres de mis mentores más queridos—la señora V., el señor M. y el señor N. —todos los cuales descansan ahora en esos terrenos sagrados.

Erasmus hace una breve pausa, su mirada distante.

—Después, pasamos horas explorando las librerías de antigüedades que amaba cuando era niño. Muchas ahora están dirigidas por descendientes o familiares de los propietarios originales. Durante tres días, nos sumergimos en estos espacios, redescubriendo libros que había leído durante mi infancia y adolescencia—dice, una leve sonrisa asomando en las comisuras de su boca.

—En particular, en la librería de la señora V., encontramos dos escritos—uno representando el ciclo interminable de la vida y cómo todo eventualmente vuelve al círculo completo, y el otro describiendo el impulso innato de vivir una vida con entusiasmo. Al reflexionar sobre ellos ahora, me parecen casi proféticos—comenta Erasmus, su voz teñida de asombro.

Toma una hoja de papel, mirándola brevemente antes de dirigirse nuevamente a la clase.

—Permítanme leerles el primer escrito. Resume la naturaleza recurrente de la vida y la profunda forma en que cada final conduce a un comienzo.

Con eso, comienza a leer…

Los círculos virtuosos e infinitos de la vida

A medida que el sol se pone
y una vida llega a su fin,
el horizonte explota
en miles de colores.

Amarillos, naranjas y rojos de fuego
iluminan el cielo,
simbolizando la celebración
de un viaje que llega a su fin.
Como en la vida,
cuando lamentamos la pérdida y partida
de nuestros seres queridos, ya no con nosotros,
la oscuridad total pronto llega y nos envuelve,
pero no por mucho tiempo.

A medida que comenzamos a asomar
y luego mirar hacia el firmamento,
reconocemos que aún hay luces
mientras lloramos—
que aún hay luces en la oscuridad,
mientras innumerables estrellas y la luna
iluminan todo el cielo nocturno.

Pronto, como en la vida,
un brillante nuevo día se acerca.

Primero, se rompe
como un pequeño rayo de luz en el horizonte.

Poco después,
un nuevo comienzo
inexorablemente emerge de la oscuridad,
lleno de brillantes luces del día y colores vivos.

Un renacer, un nuevo comienzo,
nos hace darnos cuenta de que,
todo lo que nos rodea es recurrente,
recursivo y regenerado.

A medida que comienza cada nuevo día,
se despliega una renovación diaria de la existencia humana.

A medida que una vida cede,
un día termina.

La noche toma el escenario,
pero solo por un rato.

Una nueva vida pronto comienza,
un nuevo día estalla.

Y las luces de la vida irrumpen
en todo su esplendor sobre el horizonte.

*

—Aquí está el segundo escrito. Por favor, permítanme continuar—dice el Profesor Cromwell-Smith, su voz firme pero vibrante mientras despliega la siguiente pieza.

El entusiasmo

Hay algunas expresiones que mejor representan
lo que significa estar verdaderamente vivo
que el entusiasmo.

El entusiasta está bendecido
con un halo de
efusividad exuberante,
deseo imparable y contagioso,
curiosidad inquieta e inmensa,
energía exaltada y positiva,
para embarcarse y perseguir
incontables círculos virtuosos.
El entusiasta está poseído por,
un impulso abrumador pero refrescante,
una disposición alegre y vivaz,
un impulso incesante e implacable,
para explorar, experimentar y vivir
cualquier cosa, a cualquiera y todo.

Para el entusiasta, la vida es una serie de tesoros preciosos,
un grupo de improbables disparos a la luna,
solo esperando ser aprovechados.

El entusiasmo es el mejor antídoto
contra la pasividad, la indiferencia y la falta de pasión.
El entusiasmo es la esencia de la Inspiración,
la Felicidad y el Verdadero Amor.

Cascadas espontáneas de bondad,
son segunda naturaleza para el entusiasta.
Ellos son, en realidad, desencadenantes deliberados de alegría,
señales inequívocas
que simbolizan la llave mágica,
al país de la Felicidad continua.

Ese lugar donde somos bendecidos
con un manto de vitalidad palpitante,
que late, que vibra.

Una vida apasionada e inspirada
siempre está empapada de entusiasmo,
que es el catalizador secreto que desbloquea
y mantiene la alegría en nuestra existencia
mientras viajamos a través de la vida.

*

Erasmus hace una pausa, dejando que las palabras resuenen en la clase. Luego, con una sonrisa reflexiva, continúa.

—A lo largo de los últimos tres años, hemos recorrido, bajo el prisma de la poesía, mi infancia, adolescencia, el verdadero Amor, el Amor perdido, el Amor reencontrado, la enfermedad, la muerte y, finalmente, la nueva vida. El próximo año probablemente será el último como profesor.

—Lo que es cierto, hasta el día de hoy, es que hemos llegado al círculo completo. El próximo año, regresaremos a un currículo regular. Esto significa que todos ustedes han sido los beneficiarios de un curso que nunca se repetirá—proclama, su voz teñida de orgullo y nostalgia.

Volviendo sus pensamientos al momento presente, el Profesor Cromwell-Smith sabe que el aula es el lugar donde puede ayudar a los demás a ver las conexiones entre las lecciones más difíciles de la vida y la belleza de sus ciclos interminables. Hoy, está compartiendo con ellos no solo sus reflexiones personales, sino también la sabiduría que ha reunido a lo largo de los años, de mentores y experiencias por igual.

Recoge otra hoja y anuncia:

—Aquí hay dos escritos que abarcan muchos de los temas que hemos tratado durante los últimos tres semestres. El primero trata sobre el Amor. Por favor, permítanme leerlo.

El amor y el éxito

No se trata en absoluto de un amor impulsado por el éxito.
Por el contrario, todo y todos en la vida
se tratan de el éxito impulsado por el amor.
*

El Profesor Cromwell-Smith deja que la simplicidad y la
profundidad de las palabras calen antes de continuar.
—Y aquí hay otro, uno con el que ya están familiarizados...

La fórmula de la felicidad

El Amor, el Equilibrio (balance) y los Valores
son los cimientos de
la Conciencia, la Pasión y el Tempo.

Cuando amamos verdaderamente,
cuando tenemos un estilo de vida equilibrado,
cuando vivimos de acuerdo con nuestros valores familiares,
morales/éticos y espirituales,
tenemos las llaves de la Felicidad continua.

Cuando hacemos lo que amamos y lo hacemos con pasión,
cuando vivimos con intensidad, ritmo y tempo,
cuando capturamos, exprimimos
y "vivimos" cada momento en que estamos vivos,
y cuando nos enfocamos en dar
y lo hacemos igualmente con Pasión,
¡simplemente somos Felices!

Cada uno de ellos es una verdadera
y legítima fuente de Felicidad.
Pero la fuente última de la Felicidad constante
es un noble estado de deseo sublime,

un nivel elevado de hipersensibilidad,
que saca lo mejor de todos nosotros
y esto es,
¡Inspiración!
Lo que nos lleva a estar inspirados,
a ser personas inspiradas (magos de la vida)
y a vivir
una Vida Inspirada.

—Clase, antes de despedirnos, he preparado un último escrito para ustedes que resume lo que hemos aprendido a lo largo de los últimos tres años.

El Profesor Cromwell-Smith saca un pergamino de su maletín arrugado. Delicadamente, desata el pequeño lazo rojo que lo envuelve, sus movimientos lentos y deliberados, como si estuviera desenvuelto algo sagrado. Sosteniendo el pergamino abierto, comienza a leer, su voz llena de sinceridad y emoción.

El gozo en la dicha de ser felices

La alegría es el nivel más alto de la Felicidad,
un estado virtuoso elevado,
donde alcanzamos "El Zenith de la Satisfacción".

La alegría ocurre,
cuando la Felicidad brilla y centellea,
cuando algo o alguien es radiante e incandescente,
cuando estamos inundados, impregnados, empapados,
con un sentido de integridad absoluta,
placer inmenso, satisfacción completa,
y sentimientos completamente saciados,
todos ellos viniendo desde dentro de nosotros.

Algunos profesan que,
cuando llegamos,
mientras estamos aquí,
o cuando partimos de este mundo,
la alegría nos bendice directamente desde el Cielo
o desde nuestro creador mismo.

Otros creen que, al menos,
la alegría debe originarse
de una espiritualidad profunda y bien fundamentada.

Luego están aquellos,
que están seguros,
de que la alegría continua requiere "Claridad en la Vida,"
que proviene de la "Coherencia,"
"La Pegamento" que conecta el significado
al propósito en nuestra existencia.

En el análisis final, la mayoría de las veces,
la alegría es cualquiera o todas las anteriores.
La alegría surge cuando estamos
conscientes, conscientes y apreciativos,
cuando anticipamos con deleite
y cuando somos capaces
de saborear, sentir y disfrutar
el simple hecho de estar vivos.

La alegría es "Inherente e Inmanente" a nuestro núcleo,
nuestra esencia y naturaleza,
pero la alegría puede ser esquiva,
difícil de discernir y visualizar,
a menudo nublada por los venenos del Espíritu:
Poder, Ambición, Codicia, Envidia, Ira,
Rencores, Riqueza Material
y el más peligroso de todos—nuestro Ego.

Además, no hay alegría
cuando no podemos ser cariñosos, afectuosos,
humildes y auténticamente honestos.

La paz interior y la calma
de encontrar y ser fiel a uno mismo
son requisitos fundamentales para la alegría.

La alegría no tiene nada que ver con
el Carácter, el Éxito o la Riqueza.
Se trata de si nuestras "Luces Existenciales Internas"
y nuestro "Deseo de Vivir" están ENCENDIDAS o no.

Como pertenece solo a nuestra "Existencia,"
la alegría no puede ser poseída ni controlada.
La alegría simplemente es.

El noble y sublime estado de "Inspiración"
quizás la única fuente de Felicidad continua,
es nuestro ingrediente secreto, nuestra catapulta,
nuestro trampolín hacia el estado elevado de alegría.
No hay alegría en el futuro, mucho menos en el pasado.

Nuestras mentes masoquistas tienden a llevarnos a lugares
que ya no existen o a otros que aún no han sido.
Por el contrario, la eterna presencia de la alegría
solo existe en el "Aquí y Ahora".
Una condición de alegría permanente
es la marca registrada de los "Magos de la Vida,"
aquellos que han vivido lo suficiente,
pero aún poseen corazones puros, sinceros e inocentes.

Cuando estamos en alegría,
exudamos, trascendemos, exultamos, nos exhalamos,

nos elevamos, nos alegramos, celebramos con exuberancia
y aparentemente flotamos, levitamos, flotamos, y nos deslizamos
en una dicha total y absoluta,
por encima de la realidad mundana.

En la alegría es donde reside el verdadero significado de la vida,
y aunque "Escondida a plena vista" dentro de nosotros,
la alegría es el mayor tesoro existencial,
que poseemos mientras existimos y estamos vivos.

*

—Queridos estudiantes, la Alegría es el nivel último y más alto de la Felicidad, y es uno que solo podemos alcanzar a través de la Inspiración—concluye Cromwell-Smith, sus palabras resonando profundamente en la atenta clase.

Hace una pausa, sacando de su maletín unos folletos doblados con cuidado.

—Como regalo de despedida, les doy la versión completa del Triángulo de la Felicidad—una síntesis de lo que hemos explorado juntos durante estos tres años. Distribuye las páginas con esmero, observando cómo sus estudiantes las despliegan para revelar un diagrama cuidadosamente elaborado y el texto.

El Profesor Cromwell-Smith deja que las últimas palabras del escrito se queden suspendidas en el aire, su peso palpable. Observa los rostros de sus estudiantes, el suyo lleno de inmensa satisfacción.

Volviendo sus pensamientos al momento presente, Erasmus sabe que el aula es el lugar donde puede ayudar a los demás a ver las conexiones entre las lecciones más difíciles de la vida, la belleza de la alegría y sus ciclos interminables. Hoy, compartirá con ellos no solo sus reflexiones personales, sino también la sabiduría que ha reunido a lo largo de los años, de mentores y experiencias por igual.

—Queridos estudiantes, la Alegría es el nivel último y más alto de la Felicidad—uno que solo podemos alcanzar a través de la Inspiración—concluye, su voz firme y cálida.

El Profesor Cromwell-Smith hace una pausa, su voz cargada con el peso de las palabras que acaba de compartir. Siente cómo la sala se queda en silencio mientras sus estudiantes absorben la naturaleza cíclica de la vida que él había delineado. Es un momento de profunda conexión, y les da un momento de quietud para reflexionar antes de abrir el espacio para preguntas.

Una multiplicidad de manos se levanta. Alice es una estudiante de tercer año de estudios religiosos, con enfoque en la filosofía existencial y el papel del sufrimiento en el crecimiento espiritual. Le gusta examinar cómo diferentes visiones del mundo abordan el concepto del propósito de la vida.

—Profesor, en su poema "Los círculos virtuosos e infinitos de la vida", habla sobre la inevitabilidad de los ciclos de la vida y cómo cada final conduce a un nuevo comienzo. ¿Cómo se relaciona esta perspectiva con la idea de encontrar paz después del sufrimiento? ¿Cree usted que es necesario experimentar tanto la pérdida como la renovación para alcanzar un sentido de integridad?

—Es una pregunta perspicaz, Alice. Sí, creo que entender los ciclos de la vida, particularmente el movimiento de la pérdida a la renovación es central para encontrar paz después del sufrimiento. La vida está en constante cambio, y siempre estamos en flujo. El poema sugiere que después de cada pérdida, siempre hay potencial para algo nuevo, algo esperanzador. Esta visión cíclica ofrece un sentido de equilibrio—aunque sufrimos adversidades, también se nos da la oportunidad de sanar y crecer nuevamente. De muchas maneras, necesitamos tanto la pérdida como la renovación para apreciar la profundidad completa de la vida. El sufrimiento nos enseña sobre el valor de lo que tenemos, y la renovación nos recuerda que la vida continúa, trayendo nuevas oportunidades para la alegría y la comprensión.

Peter es un estudiante de ingeniería con inclinaciones hacia los temas existenciales.

—Profesor, en su poema "Alegría", describe la alegría como un estado de integridad y satisfacción absoluta que proviene desde dentro. ¿Cree usted que la alegría es algo que se puede cultivar o es más bien una emoción fugaz que encontramos en momentos específicos?

—Excelente pregunta, Peter. La alegría, como la describo en el poema, ciertamente puede cultivarse, aunque también es algo que tiene el potencial de surgir de manera espontánea. El proceso de cultivar la alegría implica alinearse con tu verdadero ser— encontrar propósito, mantener gratitud y volverse más consciente de la belleza efímera de la vida. El desafío, sin embargo, es que muchas personas pasan por alto la alegría porque están distraídas por logros externos, presiones sociales o dolor no reconocido. Para cultivar la alegría, primero debes darte permiso para estar presente en el momento y experimentar la vida plenamente. Es esta conciencia y práctica lo que permite que la alegría se convierta en una presencia constante, incluso frente a la dificultad.

María es una estudiante de filosofía de tercer año, enfocada en el existencialismo y la naturaleza de la resiliencia humana. A menudo conecta los conceptos filosóficos con experiencias del mundo real.

—Profesor, en su poema "Los círculos virtuosos e infinitos de la vida", hay una sensación de abrazar tanto los finales como los comienzos como igualmente valiosos. ¿Cómo cree usted que podemos aplicar esta perspectiva de manera práctica en nuestras vidas diarias, especialmente cuando estamos luchando para avanzar después de una pérdida o adversidad?

—Una excelente pregunta, María. La clave radica en reconocer que la vida es un flujo constante, no una progresión lineal. Cuando enfrentamos adversidades, es crucial recordar que, aunque podamos sentirnos atrapados en la oscuridad, siempre hay potencial para la luz—ya sea a través de una nueva oportunidad, una nueva perspectiva o el apoyo de los demás. De manera práctica, podemos aplicar esta perspectiva permitiéndonos sentir nuestro dolor, pero sin dejar que nos defina. Cuando abrazamos los ciclos de la vida—tanto los altos como los bajos—es más probable que atravesemos nuestros desafíos con un sentido de propósito, sabiendo que son parte de un proceso mayor y continuo de crecimiento.

Richard es un estudiante de escritura creativa fascinado por los temas de la automotivación.

—Profesor, en el poema "Entusiasmo" describe la vida como una serie de tesoros esperando ser explorados. ¿Cómo cree usted que se puede sostener el entusiasmo durante los momentos difíciles, cuando la energía para seguir las ofertas de la vida parece disminuir?

—Una pregunta muy perspicaz, Richard. El entusiasmo es una fuerza que necesita ser reavivada conscientemente, especialmente en tiempos difíciles. Las dificultades de la vida pueden agotarnos, dejándonos sentir pasivos o desmotivados. Pero como sugiere el poema, el entusiasmo es el antídoto a esa pasividad. Nos exige acceder a nuestra curiosidad, reavivar nuestras pasiones y recordarnos la belleza y las posibilidades que existen en el mundo. En momentos difíciles, la clave es reconectarnos con aquellas cosas que encienden nuestra alegría—ya sea un hobby, una relación significativa o simplemente un momento de soledad. Incluso en tiempos difíciles, podemos elegir actuar con entusiasmo, lo que eventualmente nos sostendrá.

Eli es un estudiante de sociología de segundo año con interés en cómo las estructuras sociales influyen en la resiliencia individual y colectiva. Le gusta examinar cómo los conceptos filosóficos abstractos se manifiestan en diferentes comunidades.

—Profesor, en su descripción del atardecer y la noche que sigue en 'Los círculos virtuosos e infinitos de la vida', resalta la importancia del dolor antes de la renovación. ¿Puede explicar cómo se relaciona esto con el proceso de sanación, particularmente en un contexto social donde el dolor a menudo se suprime o se pasa por alto?

—Es una pregunta reflexiva, Eli. La imagen del atardecer seguida de la noche refleja el necesario proceso de dolor antes de que la sanación pueda comenzar. En muchas sociedades, existe la tendencia a apresurarse a pasar por alto el dolor, evitarlo o suprimirlo porque se siente incómodo. Sin embargo, el dolor, como la noche en el poema, cumple un propósito esencial. Nos permite procesar la pérdida, reflexionar y, en última instancia, crear espacio para el nuevo crecimiento. Cuando suprimimos el dolor, nos negamos a nosotros mismos la oportunidad de sanar realmente. Solo al sentarnos con nuestras emociones—tal como debemos soportar la noche—podemos experimentar la transformación que lleva a la renovación. Las normas sociales a menudo nos empujan hacia soluciones rápidas, pero la verdadera sanación toma tiempo, y debemos permitirnos experimentar ese proceso por completo.

Rita es una estudiante de psicología intrigada por el tema de la felicidad absoluta.

—Profesor, en "Alegría", describe la alegría como una parte inmanente de nuestra esencia que no puede ser controlada. ¿Cómo encaja esta idea con la noción de trabajar hacia la felicidad personal, donde muchas personas creen que la felicidad es algo que debe ser logrado mediante esfuerzo?

—Una gran pregunta, Rita. Creo que esta tensión entre el esfuerzo y la entrega está en el corazón de entender la alegría. Mientras que la alegría es inherente a nuestra naturaleza, como sugiero en el poema, a menudo se ve nublada por expectativas externas o nuestras propias luchas con la autoestima. Para conectar con la alegría, debemos primero alinearnos con nuestro verdadero ser, lo que implica dejar ir la idea de que debemos lograr la felicidad. En este sentido, la alegría no es algo por lo que debamos esforzarnos directamente, sino algo que permitimos que surja a través de la presencia consciente, la humildad y la alineación con nuestros valores. Así que, la felicidad personal puede ser un esfuerzo, pero la alegría más profunda de la que hablo tiene más que ver con dejar ir la presión externa y abrazar lo que ya está dentro de nosotros.

Leah es una estudiante de psicología de último año, con enfoque en la regulación emocional y los mecanismos de afrontamiento. A menudo explora cómo las experiencias personales con el dolor están moldeadas por las expectativas culturales.

—Profesor, noté que, en el poema, enfatiza la interconexión de los eventos de la vida—cómo uno conduce al siguiente, cómo la vida se renueva después de cada pérdida. ¿Cree usted que esta interconexión sugiere un tipo de orden cósmico, o es simplemente el resultado de la perspectiva humana, encontrando significado en el caos de la vida?

—Excelente pregunta, Leah. El poema sugiere un cierto orden, pero yo diría que es más un asunto de perspectiva que un orden cósmico predeterminado. La vida a menudo se siente caótica, especialmente en momentos de pérdida o sufrimiento, pero desde la perspectiva humana, tendemos a encontrar patrones y significados para ayudarnos a sobrellevarlo. Esto no se trata necesariamente de una fuerza cósmica universal, sino de nuestra necesidad inherente de encontrar significado en los eventos que nos ocurren. Es parte de cómo damos sentido al mundo y nuestro lugar en él. Dicho esto, la interconexión en el poema también podría verse como un reconocimiento espiritual o filosófico de que todo está vinculado—nuestras pérdidas, nuestro crecimiento y nuestros renaceres son todos parte de un proceso mayor que trasciende los eventos individuales.

Dexter es un estudiante de historia del arte intrigado por el tema de la inspiración humana.

—Profesor, en su poema "Entusiasmo", discute la energía ilimitada y el impulso que el entusiasmo aporta. En su experiencia, ¿cómo puede uno sostener este tipo de energía cuando se enfrenta a las presiones diarias de la vida, el trabajo y la responsabilidad?

—Otra excelente pregunta, Dexter. Sostener el entusiasmo en la vida cotidiana requiere intencionalidad. Las presiones diarias de la vida pueden drenar nuestra energía, pero como sugiere el poema, el entusiasmo es algo que debe cultivarse activamente. Esto no significa que debamos ser excesivamente positivos todo el tiempo, sino que debemos nutrir nuestra curiosidad y emoción en pequeños momentos cada día. Ya sea estableciendo nuevos objetivos, permitiéndonos experimentar momentos de alegría o tomándonos el tiempo para apreciar a las personas y experiencias que nos rodean, el entusiasmo puede reavivarse incluso durante las tareas rutinarias. La clave es encontrar lo que te emociona de la vida y construir esos momentos en tu ritmo diario. Lawrence es un estudiante de último año que se especializa en literatura, con enfoque en poesía. Tiene un gran interés en cómo el lenguaje moldea nuestras percepciones de la realidad y a menudo busca capas más profundas de significado en la poesía.

—Profesor, en el poema "Entusiasmo", describe la vida como una serie de tesoros preciosos esperando ser descubiertos. ¿Cómo podemos mantener el entusiasmo cuando nos enfrentamos a las inevitables frustraciones y limitaciones de nuestras circunstancias personales?

—Esa es una pregunta que invita a la reflexión, Lawrence. El entusiasmo a menudo se pone a prueba frente a la adversidad, y puede parecer particularmente difícil de mantener cuando nos encontramos con contratiempos o limitaciones. El poema sugiere que el entusiasmo está arraigado en un impulso profundo e intrínseco—un deseo de involucrarse con la vida. Incluso cuando las circunstancias limitan nuestras oportunidades externas, aún podemos nutrir el entusiasmo mediante el compromiso interno. Esto podría significar perseguir pequeños actos de creatividad, abrazar el aprendizaje, o incluso cambiar nuestra perspectiva para encontrar nuevas maneras de relacionarnos con lo que ya tenemos. El entusiasmo no proviene de la ausencia de desafíos, sino de nuestra disposición para seguir adelante, sin importar los obstáculos que surjan.

Dieter es un estudiante de ingeniería interesado en la relación entre el amor y el éxito.

—Profesor, en su poema "Amor y Éxito", presenta una relación entre el éxito impulsado por el amor y el amor impulsado por el éxito. ¿Puede ampliar cómo el amor, en su forma más pura, trasciende las nociones tradicionales del éxito y cómo esto puede influir en la forma en que abordamos el logro en nuestras vidas?

—Una pregunta perspicaz, Dieter. En "Amor y Éxito," sostengo que el verdadero éxito está arraigado en el amor, no al revés. El éxito que está impulsado por el amor es inherentemente más satisfactorio porque se basa en un sentido más profundo de propósito y significado. El amor, en su forma más verdadera, trasciende el logro material porque no se basa en la validación externa o en los resultados. Cuando seguimos nuestras pasiones, relaciones y trabajo desde un lugar de amor, el éxito que sigue no solo es más gratificante, sino también más sostenible. Es un éxito definido por el crecimiento, la contribución y la conexión, en lugar de por el estatus o la acumulación—concluye el profesor.

La sala queda en silencio, los estudiantes cautivados, hasta que Erasmus rompe en una sonrisa familiar.

—Una vez más, esto fue... —bromea, levantando ligeramente los brazos como un director de orquesta que se prepara para dar la señal a su conjunto.

La pista es todo lo que se necesita. Todo el auditorio estalla al unísono, sus voces retumbando juntas:

—¡Increíblemente impresionante!

El Profesor Cromwell-Smith sonríe, su corazón lleno, mientras los ecos de su aplauso colectivo lo llevan al último capítulo de la historia de su vida—un legado de amor, sabiduría e inspiración. Cuando suena la última campana del semestre, los pensamientos del Profesor Cromwell-Smith se desvían brevemente hacia las enseñanzas del año, dándose cuenta del profundo impacto que estas lecciones han tenido en sus estudiantes. La vida, con sus giros y vueltas, lo ha traído una vez más al círculo completo, de la tristeza a la nueva vida, de la pérdida a la esperanza, de maestro a estudiante. Mientras deja el aula, un renovado sentido de propósito llena su corazón.

Palabras de despedida por el autor

El cuarto y último libro de la serie *El Equilibrista* se centrará exclusivamente en la poesía, los ensayos y las fábulas de los primeros tres volúmenes.

Cuando terminé de escribir el tercer libro sobre mis padres—explorando sus vidas al crecer, viviendo juntos, luego separados, y finalmente reuniéndose—pensé que el viaje había llegado a su fin. Poco sabía que relatar su historia encendería el deseo de escribir sobre su vida después de adoptarme y el extraordinario mundo que compartimos juntos.

Ser testigo de primera mano de la notable vida que construyeron hizo que escribir sobre ella fuera un proceso sin esfuerzo. Mi padre se aseguró de que experimentara el mismo tipo de mentoría y tutoría que había recibido en su juventud. Desde muy temprano, me introdujo en el fascinante mundo de los libros y los anticuarios. Esto incluyó varios años transformadores cuando vivimos en su lugar de nacimiento, Hay-on-Wye, Gales, conocido mundialmente como la Ciudad de los Libros. Como fuimos educados en casa por ellos, estuvimos libres para viajar por el mundo juntos, emprendiendo innumerables aventuras que enriquecieron tanto mi educación como mi alma.

Fue durante una de estas aventuras, impulsada por un encuentro con el icónico reloj astronómico en Praga, que *El Orloj*, una nueva serie de cuatro libros sobre mi vida con mis padres se convirtió en realidad. Esta serie sigue los 25 extraordinarios años formativos que pasamos juntos, llenos de experiencias inolvidables, lecciones enriquecedoras y el intenso amor que me dieron como padres verdaderamente devotos. Mi padre y mi madre no solo fueron mentores ejemplares, sino también compañeros increíbles en la vida, y me siento profundamente afortunado y bendecido de haber sido su hijo.

El Orloj también explora la relación mágica y profunda que compartí con mi tío Bartholomeus ("Bart"). Nuestro vínculo creció más fuerte con los años, y sigue siendo hoy en día mi amigo y mentor más cercano. Mi tía Sarah, junto con mi tío italiano Roberto Marcello y mi tía Maria Antonella, también fueron fundamentales en mis años de infancia y adolescencia. Juntos, trajeron innumerables momentos inolvidables y emocionantes aventuras a mi vida, moldeándome en la persona que soy hoy.

Espero compartir estas historias en *El Orloj*, ya que representan la culminación de una vida moldeada por el amor, la mentoría y una curiosidad inagotable.

ErasmusCromwell-Smith

Escrito en T.D.O.K., 2055

ÍNDICE

Índice de Poemas

Agradecimientos

A los miembros ad-hoc del comité pseudoeditorial de *El Equilibrista*, ustedes son un grupo ecléctico y diverso de autores publicados, historiadores, pedagogos e intelectuales. Pero, ante todo, todos ustedes son serios lectores. Adam, Andric, Barry, Christian, Mark, Mitch, Rafael, Tony y Willy, sus comentarios fueron invaluables. Tan importante como eso, fue el hecho de que todos ustedes tuvieran una conexión emocional fuerte y una reacción profunda ante el libro. Fue altamente gratificante e inspirador, lo que hizo el final de este viaje tan intenso aún más significativo.

A mi equipo, Amy, Ana Julia (rip), Alfredo, Andrea, Charles, Elisa, Maria Elena y MaryAnn (rip). Sin su talento, creencia, motivación y trabajo duro, este libro no habría sido posible.

La Magia en la Vida no habría sido posible sin la creencia inquebrantable y el apoyo de mi comité ad-hoc pseudoeditorial. Una vez más, sus comentarios fueron invaluables, su entusiasmo sumamente inspirador y su compromiso emocionalmente gratificante. ¡Han sido:

¡INCREÍBLEMENTE IMPRESIONANTES!

A lo largo de todo el proceso. Un agradecimiento especial debe ir a Daniel Dorse por su magnífica interpretación de cada uno de los audiolibros de *El Equilibrista*. Sé, valoro y respeto la cantidad de esfuerzo y pasión que pusiste en estas preciosas artes de la palabra hablada.

Finalmente, solo gracias a la fe ciega y al apoyo de mi familia pude llevar a cabo este trabajo de manera independiente y sin las restricciones de editores comerciales o filtros de revisión, lo que resultó en hacer de *El Equilibrista* una creación genuina y auténtica. Me permitieron liberar al mundo una obra que es precisa, palabra por palabra, de la manera en que la concebí y en la forma que creé. También les doy las gracias.

Sobre el Autor

Erasmus Cromwell-Smith es un escritor, dramaturgo, poeta y pedagogo estadounidense. Ha publicado 32 libros en los géneros de autoayuda, poesía, literatura juvenil, educación y ciencia ficción.